Rahel und der Mann ohne Namen

Buchbeschreibung:
Rahel, Dentalassistentin bei Doktor Keller, verliebt sich in den Neffen ihres Chefs. Doch ihre Beziehung wird durch seinen Umzug in die Westschweiz und das Auftauchen einer anderen Frau auf die Probe gestellt. Enttäuscht gibt sie nach dieser Begegnung der Verbindung keine Chancen mehr. Sie verbringt nun Zeit mit Doktor Daniel Tanner, dem zweiten Dentisten der Praxis. Doch will sie wirklich eine neue Partnerschaft eingehen? Rahel stößt auf Erlebnisse in ihrem Leben, die sie Kraft kosten. Wird sie ihre Liebe finden? Ihr Wunsch, ein glückliches Leben in einer harmonischen Partnerschaft je erfüllen?

Über den Autor:
Bereits in Teenagerzeiten schrieb ich viele Kurzgeschichten. Diese mehr für mich selbst. In der Schule freute ich mich, wenn wir einen Aufsatz schreiben sollten. Dabei fand ich schwer ein Ende. Ich liebt es schon damals, in andere Personen zu schlüpfen, meine eigene Welt in Worte zu fassen. An der Geschichte von Rahel arbeitete sie mit Freude, ja Rahel wurde eine tolle Freundin. Nach Überarbeitung und einigen Änderungen schicke ich nun Rahel auf die Reise zu ihren Leserinnen.

Désirée Badertscher

Rahel und der Mann ohne Namen

Bibliografische Information der Deutschen Nationalbibliothek
Die Deutsche Nationalbibliothek verzeichnet diese Publikation
in der Deutschen Nationalbibliografie; detaillierte bibliografische
Daten sind im Internet über http://dnb.d-nb.de abrufbar.

Verlag: BoD · Books on Demand GmbH, In de Tarpen 42,
22848 Norderstedt, bod@bod.de
Druck: Libri Plureos GmbH, Friedensallee 273, 22763 Hamburg

ISBN: 978-3-7693-2772-4

Kapitel 1

«Herr Albrecht? – Entschuldigen Sie die Wartezeit, der Junge brauchte etwas länger wie eingeplant. Ich hoffe, Sie sind nicht in Eile.» Rahel
stand neben der Tür zum Wartezimmer der
Zahnarztpraxis. Ihre Finger spielten angespannt
mit der Halskette.

«Kein Problem. Ich habe Zeit», antwortete
der Rentner mit einem wohlwollenden Lächeln.
Langsam erhob er sich vom Stuhl, strich dabei
sorgfältig über seine lederne Jacke, die ihn schon
viele Jahre begleitete. Die Zeitung, welche ihm
half, die Wartezeit zu verkürzen, legte er zurück
ins Fach. Mit einer entspannten Geste reichte er
der Dentalassistentin die Hand und zwinkerte
ihr verschmitzt zu.

«Guten Tag Frau Seiler. Ich hatte genug
Lesestoff», Herr Albrecht deutete auf die verschiedenen Zeichnungen auf dem Tisch. «Und
diese Kunst hier ist immer wieder ein High-
light.» Rahel folgte seinem Blick.

«Es sind wirklich wahre Meisterwerke. Und
sie zaubern nicht nur Ihnen ein Lächeln ins Gesicht.»

Der Rentner trat um den runden Tisch, in der Mitte des Raumes. In jeder Ecke ragte eine üppige Palme, die mit ihrem satten Grün eine entspannte Atmosphäre schufen.

«Sehen Sie diesen Drachen dort? Den hat mir letzte Woche der 6jährige Erik gemalt, nachdem wir seinen ‹bösen› Zahn behandelt hatten», Rahel schmunzelte und zeigte auf ein buntes Bild, welches neben anderen an der Wand hing.

«Da scheint ja ein kleiner Picasso in ihm zu stecken», Herr Albrecht lächelte entzückt.

Über den schmalen Flur führte Rahel den Patienten zu einem der zwei Sprechzimmer Doktor Kellers, am Ende des Korridors. Langsam öffnete sie die Tür auf der rechten Seite.

«Bitte schön. Nach ihnen.» Auf Rahels Aufforderung betrat der Patient das Zimmer. Die blassblauen Wände und das gedämmte Licht der Lampe, trugen zu einer beruhigenden Atmosphäre bei.

Rahel war eine wahre Stütze in der Dental-Praxis. Mit Geduld und Freude gab sie ihre Kenntnisse und Erfahrungen an Clara weiter. Die Tipps, welche die Auszubildende erhielt, saugte sie mit Fleiß auf. In hektischen Stunden bewahrte Rahel Ruhe und sorgte dafür, dass die Behandlungen reibungslos verliefen. Sie setzte sich zu verunsicherten Patienten, beantwortete ihre Fragen in verständlichen Worten und beruhigte sie mit ihrer empathischen Art. Jeder sah in ihr die «gute Seele» der Praxis.

Rahel legte Herrn Albrecht eine Serviette um den Hals. Dabei streifte Ihr Blick abwesend das vor ihr hängende Ölbild. Doktor Keller brachte vor einem Jahr aus seinem Afrika-Urlaub vier solche Bilder mit. – Verreisen. Das wär Rahels Wunsch. Die letzte Reise liegt lange zurück. Vor drei Jahren verbrachte sie zwei Wochen mit Oliver auf Kreta. – Räuspernd wandte sie sich pflichtbewusst wieder ihrer Arbeit zu.

Doktor Keller betrat den Raum.

«Na, Herr Albrecht, ich grüsse Sie. Gab's mit dem Zahn vom letzten Mal noch Probleme?»

«Nein», der Rentner strich mit der Hand über die Wange, «wirklich prima Arbeit! – Keine Schmerzen mehr!» Rahel erkannte an den strahlenden Augen, wie dankbar er seinem Zahnarzt war.

«Das sind doch gute Neuigkeiten.» Doktor Keller wusch seine Hände und trocknete sie an einem handlichen, weichen Frotteetuch ab. Dieses schob er durch den Spalt unter dem Waschbecken, wo der Wäschesack stand. «Dann brauche ich die Füllung nur noch zu polieren. Rahel, könnten Sie alles zur Politur vorber ... » Schmunzelnd deutete diese auf ihre vorbereitete Arbeitsfläche.

«Ich weiß nicht, wie ich ohne Sie arbeiten würde.» Doktor Keller tauchte zufrieden das Schleifrädchen in die Polierpaste, die Rahel ihm reichte und bearbeitete damit die raue Füllung. Sie liebte ihren Beruf und das erkannte ihr Chef täglich. Jeden Arbeitstag genoss sie die Atmosphäre, welche das historische Gebäude aus dem 18. Jahrhundert, wo die Praxis eingerichtet war, ausstrahlte.

«So, Herr Albrecht. Die heutige Sitzung war dann die letzte.» Doktor Keller setzte das Gerät nach Beenden der Arbeit in den Halter und ließ durch Drücken des Pedals, die Rückenlehne des Patientenstuhls hochfahren.

«Prima. Das hör' ich doch gerne. – Dann sehen wir uns in hoffentlich frühestens einem Jahr wieder.» Der Patient stellte das Wasserglas nach Ausspülen des Mundes, zurück in die Halterung. Rahel entfernte flink die Serviette um seinen Hals. Zufrieden setzte Herr Albrecht seine Brille auf. Neben dem Stuhl stehend reichte er seinem Zahnarzt die Hand.

«Na dann, bis zum nächsten Jahr. Schönen Tag noch.» Doktor Keller klopfte ihm auf die Schulter.

Rahel verabschiedete Herrn Albrecht an der Tür, um diese gleich zu verriegeln. Mit Putzeimer und Lappen aus der Kammer trat sie ins erste Zimmer. Mit flinken Handgriffen säuberte sie die beiden Sprechzimmer, in denen sie an Dr. Kellers Seite arbeitete. Zum Schluss schaute sie im Behandlungszimmer von Doktor Tanner vorbei, um zu sehen, wie weit Clara mit ihrer Arbeit war. Der Zahnarzt, welcher erst seit wenigen Wochen zum Team zählte, half mit, das Ansehen der Praxis zu steigern.

«Ah auch fertig?» Rahel erkannte, wie die Auszubildende mit Putzeimer und Besen aus dem Zimmer trat. «Prima. – Dann wünsch ich dir einen schönen Tag. Tschüss Clara.»

«Danke wünsch ich auch dir. Tschüss Rahel. – Ade Doktor Tanner.»

Der Zahnarzt sah lächelnd vom Schreibtisch auf.

«Tschüss Clara. – Na wie sieht's aus?» wandte sich Doktor Tanner Rahel zu, «Hast du deinen freien Nachmittag schon verplant?»

‹Dieser Schürzenjäger, kanns nicht lassen!› Schoss es ihr durch den Kopf. «Tut mir leid», antwortete sie scheu, «aber ja, ich werde heute meiner Mutter behilflich sein. Sie hat noch einiges fürs Wochenende zu erledigen.»

«Ah, ok, klar. – Aber schade», geknickt vernahm er Rahels Antwort, «Beim Grill-Fest bei dir zu Hause finden wir hoffentlich Zeit, uns endlich näher kennen zu lernen.»

«Mal seh'n. – Tschüss Daniel.» Erleichtert, das Gespräch zu beenden, verließ Rahel den Raum.

Seit seinem Arbeitsantritt versuchte der Zahnarzt sein Glück bei ihr. Dies ohne Erfolg. Denn nach der Trennung von Oliver hatte sie kein Interesse an einer neuen Beziehung.

Im Umkleideraum schlüpfte Rahel aus der ‹Uniform›, wie sie den weißen Overall scherzhaft nannte. Stieg in ihren Minirock und streifte das schulterfreie T-Shirt über den Kopf. Mit der gleichen Sorgfalt, die sie beim Assistieren am Patientenstuhl zeigte, schminkte sie ihr Gesicht.

Dezent trug sie den Lidstrich auf. Zog ihre Lippen mit einem zarten Rot nach. Zum Schluss bearbeitete sie ihr braunes Haar, bevor sie es mit Haarspray fixierte. Zufrieden mit ihrem Spiegelbild wandte sie sich dem Ausgang zu. Wie sie an Dr. Kellers Büro vorbeiging, streckte sie kurz den Kopf durch den Türspalt.

«Wenn es nichts mehr zu erledigen gibt, möchte ich mich nun verabschieden.» Ihr Chef lächelte vom Schreibtisch auf.

«Nein Rahel, wie ich Sie kenne, haben Sie bestimmt alle Arbeiten erledigt. Ich hab hier noch einiges zu erledigen. Grüßen Sie Ihre Eltern noch von mir. – Oh, da fällt mir noch was ein!» Wie seine Worte zu unterstreichen, hob er seine Hand, «Seit einigen Wochen wohnt der Sohn meines Bruders bei mir. Nun wollte ich fragen ob er vielleicht … »

«Klar», warf Rahel augenzwinkernd ein «bringen sie den Jungen nur zum Fest mit. Bestimmt wird er schnell Kontakte knüpfen.»

«Ich fürchte, den ‹Jungen› wird er nicht gerne hören», Doktor Keller amüsierte sich an Rahels Reaktion, «Denn mit seinen 33 ist er sogar drei Jahre älter als sie.»

«Oh, erzählen Sie ihm das nur nicht! – Na dann, noch einen schönen Tag.» Peinlich berührt verabschiedete sie sich eilig von ihrem Chef.

*

‹Typisch Ferienrummel›, auf der Straße stehend, erkannte sie die Menschenmasse. Gestresst eilten die Passanten von rechts und links an ihr vorbei. Einen Atemzug später, ‹schwamm› sie im Strom mit. An der Weggabelung bog sie hastig in die Seitenstraße ein. Von der aktuellen Mode der Boutiquen angezogen, haftete ihr Blick mit Interesse, an den Schaufenstern. ‹Was für ein Traum-Kleid! – Na ja wie üblich. – Unbezahlbar.›

Wie Rahel sich von der Schaufensterpuppe abwandte und hastig um die Häuserecke trat, prallte sie an etwas ab und ihre Tasche fiel zu Boden. Einen Moment kämpfte sie um das Gleichgewicht. Ein Blick reichte aus, um zu erkennen, dass es sich bei dem ‹Etwas› um einen modisch

11

gekleideten, adrett wirkenden Mann handelte. Beschämt strich sich Rahel eine Strähne aus dem Gesicht.

«Ich – Ich hoffe Sie haben sich nicht weh getan?»

«Ich nicht», versicherte der Mann und wischte grinsend über sein Hemd, «Aber ich würde Ihnen raten, nun mehr auf den Weg zu achten. – Die Kleider da sind eh viel zu teuer», er deutete zum Schaufenster neben ihm. Rahel lächelte scheu.

«Da könnten sie richtig liegen.» Erschrocken sah sie auf den Fußweg. Der ganze Inhalt ihrer Tasche hatte sich über den Gehsteig verteilt.

Beide knieten nieder und hoben alles auf. Um Rahel beim Aufstehen behilflich zu sein, streckte der Unbekannte ihr seine Hand entgegen.

‹Diesen Typen müsste man direkt näher kennenlernen›, schoss es Rahel durch den Kopf.

«Na, wird's jetzt gehen?» Zum Schluss reichte der Mann ihr den Lippenstift, «Natürlich hoffe ich, auch sie haben sich nicht wehgetan.»

Rahel verneinte scheu lächelnd und ergriff die Hand vom ‹Mann ohne Namen›, wie sie sich später an ihn erinnerte. Betroffen grinsend bemerkten beide die Passanten, welche sie beobachteten.

«Wer weiß, vielleicht sieht man sich mal wieder», augenzwinkernd fügte der Mann ein keckes «Tschüss» hinzu.

*

Wie Doktor Keller nach Hause kam, begrüßte ihn sein Neffe mit einer reich belegten Pizza.

«Grüß dich Christian. Mmh! – Nach den Kochkünsten, die du in den letzten Wochen präsentiert hast, wage ich fast zu behaupten, du hast den falschen Beruf gewählt.» Doktor Keller klopfte seinem Neffen schmunzelnd auf die Schulter. Christian hängte seine Koch-Schürze an den Hacken, holte mit Vorsicht die heißen Pizzas aus dem Ofen und legte jede auf einen Teller. Ein köstlicher Duft von geschmolzenem Käse, Tomaten, Champignons, Muscheln und frischen Kräutern erfüllte den Raum.

Pfeifend servierte Chris die Speisen. Bevor er sich zu seinem Onkel setzte, holte er die Flasche aus dem Schrank. Feierlich goss er den italienischen Rot-Wein in beide Gläser. Doktor Keller sah lächelnd auf die kulinarische Köstlichkeit. Entspannt hob er sein Weinglas.

«Einfach ein prima Tropfen.» Zufrieden lächelte er seinem Neffen zu. «Zum Wohl Christian. Danke für das leckere Essen.» Kurzes räuspern. «Ich bin erleichtert, dass du dich entschieden hast, mich zum Grill-Fest der Seilers

13

zu begleiten. – Glaub mir, ich weiß, wovon ich spreche. – Dass ich's nicht vergesse», fuhr er amüsiert fort, «Rahel Seiler, die Tochter des Hauses, musst du vom Gegenteil überzeugen.»

«Warum das denn? Wovon denn überzeugen? – Wir kennen uns doch gar nicht.» Chris begriff nicht. Er sah über sein Weinglas und wartete gespannt auf die Antwort.

«Na, das gnädige Fräulein ist der Meinung, sie werde den ganzen Tag mit ‹Babysitting› beschäftigt sein.»

«Tja, wer weiß, vielleicht lass ich mich ganz gern umsorgen.» Beide lachten über diese Vorstellung.

«Chris, so gefällst du mir schon besser! So erinnerst du mich an deine alten Zeiten.»

Doktor Keller biss in das Stück Pizza und hörte Chris gespannt zu.

«Wieder vorzüglich! Kompliment!»

Chris dankte mit einem spitzbübischen Lächeln und hob sein Weinglas. Berichtete von der Wohnung, die er nahe der Klinik gefunden habe. Dass er sich darauf freue, nach Lausanne zu ziehen. Angeregt tauschten sie sich über seine neue Arbeit aus. Chris' Augen leuchteten vor Aufregung, wie er von den Herausforderungen erzählte, die ihn dort erwarteten. Dank den Kontakten seines Onkels wies man ihm eine anspruchsvolle Position im Krankenhaus in der Westschweiz zu.

«War wieder lecker diese Pizza! Schade dass sie schon alle ist.» Doktor Keller schob den letzten Bissen in den Mund. Chris legte die Teller zusammen und stapelte diese mit dem Besteck in den Geschirrspüler.

Den Kaffee genoss man kurz später im gemütlichen Wohnzimmer.

«Versteh mich jetzt bitte nicht falsch, aber ich bin froh, wenn du bald nicht mehr für mein leibliches Wohl zuständig bist!» Doktor Keller tauschte seine ernste Miene gegen ein Lachen ein. «Echt! Deinen Kochkünsten zu widerstehen fällt mir wirklich schwer. Ich hoffe für dich, du findest in Lausanne bald eine Dame, die du mit deinen Leckereien verwöhnen kannst.»

«Übertreib mal nicht.» Chris hob schmunzelnd seine Tasse. «Das kann sie dann bestimmt besser.» Beide lachten und genossen einen entspannten Abend.

Doktor Keller kannte seinen Neffen, er würde nichts lieber, wie seine Freundin bekochen. Um die heitere Stimmung nicht zu trüben, stellte er keine weiteren Fragen.

Später zog sich Christian in sein Zimmer zurück. Legte sich auf sein Bett und schaltete den TV ein. Seine Gedanken schweifen zur Begegnung heute Abend. Schmunzelnd sah er die Szene auf dem Gehweg wieder vor sich.

‹Na, übel sah sie wirklich nicht aus! Ob ich sie nach ihren Wochenendplänen hätte fragen sollen? – Ach Quatsch! Die wird bestimmt schon in festen Händen sein. – Mit diesem Aussehen!› Dieser Zwischenfall erinnerte ihn an seine letzte Beziehung. ‹Genau die gleichen strahlenden Augen, wie Stefanie sie hatte. – Was wir jetzt wohl machen würden?›

Ja, es war eine unvergessliche Zeit. Bis zu jenem Nachmittag vor einigen Monaten ...

Christians Verlobte überquerte den Zebrastreifen auf dem Nachhauseweg, wo ein Auto heranraste und sie erfasste. Wochenlang lag sie auf der Intensiv-Station. Die Ärzte gaben alles, um sie zu retten. Drei Wochen später verlor sie jedoch den Kampf.

Seit diesem schrecklichen Ereignis zog sich Christian von den gemeinsamen Freunden zurück. Lebte ein isoliertes Leben. Bis Doktor Keller ihn aus seiner ‹Höhle› holte, widmete er seine Zeit ausschließlich dem Medizin-Studium. Heute, 3 Jahre später, stand er kurz vor seinem Stellenantritt in Lausanne. Ja sein Onkel war sein Vorbild. Christian hatte genauso den Wunsch, bald eine eigene Dental-Praxis zu führen.

*

‹Oje, was der jetzt von mir denken muss. Aber toll sah er aus! – Diese Augen! Und sein Lächeln! – Ach was solls. Den werde ich eh nicht wiedersehen. – Schade eigentlich.› Rahel trat nach dem peinlichen Zwischenfall, ohne zurückzublicken auf ihrem Heimweg weiter.

Dies brachte sie dazu, sich an ihr erstes Treffen mit Oliver, das am ‹30 Jahre Praxis-Jubiläum› zustande kam, zu erinnern. ...

«Verzeihung, hübsche Frau.» Ein Journalist betrat die Praxis. «Reporter vom ‹Tagblatt›. Oliver Maurer mein Name. – Darf ich sie kurz stören?»

Rahel erinnerte sich, wie er eine Frage nach der anderen an sie richtete und wie ihre Hände schwitzten. Sein Blick war auf die Schreibunterlage fokussiert. Sie bemerkte sofort eine Sympathie für diesen Mann.

Pflichtbewusst und offen antwortete sie auf jede seiner Fragen, die er über die Praxis stellte.

Am Ende bot sie ihm, ohne zu zögern, einen Kaffee an. Aus Höflichkeit? Sie wünschte, dass er bleibt, die Unterhaltung nicht beendet war. Die Tasse auf dem Tisch bot die Gelegenheit. Oliver wechselte mit einem Lächeln das Thema – kein Journalist mehr, sondern jemand, der sich für die Person vor ihm zu interessieren schien.

Vor zwei Monaten zerbrach die Beziehung. An jenem Samstag rief Rahel Oliver an und schlug ein Treffen vor.

«Keine Zeit. Sorry. – Hab noch einiges zu erledigen.» Da sie eine solche Antwort erwartet hatte, beendete sie schmollend das Gespräch und traf sich stattdessen mit Alice. Bis kurz vor 17:00 Uhr genossen beide eine vergnügte Zeit bei Rahels zu Hause im Pool. Um die Vorabendsonne zu genießen entschieden sie sich, zum nahe gelegenen Park am See zu schlendern.

Kichernd bummelten sie durch die prächtige Allee. Bald erreichten sie den Spielplatz, wo sich Kinder im Sandkasten als Bauherren versuchten.

Da, wie aus dem nichts, sprang ein ca. dreijähriges Mädchen kreischend auf und rannte Hilfe suchend zu einer Frau. Diese schloss das Kind tröstend in die Arme. Rahel erstarrte, als sie einen Jungen sah, der mit Steinen, die er als Bomben einsetzte, das Werk zerstörte! Gemeinsam mit Alice schenkte sie ihm abweisende Blicke, die ihn geradezu anspornten. Die Frau trat zielsicher zum Sandkasten und erfasste den Jungen grob. Sekunden später eilte der Racker, eine Hand auf dem Po, zur Schaukel.

«Der wird das so schnell nicht wieder wagen», Rahel schmunzelte mitleidig. «Warum er sich wohl nicht drauf setzt?» Beide sahen zum Jungen und schlenderten weiter. Sekunden später blieb Alice abrupt stehen. Schaute verstört in eine Richtung.

«Alice? Was ist los? – Was hast du?» Rahel sah fragend zu ihrer Freundin. Ihr Blick wanderte über den gepflegten Rasen. Erkannte spielende Kinder. Sie suchte weiter nach einem Hinweis, der ihr die Reaktion von Alice verraten würde.

Wie sie aufgeben wollte, erblickte sie hinter der Hecke ein Liebespaar, welches sich auf einer Wolldecke rekelte. Erst erkannte sie nicht, was daran ungewöhnlich war.

«Naja. Besser abseits statt öffentlich. Und solche Paare sieht man ja des Öftern hier im Park.»

Einen Atemzug später bereute Rahel diese Bemerkung. Sie traute ihren Augen nicht! Da lag ihr Freund Oliver und amüsierte sich mit einer fremden Frau! Wie er seine Hand unter ihre Bluse führte, war es um Rahels Fassung geschehen. Sie stieß ein ‹Nein› aus, welches sie hinter vorgehaltener Hand abbremste. Ohne auf die anderen Personen im Park zu achten, stürmte sie zielsicher auf das Paar zu. Irritiert versuchte Alice, ihr zu folgen.

«Soll das deine ‹Ach-so-dringende Arbeit› sein? – Ich fass es nicht! – Möchte gar nicht wissen, wie lange das schon läuft! – Das war's dann wohl!» Rahels Stimme zitterte vor Enttäuschung. Ihr Magen zog sich zusammen. Sie schaffte es nicht, sich abzuwenden. Geschockt starrte sie auf die Frau neben ihrem Freund. Diese versuchte hektisch, ihre Bluse zuzuknöpfen.

Rahel erinnerte sich, dass Oliver erschrocken auf sprang. Zu ihr trat. Nach ihrem Arm griff.

«Bitte, lass mich das erklären», flehte er. Ihre Beine schienen wie gelähmt vor Enttäuschung. Sie stieß ihn angewidert weg. Die Wut in ihr war stärker als der Schmerz.

«Lass mich!» Tränen rannen über Rahels Wangen. Abstoßend wandte sie sich vom Paar ab und wünschte sich weit weg.

Alice legte den Arm um Rahels Schulter und reichte ihr ein Taschentuch.

«Komm Liebes, tu dir das nicht an.- Das hast du nicht verdient. – Lass uns von hier verschwinden.»

Ohne zurückzublicken, verliessen sie damals den sonst beliebten Park. Fürsorglich begleitete Alice Rahel nach Hause. Begegnete ihnen eine bekannte Person, nickte Alice stumm, ohne stehen zu bleiben.

Daheim angekommen, erkannte Rahel erleichtert, dass Herr und Frau Seiler nicht zuhause waren. Wie würde sie den Eltern das je erzählen?

Rahel erinnerte sich weiter, dass sie mit Alice auf die Veranda sass und stumm an ihrem Eistee schlürfte. Sie schreckte kurz auf. Es schien, als hätte sie etwas gehört – eine Stimme? Ein Lachen? Es existierte in ihrem Kopf. Oliver. Gedanken an ihn verwirrten sie.

«Wie konnte er nur ...?», brach Alice das Schweigen. Rahel nickte. Unfähig, eine Antwort zu geben. Solche Momente kannte sie von amerikanischen Dramen aus dem TV. Nicht in echt. – Bis heute.

«Dieser ... ! Mir vorzuheucheln er hätte dringende Arbeit zu erledigen! – Schöne Arbeit kann ich da nur sagen! – Der soll mir nicht mehr vor die Augen treten! – Auf seine merkwürdigen neuen Freunde, kann ich sowieso verzichten.» Das war zu viel für Rahel! Das traf sie mitten ins Herz. Sie weinte und schluchzte. Alice strich ihr tröstend über den Kopf. Diese nutzte die Zeit, ihre Freundin nach dem frustrierenden Vorfall zu trösten. Sekunden später sprang Rahel auf. Trank einen kräftigen Schluck aus ihrem Glas.

«Hey, was soll das?! Weshalb reg' ich mich auf? So einer ist es doch nicht Wert nur eine Träne zu vergießen.» Rahel wischte mit dem Taschentuch über ihr Gesicht. Weigerte sich, zuzulassen, dass Oliver ihr weiter Schmerz bereitete. Zur Ablenkung forderte sie ihre Freundin auf, mit ihr Federball zu spielen. Rahel spielte lange nicht mehr mit so viel Ehrgeiz, wie an jenem Samstag. Erst nach 22:00 Uhr verabschiedete sich Alice ohne Bedenken bei ihr.

Rahel erinnerte sich schmerzlich an die Zeilen, die sie am gleichen Abend an Oliver schrieb. Der erste Entwurf fasste zwei Seiten, in denen sie ihren Ärger niederschrieb. Diesen zerriss sie. Tippte ihm stattdessen über das Handy eine Nachricht:

Hallo Oliver

Damit Du Deine wertvolle Zeit nicht weiter mit mir vertrödelst, bin ich der Meinung, wir beenden unsere Beziehung. Es schmerzt zwar verdammt, aber ich sehe leider keinen anderen Ausweg! Ich hätte noch einige Fragen. Würde gerne mit Dir darüber sprechen. Gib mir Bescheid, wann du Zeit dazu findest. Rahel

Oliver blieb Rahel eine Antwort schuldig ...

Kapitel 2

«Hallo mein Kleines, na wie war Dein Vormittag?» Ihre Mutter, auf das Kochen konzentriert, begrüßte ihre jüngere Tochter. Rahel räusperte verwirrt. Erstaunt bemerkte sie, dass sie bereits daheim angekommen war und in der Küche stand. Wie es schien, hatte sie sich auf dem Nachhauseweg in die Szene mit Oliver verirrt, dass sie zuerst wieder klar werden musst wo sie war.

«Grüß dich Mutti», sie drückte der älteren Dame einen Kuss auf die Wange «Mmh, was gibt's denn heute Köstliches?»

Frau Seiler hob den Deckel vom ersten Topf und prüfte mit der Gabel die Garzeit des Rosenkohls. Im zweiten gab sie die Nudeln in das kochende Salzwasser hinein. Entzückt erkannte Rahel den im Ofen in Scheiben geschnittene Braten.

«Mmh, lecker!» Sie kostete die nach einem eigenen Rezept zubereiteten Soße. Ihre Mutter bedankte sich lächelnd und platzierte das Essbesteck auf die Teller, welche Rahel aus dem Schrank hob.

Sie trat um die Trennwand und deckte den Tisch. Mit geschickten Handgriffen legte sie das Besteck zurecht und verteilte die Teller sorgfältig auf die Sets. Durch einen Blick aus dem Fenster erkannte sie ihren Vater bei der Gartenarbeit.

«Sagst du Vati Bescheid? – Das Essen ist in wenigen Minuten bereit.»

Auf Mutters Bitte hin, legte Rahel das letzte Messer an seinen Platz und trat durch die geöffnete Schiebetür auf die Veranda. Dort saß die Familie oft zusammen und plauderte bei einer Tasse Kaffee.

Über die Stufen der steinigen Treppe erreichte sie die saftig-grüne mit duftenden Blumen bedeckten Wiese. Mit Genuss genehmigte sie sich vom Baum vor ihr, eine reife Kirsche. Daneben stand ein Apfel- und ein Birnbaum.

Auf dem schmalen Weg näherte sie sich dem Pool. Dort verbrachte Rahel die meiste ihre Freizeit. Unbekümmert ließ sie ihre Füße ins kühle Nass gleiten. Einen Moment später erhob sie sich schweren Herzens wieder und schritt in Richtung Gemüsegarten weiter. Herr Seiler bemerkte seine Tochter, die den reich bepflanzten Garten bestaunte.

«Hallo Kleines, auch wieder zu Hause? – Wie liefs in der Praxis?»

«Ganz OK. – Am Morgen ist es, wie du weisst, nie so hektisch. – Seit unsere Bürohilfe nicht mehr bei uns arbeitet, fallen jetzt nur eben zusätzliche Arbeiten in meinen Bereich. – übrigens, das Essen ist fertig. Du kannst doch bestimmt deine Schützlinge für kurze Zeit alleine lassen?» Rahel lachte, wie ihr Vater sich stirnrunzelnd am Kinn rieb.

«Doch, ich glaube», meinte er über den Garten blickend, «Meine Kinderlein kann ich kurz alleine lassen.» Lächelnd legte er die Gartenschere zum anderen Werkzeug und begleitete Rahel hungrig ins Haus, wo er sich erst die Hände wusch.

«Setzt euch, ich bin gleich soweit.» Auf einem Servierbrett brachte die Mutter das Essen an den Tisch.

«Ich wünsch' euch guten Appetit. – Übrigens», wandte sie sich Rahel zu, «Ich soll dich noch herzlich von Susi grüßen.»

«Oh, Danke. Wann wird denn mein Schwesterherz mit ihrem Göttergatten hier sein?» scherzte sie mit Vorfreude über den Tisch.

«Susanne und Thomas versuchen bereits am frühen Morgen hier zu sein.»

«Da fällt mir noch ein, Doktor Keller wird von seinem Neffen begleitet. Ich sagte ihm, das ginge in Ordnung. – Ist OK oder?» Fragend sah Rahel zu ihrem Vater, welcher bis zu seiner Pension vor einigen Monaten, in derselben Praxis seine Patienten betreute.

«Klar doch. So ist er nicht allein, wenn ich mich um die anderen Gäste kümmre», bestätigte Herr Seiler. «Ah noch was. Die Musiker, die du und Oliver gebucht habt, sind für unseren Anlass hoffentlich wirklich geeignet?»

«Bestimmt Vati, du kannst beruhigt sein. Oli und ich hatten damals Gelegenheit, die Jungs live zu erleben. – Doch, ich bin überzeugt, sie werden für prima Stimmung sorgen.» Rahel räusperte kurz und schob sich eine Gabel voll Nudeln in den Mund.

«So, jetzt lasst uns aber essen.» Dies brauchte die Mutter nicht zweimal zu sagen. Vater genoss vom Rosenkohl.

«Das schmeckt mal wieder ‹königlich›!» Verständlich sagte er das gerne, wenn er von seinem Garten-Gemüse sprach. «Nein, ohne Scherz! Es ist wirklich vorzüglich zubereitet!» Rahel und ihre Mutter lachten.

«Ah noch was, wann kommt eigentlich Oliver? Kann ich auf seine Mithilfe morgen hoffen?»

‹Jetzt ist es so weit!› – Rahel schreckte auf. Verstört suchte sie nach den richtigen Worten, um ihr lange gehütetes Geheimnis zu lüften. – Dass und weshalb Oliver nicht zum Fest kommen würde.

«Nein», ihre Mutter weigerte sich, zu glauben, was sie von ihrer jüngeren Tochter vernahm. Fragend sah sie zu ihrem Gatten und wieder zu

Rahel, «sag bitte, dass das nicht wahr ist. – Oliver war doch immer so liebevoll zu dir.»

«Doch Mutti. – Wir verstanden uns schon länger nicht mehr. – Er fand sich auch nicht damit ab, dass ich die letzten Monate Überstunden zu leisten hatte.»

«Aber warst du nicht auch nachsichtig, wenn er die halbe Nacht in der Redaktion verbrachte? – Oder Verständnis zeigtest, wenn er mitten in der Nacht an einen aktuellen Ort gerufen wurde? – und das ziemlich oft sogar.» Frau Seiler sah in ein müde wirkendes Augenpaar.

«Wem sagst du das? – Er hatte durchaus dringenderes zu erledigen, statt seine wertvolle Zeit mit mir zu verbringen!» Rahels Atem beschleunigte sich, «willst du wissen, wie diese Arbeit aussah?» ohne auf Antwort zu warten fuhr sie fort. «Etwa 1.60m groß, braunes Haar und mit allen Farben dieser Welt bemalt. – Na, glaubst du mir jetzt, dass ich auf seine Anwesenheit verzichten kann?»

«Bist du dir sicher? – Ist es nicht nur eine Bekannte?»

Frau Seiler legte die Stirn in Falten. Rahel erkannte, dass sie Mühe hatte, dies zu akzeptieren. Darum erzählte sie den Eltern endlich von jenem Nachmittag im Park.

«Jetzt ist mir klar, weshalb du damals in deinem Zimmer statt wie üblich am Pool warst, als wir nach Hause kamen.» Ihr Vater legte tröstend seine Hand auf Rahel' Schulter. «Wenn das so ist, ist es womöglich besser hast du dich von ihm getrennt.» Besorgt sah er zu seiner Frau.

«Nur keine Panik, zur Zeit habe ich ohnehin wichtigeres zu tun, als mich um seinen Nachfolger zu kümmern.» Rahel trank ihr Glas leer, stand auf, um mit ihrer Mutter, das Geschirr in die Küche zu bringen. Gemeinsam bei Kaffee und Kuchen, erkundigte sich Herr Seiler nach der Arbeit seiner Tochter.

«So, wie ich das sehe», scherzte Rahel», fällt es dem lieben Volk erst kurz vor dem Urlaub ein, dass sie Zahnschmerzen plagt.» Der Mutter gefiel die wiederkehrende positive Stimmung ihrer Tochter.

«Das kommende Wochenende wirst du keine Patienten zu betreuen haben. Nein, es wird bestimmt wieder lustig. Auch ohne Ol ... », abrupt verstummte sie, «Oh, verzeih mir.»

Um keine Fragen mehr ausgesetzt zu sein, zog sich Rahel in ihr Zimmer zurück. Bevor sie in den knappen Bikini schlüpfte, ließ sie sich vom kühlen Strahl der Dusche berieseln. Um ihre Stimmung zu heben, griff sie nach dem neuen Duschgel. Sie erinnerte sich an den Nachmittag, wo sie es bei einem Stadtbummel mit Alice und Steffy gekauft hatte. ...

«Rahel schau mal, im Schaufenster von

diesem Geschäft sind, wie da steht, *Die berauschendsten Duschgels und Parfums* ausgestellt. Was meinst du, genehmigen wir uns eine Nase voll?»

«Na klar», stimmte Rahel zu und lachte. «zur Abwechslung mal ein neues Duftwässerchen wäre definitiv nicht falsch.» Mit Spannung betraten die drei das Geschäft und sahen sich gleich nach dem Parfüm-Regal um. Ein Flacon ums anderen wurde geöffnet, daran geschnuppert oder auf den Handrücken gesprüht.

«Oje, jetzt habe ich bereits das fünfte Fläschchen beschnuppert, aber kann mich einfach nicht entscheiden!»

«Ich würde ihnen zu diesem mit dem blauen Verschluss hier raten.» Ein kräftiger Arm griff über Alices Schulter, nach dem erwähnten Fläschchen. Erschrocken wandte sie sich um und sah in ein amüsiertes Augenpaar.

«Na Schwesterchen, suchst du was, um deine Chancen beim ‹stärkeren Geschlecht› zu steigern?»

«Ah, du bist's? – Lass den Unsinn! Hast du nichts Besseres zu tun, als mich zu erschrecken? Im Übrigen sollte dir bekannt sein, dass ich seit kurzem verlobt bin.»

Rahel trat amüsiert zu den beiden und tippte Alices Bruder auf den Rücken.

«Hallo Bruno. Na, suchst du ein Duftwässerchen für deine Liebste?»

«Hallo Rahel. Hallo Steffy. Ich fürchte, sie wäre nicht erfreut, die gleiche Marke wie mein Schwesterherz zu ‹verduften›.» Schelmisch grinsend rieb Bruno sich am Kinn.

«Da wir gerade bei Duftnoten sind. Was meinst du zu diesem Duschgel hier?» Rahel hielt ihm die Flacon-Öffnung an die Nase.

«Wow! – Nein wirklich, das duftet ganz irre!» Rahel um die Hüfte fassend meinte er, «Darf ich dir heute Abend unter der Dusche den Rücken einseifen? – Darin bin ich Experte!»

«Ach du Angeber!» Alice stieß ihrem Bruder grinsend in die Seite, «Kommt, lass uns gehen. Bruno scheint in Wunschträume zu versinken. – Tschüss mein Kleiner.» Amüsiert schritten die Freundinnen zwinkernd an ihm vorbei ...

‹Eins muss ich ihm lassen. Von Duschgels und Parfums hat er echt Ahnung.› Rahel stieg aus der Dusche und griff nach einem frischen Badetuch vom Gestell neben ihr. Im Bikini holte sie den neuen Roman aus der Nachttisch-Schublade bevor sie auf die Veranda trat. Am Tisch goss sie sich Eistee in ein Glas. Mit dem Buch in der Hand legte sie sich auf einen der Liegestühle beim Pool. Viele Seiten schaffte die sonstige Leseratte nicht. Nein, nach der 4. genehmigte sie sich einen letzten Schluck, um sich darauf

auf den Bauch zu legen. Kurz später sank sie in tiefen Schlaf.

Die Sonnenstrahlen wanderten spielerisch dem Schirm entlang und kitzelten Rahel sanft an der Nase. ‹Was war das?› Irritiert öffnete sie die Augen und lächelte. Sie erkannte, dass Alice und Steffy vor ihr standen.

«... Hast du gehört? – Lust mit uns ins ‹Pic› zu einem kühlen Drink?»

«Oh, – hallo ihr zwei. Ähm, Ja klar doch. – Sorry, hab euch nicht gehört. – Ich zieh mir schnell was taugliches über.» Verschlafen rieb sich Rahel die Augen. Wischte mit dem Handtuch den Schweiß von der Stirn und verabschiedete sich kurz ins Bad. Alice und Steffy genossen die Wartezeit bei kühlendem Eistee.

*

Nach einer halben Stunde betraten die Freundinnen das Stammlokal ‹Picadilli›. Die Sonne lachte heiß vom Himmel. Darum wählten sie einen Tisch im Schatten der Linde.

«Was sagst du da? Ist das wahr, Steffy?» Rahel starrte ungläubig zur Seite, «Du gehst wirklich segeln?» Denn ihr war bekannt, dass ihre Freundin für Wassersport und dergleichen, nichts übrig hatte.

«Rahel, schau nicht so geschockt. Ich habe Pius

schon gewarnt. – Aber, dass ich erst einmal auf einem Boot mit tuckerte und das mehr darüber gebeugt, hat bei ihm keinen Eindruck hinterlassen. – Mal sehen, wie ich das überlebe.»

«Na, ihr drei Hübschen, was darf ich den Ladys bringen?»

«Hallo Sven. – Mir bitte einen Bananensplitt. Euch doch bestimmt auch, nicht wahr?»

«Stimmt Rahel. – Ja, mir das gleiche. Und natürlich noch Cappuccinos für alle», bestätigte Steffy. Alice schloss sich der Bestellung an. Sven trat grinsend zurück hinter die Theke und kümmerte sich persönlich um das Gewünschte.

«Und du Alice, hast du auch schon Urlaub?» Steffys Augen leuchteten.

«Ja, Bernd und ich fliegen nach Gran Canaria. Wird bestimmt super! Endlich mal wieder nur wir zwei», zwinkerte sie ihrer Freundin zu.

«Und du Rahel?» Steffy erkundigte sich, ob sie auch ohne Oliver verr reist.

«Nein, werde ich wohl nicht!», bedauerte Rahel und strich abwesend mit dem Finger über den Tischrand. «Im übrigen muss ich leider noch geduldig meiner Arbeit nachgehen. – Zuerst fahren Doktor Keller und ich zu einem Kongress nach Zürich. Wer weiß, vielleicht noch ganz interessant. Was ich im Urlaub unternehme? – Tja mein Flugticket kann Oliver ja nun für seine ‹Farbschachtel› gebrauchen!» Geknickt hob sie die Tasse und sog den köstlichen Milchschaum in den Mund.

«Wenn du diese Woche schon Urlaub hättest, könntest du mit uns in See stechen.»

«Ach nein, Steffy. – Den Genuss überlass ich dir und Pius», schmunzelnd winkte sie den gut gemeinten Vorschlag ab. «Nein, genießt nur schön brav alleine. – Meine Eltern veranstalten dieses Wochenende wieder ihr alljährliches Grill-Fest.» Rahel strich sich eine Locke aus dem Gesicht und sah über die Wiese zum Weiher, «Wer weiß, vielleicht wird es doch noch ganz lustig.»

«Oh», warf Alice ein, «Mein Stichwort. – Lustig war auch was ich in der Hotelküche erlebt habe», sie nippte kurz an ihrer Tasse, «Unser Azubi hatte den Auftrag, eine Gemüsesuppe zu kochen», erneut unterbrach sie ihre Erzählung. Lachend hob sie ihre Sonnenbrille vom Gesicht. Reinigte sie mit einem Tuch und setzte wieder auf die Nase. Die Gäste der umliegenden Tische sahen verständnislos herüber.

«Dürfen wir vielleicht mitlachen?» Rahel schaute erstaunt zu Alice und fragend zu Steffy. Wie üblich trafen sich die drei auch heute, um über die vergangene Woche zu plaudern.

«OK.» Alice räusperte kurz, «Da er schon ein paar solcher Suppen selbst zubereitet hatte, hielt ich es zuerst nicht für notwendig zu kosten. – Wie die Teller aber servierbereit in der Durchreiche standen, entschloss ich mich doch, mal wieder eine Stichprobe durchzuführen.» Alice kämpfte gegen das Lachen an und trank einen hektischen Schluck aus ihrer Tasse. Die Hände zitterten leicht.

«Hey! Und was war denn los? Sag schon», Steffy platzte vor Neugier.

«Ich tauchte also den Löffel in einen der Teller und kostete von der, naja. – Von der … Suppe. – Im gleichen Moment spuckte ich alles wieder aus!» Alices Gesicht rötete sich vor Aufregung. «Diese Speise hätte man eher als ‹exotisches Meerwasser› verkaufen können. Ich würde mich nicht wundern, wenn er für diese Delikatesse ein ganzes Kilo Salz benutzt hatte. – Ich darf mir gar nicht vorstellen, was passiert wäre, wenn die Gäste – übrigens Mitglieder der Stadtregierung – davon gekostet hätten. Eine sooo exotische Speise!» Steffy und Rahel schlossen sich dem Lachen ihrer Freundin an.

«Bei mir im Kaufhaus ereignete sich auch etwas Aufregendes», fuhr Steffy Minuten später fort. «Wie üblich vor Urlaubsbeginn herrschte bei uns reges Treiben … »

«… Ihr könnt euch nicht vorstellen, wie der fleißige Herrn Doktor erschrocken zusammenzuckte, als ich ihn auf die Patientenkarte hinwies. – Denn er wollte den falschen Zahn aufbohren! Nach kurzer Verschnaufpause konnten wir ein Lachen nicht mehr verkneifen.» Rahel beendete, das Treff mit einem Erlebnis aus der Praxis. «Beim Patienten dauerte es verständlicherweise einige Momente länger, bis auch er es lustig fand.- Naja ok. Halbwegs zumindest.» Die drei schafften es mit Mühe, einen erneuten Lachanfall zu verhindern.

«Ich schlage vor», flüsterte Rahel und deutete auf die anderen Gäste, «vermutlich das Beste, wir bezahlen und verziehen uns!»

«Ja», Alice grinste, «wenn ich mich so umsehe, das einzig Richtige.» So bezahlten sie bei Sven, der seine Stammkunden schmunzelnd verabschiedete.

Rahel griff nach ihrer Handtasche, über der Stuhllehne und wandte sich Richtung Ausgang. Dabei blieb ihr Blick an einem vertrauten Augenpaar haften. Sie täuschte sich nicht! Oliver trat mit seiner neuen Freundin auf die Terrasse des Lokals. In der nächsten Sekunde erinnerte sie sich an die Szene im Park und Unruhe stieg in ihr auf. Er war nicht wieder zu erkennen. Bartstoppeln, ungepflegtes Haar und zerrissene Jeans. Rahel wandte sich erschrocken ab. Auch Alice erblickte ihn.

«Hallo Oli», im gleichen Augenblick war ihr klar, dass der Gruß heute fehl am Platz war.

Oliver erkannte die drei Freundinnen. Demonstrativ legte er seiner Begleitung den Arm um den

Nacken. Verwirrt wandte Alice ihren Blick dem Ausgang zu, wo sie eilig auf den Vorplatz trat. Steffy und Rahel folgten ihr, ohne zur Seite zu schauen. Auf der Straße zurück schlossen Steffy und Alice ihre Freundin fürsorglich in die Mitte.

«Bitte verzeih mir, ja? Es war nicht meine Absicht. – Wirklich!»

«Hey, was soll das!? Warum entschuldigst du dich, Alice? Du kannst doch jeden grüssen. Und er kann meinetwegen mit jeder des Dorfes ‹rummachen›. – Wenn er nur mich in Zukunft in Ruhe lässt!» Rahel lächelte erzwungen und strich sich über das Haar. Um das Thema zu wechseln, deutete sie rasch auf ein Kleid im Schaufenster der Boutique vor ihnen.

«Wow, seht euch diesen Traum an! – Aber eigentlich viel zu überspannt für diese Gegend.» Alice stimmte verwirrt zu.

«Ja und schau mal, auch der Preis scheint nicht für unser Geldbeutel bestimmt zu sein.» Sie erkannte, wie Rahel versuchte, ihre Enttäuschung zu überspielen.

«Na komm schon. Eines Tages wirst du mit Sicherheit ein schöneres Kleid finden. – Und nur so nebenbei», Steffy deutete auf die Leuchtschrift über dem Eingang, «In einem Geschäft wie diesem, kleiden sich nur Damen wie ‹Frau Professor Doktor Sowieso› und ähnliche ein.»

«Hast ja recht», stimmte Rahel zu, «Viel zu aufgekratzt für diese Gegend.»

Ein Streifenwagen fuhr an den Freundinnen vorbei und hielt vor dem ‹Picadilli›. Zwei Beamte stiegen aus und traten in festem Schritt in das Lokal.

«Ob mal wieder einer nicht bezahlen möchte?» Alice schüttelte ungläubig den Kopf und folgte den anderen.

Der Heimweg führte sie über den Park, auf dem sich viele Kinder tummelten.

«Autsch! – Hey, eigentlich habe ich nicht vor, Fußball zu spielen!» Steffy hob den Ball vom Boden, der ihr gegen den Rücken geprallt war. «Ziel das nächste Mal lieber aufs Tor, ja?» Sie spielte das runde Leder, einem vor ihr stehenden Dreikäsehoch zu. Dieser entschuldigte sich wiederholt bei Steffy. «Schon gut. – Spiel schon weiter. Aber sei jetzt vorsichtiger, ja?» Lachend wandten sich die drei wieder ihrem Weg zu.

Vor Rahels Elternhaus blieb das ‹Kleeblatt›, wie man die Freundinnen scherzhaft nannte, stehen.

«So bleibt mir nur noch, euch einen erholsamen Urlaub zu wünschen.» Rahel schloss beide in die Arme.

«Danke», Alice umarmte sie freundschaftlich, «Dir ein superschönes Wochenende und genieß es, ja?»

«Dir viel Spaß beim Fest. Tschüss Rahel.»

«Tschüss Steffy. – Oder besser ‹Schiff ahoi!› – Wünsch euch herrliches Segelwetter.» Rahel setzte ihre Hand mit ausgestreckten Fingern an ihre Schläfe.

Bevor Rahel über die kurze Allee schlenderte, blieb sie vor dem Eingangstor stehen. Dort ließ sie ihren Blick zur Wiese rechts vom Haus schweifen.

Mit ihrer vier Jahre älteren Schwester Susanne tobte sie oft zwischen den Obstbäumen herum oder kletterte auf diese. Beide genossen eine unbekümmerte Kindheit. Heute erkannte Rahel, dass es richtig war, dass ihre Eltern ihr nicht jeden Wunsch erfüllten. Trotzdem musste sie nie auf ihre Liebe verzichten.

«Bleibst du noch lange im Eingang stehen? Oder trinkst du mit mir und Vati Kaffee auf der Terrasse? Ich habe gerade frischen gemacht.»

«Grüß dich Mutti, ja klar.» Rahel betrat die Küche und nahm ihrer Mutter das Servierbrett ab. Zusammen gesellten sie sich zu ihrem Vater. Dieser zog sich die Gartenhandschuhe aus und legte sie auf den Boden.

«Hallo Kleines, schon zurück?» Bevor Herr Seiler sich zu ihnen setzte, holte er die Zeitung aus der Küche. Am Tisch zurück, griff er dankend nach der Tasse, die ihm Rahel reichte.

«Übrigens, Bruno Baumann und seine Gattin

werden in Begleitung ihres Sohnes kommen . So wie ich mich erinnere, ist er nur gerade zwei Jahre älter als du», bestätigte Frau Seiler.

«Und vielleicht heiraten wir dann nächste Woche. – Nein, Mutti. Diese Wahl überlässt du besser mir, ja?»

Den restlichen Abend verbrachte Rahel im Jogging-Anzug, auf der Veranda. Mit Spannung vertiefte sie sich in die Welt ihres Romans. Ihre Mutter studierte konzentriert die Mode-Zeitschrift. Genüsslich an seiner Zigarre paffend las Herr Seiler die Zeitung. So genoss die Familie oft gemeinsam die Abendstunden, bis man sich zu später Stunde müde schlafen legte.

Kapitel 3

Heute blieb die Praxis geschlossen. Dr. Keller verbrachte den Tag damit, seinen Neffen bei den letzten Vorbereitungen für den Umzug nach Lausanne zu unterstützen. Zuerst stand ein Besuch beim Amt auf dem Programm, der erste Schritt in ein neues Kapitel.

«So, bald habe ich's geschafft. Ich hoff nur, der ganze Aufwand lohnt sich!»

«Doch Christian. Glaub mir, es wird dir dort gefallen,» Doktor Keller schmunzelte amüsiert, «und wenn dich das Heimweh quält, so weit weg bist du ja nicht. Und meine Tür steht dir jeder Zeit offen.» Er klopfte seinem Neffen auf die Schulter.

«Gut zu wissen», entgegnete Christian neckisch und schob die erhaltenen Unterlagen vom Amt in die Aktentasche auf dem Rücksitz seines Wagens. «So, jetzt spendier ich uns noch ein kühles Bier. OK?» Er zeigte auf ein Lokal am Ende der Straße. Mit einem Lächeln bestätigte sein Onkel diese Idee.

Rahel nutze den freien Tag, um ihre Mutter zu begleiten. Frau Seiler wünschte Gewissheit, dass alles fürs Fest pünktlich geliefert würde.

Zuerst fuhren sie zur Metzgerei im Ort. Der Geschäftsführer persönlich führte sie zum Kühlraum.

«Guten Tag die Damen. Gerne zeig ich euch was ich für das Grillfest vorbereitet habe.»

Wie Rahel in den Raum trat, schlug ihr eisige Kälte entgegen. Sie sah zu ihrer Mutter, welche amüsiert ihre Sommerjacke zuzog. Mit Stolz präsentierte der Metzgermeister ‹die Delikatesse des Hauses›. Wie er es selber beschrieb.

«Das sieht ja toll aus. Ich bedanke mich für ihre Mühe», mit grossem Respekt reichte Frau Seiler dem Herrn die Hand.

«Immer wieder sehr gerne. – Sollten Sie noch Fragen haben, oder ihnen noch etwas einfallen, rufen Sie an.» Der Geschäftsführer verabschiedete sich mit einem festen Händedruck bei Frau Seiler und Rahel. «Wünsch ein gelungenes Fest und hungrige Gäste.»

Die folgende Station führte sie zum Party-Service. Dort trafen sie auf hektisches Treiben. Beim Eingang erkundigte sich Frau Seiler nach der Direktion. Eine jüngere Frau in weissem Kittel beschrieb ihnen den Weg durch die verwinkelten Gänge.

Rahel und ihre Mutter fanden, nach dem einen oder anderen Umweg, eine Etage höher und im zweiten Seitengang an der dritten Tür, das Schild ‹Geschäftsleitung›.

«Phu, ein Irrgarten ist bestimmt leichter zu beschreiten als dieses Gebäude. – Aber wie ich sehe haben wir's gefunden.» Frau Seile betätigte erleichtert die Klingel unter dem Schild. Sekunden später ein kurzer Gong und die Lampe über dem Zugang leuchtete auf. Langsam öffnete Rahel darauf die Tür. Eine Dame hinter dem Tresen hieß sie willkommen.

«Guten Tag. – Seiler mein Name. Wir wollten nur sicher gehen, dass die Bestellung für unser Fest morgen bereit steht und pünktlich geliefert wird.» Abwartend stand sie an die Theke gestützt.

«Einen Moment.» Flink tippte die Angestellte, die erhalten Angaben in die Tastatur. «Ja, ich sehe, dass es als bearbeitet gekennzeichnet ist. Die Lieferung – Salate, Getränke, Torten und Brote – wird somit heute noch an sie ausgeliefert.» Ein weiterer Mitarbeiter trat hinzu, um Unterlagen abzugeben. Die Dame hinter dem Tresen wandte sich ihm zu.

«Hättest du vielleicht Zeit, Frau Seiler den für ihr Fest reservierten Grill zu zeigen?» Wieder zu ihren Kunden gerichtet, «Er zeigt euch gerne noch das selbe Model den wir für ihr Fest reserviert haben. – Wie vereinbart, wird ihnen alles noch heute um 18:00 Uhr geliefert.»

Der Mitarbeiter stellte sich kurz vor und führte

Rahel und ihre Mutter zu den bestellten Tischen. Er trat an den Möbeln vorbei und blieben vor dem Grill stehen.

«Dies ist unser bestes Stück. Für einen Anlass ihrer Größe genau das Richtige. Da brauchen ihre Gäste nicht lange auf ihr Essen zu warten.»

«Da ist noch was», Frau Seiler spielte an ihrer Halskette, «Wie steht es mit dem Geschirr?» Der Angestellte beruhigte seine Kundin.

«Keine Sorgen gute Frau! Wie ich in den Unterlagen hier lese, wird das Personal, das für sie eingeplant wurde, die Sachen gleich selbst mitbringen.»

«Na, dann sollte nichts mehr schief gehen.»

«Bestimmt nicht Mutti. Hast du etwa daran gezweifelt?» Scherzhaft stupste Rahel ihre Mutter in die Seite. Zufrieden lächelnd verabschiedeten sich beide.

«Gutes Gelingen! Tschüss», der Angestellte reichte mit einem kurzen Nicken, den Damen die Hand und wandte sich wieder seiner Arbeit zu. Frau Seiler atmete auf. Erleichtert erkannte sie, dass alles erledigt war.

«Na Liebes, was meinst du, wollen wir im Lokal dort einen Kaffee trinken? Ich denke das haben wir uns jetzt verdient.» Frau Seiler deutete auf das einladend wirkende Straßen-Café auf der anderen Seite.

«Da sage ich nicht nein! – Gut veranstalten wir

nicht jedes Wochenende ein solches Fest! – Echt anstrengend!»

«Hast ja recht», Frau Seiler legte ihren Arm um Rahels Taille, «dafür werden wir bestimmt viel Schönes erleben.»

Entspannt betraten beide das Lokal. Auf der begrünten Terrasse sitzend, bestellten sie Kaffee. Für kurze Zeit gönnten sich Mutter und Tochter Distanz zum heimischen Stress. Sie lachten über Erlebnisse die Rahel von Alice und Steffy erzählte. Oder tauschten Wünsche für das Fest am Wochenende aus.

Um 17.00 Uhr waren sie sich einig, dass es höchste Zeit war, zurückzufahren. Um die Ecke auf dem Parkplatz stand Rahel' blauer VW-Golf. Mit der Gewissheit, alles erledigt zu haben, stiegen sie ein und fuhren entspannt nach Hause.

*

«Könntest du die Schachtel hineinbringen?» Mit Taschen in beiden Händen wandte sich Frau Seiler dem Hauseingang zu. Rahel beugte sich, auf Mutters Bitte hin, über den Kofferraum und griff unter die Box.

«Phu! Hast du den ganzen Laden leer gekauft? – Oder sind da vielleicht doch Goldbarren drin?!»

«Das sind nur die wichtigsten Kleinigkeiten,

für morgen drinn.» Besorgt beobachtete Frau Seiler wie Rahel mit Mühe die Schachtel bis zur Treppe schleppte. «Tut mir leid Kleines. Lass sie doch hier stehen. Vati wird sie in den Schuppen bringen.»

«Unglaublich, aber ich habe schon wieder mächtigen Durst!» Rahel wischte sich den Schweiß von der Stirn.

«Ich habe Eistee im Kühlschrank. Geh du schon zu Vati, ich komm gleich nach.»

Darauf trat Rahel durch das Gartentor und gesellte sich zu ihrem Vater, der konzentriert in der Ortszeitung las. Sie griff nach der Modezeitschrift, die auf dem Tisch lag. Herr Seiler räusperte und rieb sich stirnrunzelnd am Kinn.

«Rahel, sag mal. – Weißt du von Schwierigkeiten, die Oliver zu haben scheint?» Ungläubig sah sie von ihrer Zeitschrift auf.

«Schwierigkeiten? – Oliver? – Nein, wovon sprichst du?»

«Hier in der Zeitung steht, dass man Oliver M. gestern Abend auf den Dienststelle geholt habe», Herr Seiler deutete irritiert auf den Artikel. «Um ihn wegen der Sache *Apotheke Ziegler* zu befragen. – Hm, wie es scheint, gehört er zu den Verdächtigen vom Einbruch.»

«Oliver!? Das glaub ich jetzt nicht! – Zeig mal.» Rahel griff ungläubig nach der Zeitung, die ihr Vater ihr reichte. Stumm, mit zitternden Händen las sie den Text, der unter *Polizei-Bericht* zu finden war. Wortlos starrte sie auf den Artikel. Ein Schauer lief ihr über den Rücken. Hastig führte sie das Glas an den Mund. Ordnete ihre Gedanken. Waren die Polizisten wegen ihm im ‹Picadilli›? Sie las weiter. «... soll Herr ‹Oliver M. im Verdacht stehen, interne Infos aus der Apotheke weitergereicht zu haben. Und dieser Umstand führten dazu, dass eine unbekannte Gruppe eindringen konnte.»

«Scheinbar warst du zu jenem Zeitpunkt noch mit Oliver zusammen.» Geschockt über die Bemerkung ihres Vaters, versuchte Rahel sich erst wieder zu fassen. Sie hörte vom Einbruch. – Ja. Doch nie hätte sie es für möglich gehalten, dass er damit in Verbindung stand. Ihr war bekannt, dass er Wochen zuvor eine Reportage über die Eröffnung dieser Apotheke schrieb. In der Beziehung zeigten sich zu jener Zeit erste Probleme. Zudem hatte er diese neuen Freunde. Das schien für sie vorerst nichts Beunruhigendes. Obwohl sie mit diesen seltsamen Burschen persönlich keinen Kontakt wünschte. Waren das die aus dieser erwähnten Gruppe?

Diese Vermutung behielt Rahel für sich. Stattdessen beschloss sie, ein paar Längen im Pool zu schwimmen. Seit der Trennung entschied sie sich, das Thema ‹Oliver› für abgeschlossen zu sehen. So sollte es ihrer Meinung nach bleiben.

Kurz später stand sie im Bikini neben dem Pool, um mit einem geschickten Kopfsprung ins kühle Nass zu hechten.

«Herrlich», entglitt es Rahel, wie sie wieder auftauchte, «na, was meinst du, kommst du auch noch hinein?» Auf dem Rücken schwimmend erreichte sie den Rand, wo ihre Mutter stand.

«Oh, nein! Das ist nichts mehr für mich!» Achselzuckend wandte sich Frau Seiler dem Schuppen zu. Dort war ihr Gatte dabei, die Utensilien aus den Taschen zu verstauen. Rahel schwamm gedankenverloren weiter.

Ein Bremsquietschen war zu hören. Herr Seiler unterbrach daraufhin seine Arbeit und trat durch die Seitentür zum Vorplatz. Kurz später kehrte er, gefolgt von vier Mitarbeitern des Party-Dienstes zurück. Flink brachten sie das Fest-Inventar auf Herrn Seilers Anweisung zum Schuppen. Nach getaner Arbeit bat er die Gruppe, auf die Veranda.

«Hier, meine Frau hat Euch Bier bereitgestellt. Bedient euch gleich selbst.»

«Da hatts noch Salzstangen wer möchte.» Frau Seiler stellte eine Schale mit Salzgebäck in die Mitte. Je mehr die Arbeiter ihren Durst löschten, desto schallender ertönte ihr Gelächter.

«Louis, wie sieht's aus?» einer der Helfer stieß seinen Kollegen in die Seite, «Willst du nicht zur hübschen Badenixe dort in den Pool springen und ihr deinen tollen Body präsentieren?» Rahel schielte peinlich berührt zur Terrasse.

Um die Tochter des Hauses vor weiteren ‹Attacken› zu schützen, forderte der Chef seine Mitarbeiter zum Aufbruch auf. Eilig trank jeder seine Flasche leer und verabschiedete sich mit einem Händedruck bei Herrn und Frau Seiler und wünschten viel Spaß beim Fest. Einer der Arbeiter zwinkerte Rahel zu.

«Lass dich nur nicht stören», riet ein Zweiter und grinste ihr entgegen, «aber bleib nicht zu lange drin, sonst schrumpelt deine zarte Haut.»

«Keine Angst, sobald ihr weg seid, werde ich heraus kommen», gelassen schwamm Rahel weiter ihre Länge fertig. Das war die einzig richtige Antwort! – Denn die Arbeiter verließen ohne ein weiteres Wort das Anwesen und entfernten sich im Lieferwagen.

«Oh-la-la», scherzte Herr Seiler, «wie es scheint, ist unser ‹Nesthäkchen› nicht mehr so klein, wie wir es gerne hätten.»

«Ja, scheint so!» Rahels Mutter griff nach der Hand ihres Gatten. Dieser legte stumm grinsend den Arm um ihre Hüfte.

«Aber eure Tochter bin und bleibe ich, auch wenn ich einmal Frau ‹Sowieso› sein sollte.», Rahel hob lachend ihre Arme über die Schultern der Eltern. Frau Seiler sah geknickt zu ihrer Jüngsten. Wie sie ein leises Lächeln ihres Gatten und das Kichern ihrer Tochter vernahm, fand sie den Vorfall genauso komisch und lachte mit. Am Tisch goss sie Eistee nach und prostete den beiden zu.

«Wie sieht's aus», erkundigte sich Herr Seiler, «Konntet ihr zwei hübschen alles erledigen?»

«Doch, das Essen und die Getränke bringt das Party-Personal gleich mit. – Die Torten und Glacés, ja, die sollten eigentlich noch heute geliefert werden! – Ich hoffe nur, es hat genügend Stauraum im Gefrierschrank.»

«Klar Mutti, in einem so geräumigen Schrank hätte der gesammte Ladeninhalt Platz. Da brauchst du dich nicht zu sorgen.» Kaum ausgesprochen, hörten sie es an der Haustür klingeln. Herr Seiler erhob sich und trat zum Vorplatz.

Das Telefon klingelte. Die Mutter hob den Hörer vom Gerät auf der Veranda ab.

«Seiler am Apparat. – Oh, guten Tag. – Ja hab davon gelesen», bestürzt räusperte sie sich. «Wie kommen sie darauf? – Ah ok. – Ja, sie ist hier. Dann gebe ich den Hörer mal weiter. – Einen Augenblick bitte. – Aufwiederhören.» Frau Seiler hielt die Hand auf die Sprechmuschel und erklärte ihrer Tochter, dass ein Polizeibeamter am Telefon sei. Mit Schrecken stellte Rahel die Tasse rechtzeitig auf den Tisch. Ohne Fragen zu stellen, griff sie nach dem Hörer.

«Ja, hallo. – Seiler hier. – Was kann ich für Sie tun?» Gespannt sah sie ins Leere und wartete auf Antwort. «Ja genau Rahel mein Name. – Oh, warum das? – Klar, versteh ich. – Ja, werde ich. – Ok. Ich melde mich.» Eingeschüchtert beendete sie den Anruf und trank verwirrt aus ihrer Tasse.

«Was wollte er von dir, mein Liebes?» Frau Seiler griff besorgt nach der Hand ihrer Tochter, «etwa wegen der Sache mit Oliver?»

«Ja», Rahel nippte weiter verstört an ihrer Tasse. «Ja genau darum. – Ich soll mich auf dem Wache melden. Sie möchten mir wegen der Sache einige Fragen stellen.» Beim Gedanken daran beschlich sie ein beklemmendes Gefühl. Um die Stimmung für das Grill-Fest nicht zu gefährden, bat sie ihre Mutter, ihrem Vater und ihrer Schwester Susanne nichts davon zu erzählen.

«Ja, wenn du meinst. Werd's versuchen. – Probier auch du selber es bis Montag zu vergessen, ja? Wir wissen ja, dass du da nichts zu befürchten hast. – Wüsste mal nicht was. – Jetzt genießen wir erst mal den Abend und das Fest morgen.»

Wie alle Torten im Gefrierschrank und die Getränke im Keller verstaut waren, setzte sich Herr Seiler mit einer Flasche Wein und drei Gläser ebenfalls an den Tisch. Rahel und ihre Mutter waren erleichtert, dass er vom Telefongespräch nichts mitbekam. Lange sprach man über das Fest und die Erwartungen. Gemeinsam sah man mit Freuden auf den kommenden Tag.

Bald sank Rahel müde ins Bett. Dank des Weins fiel sie mühelos in tiefen Schlaf. Frau Seiler, die wie jedes Jahr von Nervosität geplagt war, checkte zum x-ten Mal alles in Gedanken durch, bis auch sie beruhigt einschlief.

*

Es schien, Rahel hätte nur einen Moment die Augen geschlossen. Kaum war sie eingeschlafen, riss quietschen und hämmern sie unsanft aus dem Schlaf. Der Party-Service erschien früh um 7:00 Uhr. Die einen der Truppe hoben einzelne Bretter aus dem Schuppen. Weitere zwei schraubte damit Tische und Bänke zusammen. Zum Schluss schob man den Grill zum vorgesehenen Ort. Flink bereiteten die Damen an den Salat- und Torten-Buffets mit Freude und Geschick die Köstlichkeiten vor.

«So», hörte sie ihre Mutter über den Platz rufen, «Jetzt habt ihr aber einen Imbiss verdient. – Kommt auf die Veranda. – Bedient euch selbst. Es hat genügend für alle.»

Oh war das nicht … ? Rahel hörte von unten eine ihr vertraute Stimme. Sie hüpfte aus dem Bett und beugte sich aus dem Fenster. Abseits des hektischen Treibens erkannte sie ihre Mutter im Gespräch mit einer Frau.

‹Hey, das ist ja Susi.› Entschlossen schlüpfte sie in ihre Pantoffeln. Mit dem Jogginganzug über dem Arm eilte sie ins Badezimmer.

«Hallo Schwesterherz!» Auf der Terrasse begrüßte Rahel ihre Schwester und schloss sie in die Arme.

«Grüss dich, Rahel! Na, wie gehts dir? – Lange nichts mehr von dir gehört. – Siehst blendend aus. Scheinbar verwöhnt dich Oliver bestens. Stimmt's?» Susanne bemerkte, dass sie etwas Falsches gesagt hatte. Denn Rahel wandte ihren Blick mit einem Räuspern zur Seite. An Mutters Geste erkannte sie, dass sie keine weiteren Fragen stellen solle.

Frau Seiler wartete, bis sich ihre jüngere Tochter entfernte. Klärte Susanne über das Verhalten ihrer Schwester auf. Sprach die Trennung an. Verschwieg wie vereinbart die andere Sache mit Oliver.

«Das hätte ich Oli echt nicht zugetraut! – Rahel war doch immer hilfsbereit und verständnisvoll wenn er länger arbeiten musste», Susanne schüttelte den Kopf, «womöglich hat er sie gerade deswegen so hintergangen!» Bestürzt nippte sie an ihrem Glas und stellte es leer getrunken auf den Tisch neben ihr.

Sie beschloss, zu ihrer Schwester ins kühle

Nass zu steigen. Zu Beginn schwammen sie stumm nebeneinander her. Bis Rahel zum Kraulen ansetzte und Susanne zu einem Wettkampf anspornte. Unter Gekicher kraulten sie drei Längen, die Rahel um eine Nasenlänge für sich entschied.

«Meine liebe Susi, du scheinst aus der Übung zu sein!»

«Na übertreib mal nicht.» Susanne stieg lachend aus dem Pool und reichte ihrer Schwester eins der flauschigen Badetücher. Erleichtert, Rahel wieder auf andere Gedanken gebracht zu haben. «Es ist Zeit, dass wir uns umzuziehen, was meinst du?»

*

Kurz später genoss die Familie die ‹Ruhe vor dem Sturm› auf der Veranda. Das Party-Personal bereitete das Fleisch vor, um es zur richtigen Zeit auf den heißen Grillrost zu legen.

«Wie ich sehe, wurde alles zu meiner Zufriedenheit erledigt. Staune jedes Jahr, wie die Burschen das fix erledigen.» Herr Seiler hob sein Glas mit Erleichterung seiner Frau entgegen. «Jetzt nochmals kurz Ruhe, bis es in einer knappen Stunden losgeht.»

Um 11:00 Uhr trafen die ersten Gäste ein.

«Ausgezeichnet, dass ihr kommen konntet! Ich

habe für euch einen Tisch reserviert.» Rahel begrüßte eine Gruppe Freunde.

«Prima», schwärmte Karin, «von hier aus sehe ich genial zur Tanzfläche!»

«Dann bin ich ja beruhigt, wenn du mit meiner Wahl zufrieden bist.» Rahel klopfte ihr kichernd auf die Schulter.

«Jetzt benötigen wir nur noch ein paar gutaussehende Jungs die tanzen können.», scherzte Tamara, «Und der Tag ist gerettet!»

«Gut dass ich gefahren bin. Vor lauter ‹Rumgehopse› wirst du am Abend nicht mehr ruhig stehen, geschweige das Auto steuern können,» alle lachten über Barbaras Bemerkung.

Ein paar Tische weiter, war Rahels Vater mit seinem ehemaligen Praxis- Kollegen Doktor Keller und dessen Neffen Christian in ein Gespräch vertieft.

«... und du wirst bald im Lausanner Krankenhaus die Arbeit aufnehmen? – Finde ich toll. Später», Herr Seiler klopfte seinem Freund auf den Rücken, «später dann übernimmst du die Praxis deines Onkels.»

«Ja, das wär eine prima Möglichkeit», stimmte Christian zu, «es wird seine Zeit dauern, bis ich mich an die Sprache und die Umgebung dort gewöhnt habe, aber zum Glück wohnt meine Schwester in der Nachbargemeinde», sein Gesicht hellte sich auf, «Übrigens, mein Onkel erzählte mir von ihrer Tochter? Ist sie vielleicht auch hier?»

«Ja, ist sie. – Nur kann ich sie im Augenblick nirgends sehen.» Herr Seiler schaute suchend über das Gelände.

«Na, macht nichts. Wir werden uns sicher noch kennenlernen.» Christian prostete beiden entspannt zu.

Frau Seiler, die vor dem Salat-Buffet stand, erblickte Familie Baumann beim Eingang und eilte sofort auf sie zu.

«Freut mich, dass ihr da seid», sie reichte jedem zur Begrüßung die Hand, «Kommt, ich zeig euch einen passenden Platz. – Ich muss gestehen», bestätigte sie flüsternd zu Anna Baumann, «Euer Sohn wird immer hübscher! Setzt euch doch schon mal hier hin. Ich werde mich gleich mal nach Rahel umsehen.» Sie entschuldigte sich und sah Richtung Bühne. Und wirklich, am Tisch nahe der Tanzfläche, erblickte sie eine Gruppe junger Frauen, die sich amüsiert unterhielten. Mittendrin erkannte sie ihre Tochter.

«Rahel – Rahel kommst du mal kurz?» Frau Seiler tippte ihrer Tochter wiederholt auf die Schulter. Diese erkundigte sich flüchtig und wandte sich gleich wieder lachend der Gesprächsrunde zu.

«Rahel, was ist jetzt? – Du brauchst ja nur ‹guten Tag› zu sagen.»

«Ja, Mutti, ich werde deinen ‹Möchte-gern-Schwiegersohn› schon noch begrüßen. Aber mach dir nicht zu viele Hoffnungen, ja?!»

Frau Seiler musste einsehen, dass Rahel im Augenblick nicht von der Gruppe wegzulocken war. Darum entschloss sie sich, weiter nach dem Rechten zu sehen.

Auf dem Weg zum Grill begegnete sie einigen Personen, die sie herzlich willkommen hieß. Mit dem einen oder anderen Gast wechselte sie ein paar Worte.

«Würden sie bei Gelegenheit für Bier- und Mineralwasser- Nachschub sorgen?» Auf die Bitte seines Chefs schritt ein Helfer des Getränkestandes zum Haus und betrat über Stufen den Keller. Kurz später jonglierte er eine Kiste Mineral- und zwei Harras mit Bierflaschen die Treppe hinauf. Herr Seiler der es kritisch beobachtete, eilte zu Hilfe.

«Stop. Achtung! – Ich nehm ihnen die Kiste weg. Dann klappts ohne Zwischenfall.» Gemeinsam brachten sie die Getränke zum Stand. Erleichtert schritt Herr Seiler weiter.

Seine Frau trat zum Grill, wo die vorletzte Ration Steaks, weinige Bratwürste und die letzten Cervelats brutzelten.

«Gut schauen sie vorbei! Wie sie erkennen habe ich bald kein Fleisch mehr anzubieten.

Und sie sehen ja selbst, wie sich die Gäste darum reißen! – Mit der Metzgerei war vereinbart, dass um 15:00 Uhr die nächste Lieferung eintrifft! – Jetzt ist bald 16:00 Uhr und ich weiß nicht, was geschieht, wenn der ganze Fleischbestand aufgebraucht ist.»

«Beruhigen sie sich erst mal. Ich werde mich gleich darum kümmern.» Sie eilte zum Telefon und tippte die Nummer der Metzgerei in die Tasten.

«Guten Tag, Seiler mein Name» freundlich, aber bestimmt klagte sie ihr Leid. «… und nun möchte ich sie fragen, wann die nächste Lieferung denn nun eintrifft!?»

«Wir bedauern das Missgeschick. Der Lieferwagen müsste jeden Augenblick bei ihnen eintreffen. – Es gab leider ein Problem mit dem Wagen. Aber es konnte behoben werden. – Der Chef lässt sie wissen, dass ein Teil der Lieferung, zum ‹Ausgleich› kostenlos geliefert.»

«Oh, danke», Frau Seiler bereute ihr resolutes Auftreten von vorhin, «Richten Sie ihm bitte die besten Grüße aus. – Und nochmals vielen Dank»

«Wir danken für ihr Verständnis! – Weiterhin ein frohes Fest. – Tschüss.» Diese Nachricht überbrachte Frau Seiler sofort dem Helfer beim Grill.

Rahel, mit Bruno Baumann und dessen Eltern in ein Gespräch vertieft, störte sich am Thema. Denn den Gästen bereitete es Freude, über «Herrn Meier» oder «Frau Müller» zu spotten.

«Wie wär's, hast du Lust zu tanzen?»

‹Oje›, schoss es Rahel durch den Kopf «Ich tanze für mein Leben gerne», meinte sie trotzdem, stand auf und ließ sich von Bruno zur Tanzfläche führen.

Zu ihrem Entsetzen spielte die Band mit zwei langsamen Songs in Folge auf. Brunos Atem hauchte feuchtwarm an ihr Ohr. Die muskulösen Arme drohten ihren zarten Körper zu erdrücken.

Im Gegensatz zu Bruno war Rahel entzückt, wie die Band hinterher drei Rock'n Rolls ankündigten. Sie tanzte mit Begeisterung mit. Ihr Tanzpartner versuchte mit Mühe, im Takt zu bleiben. Außer Atem entschuldigte sich Rahel am Schluss der Runde und ließ Bruno verwirrt auf der Fläche zurück.

Verschwitzt taumelte Rahel zum Getränkestand und bestellte sich einen kühlen Drink. Das halbe Glas kippte sie in sich hinein und wandte sich übereilt vom Stand ab. Wo sie mit einer vor ihr stehenden Person zusammenstieß! Mit Mühe hielt sie sich aufrecht. Eine kräftige Hand fing sie auf.

«Na, na. – Sind sie immer so in Eile?» Was

war das denn?! – Diese Stimme kannte sie von irgendwo! – Ein Blick in das markante Gesicht vor ihr bestätigte ihre Vermutung.

«Sind sie immer so stürmisch unterwegs? Oder woran liegt es diesmal?» Grinsend sah ihr der ‹Mann ohne Namen› entgegen.

«Oh, Verzeihung! – Nein, eigentlich nicht. – Aber es könnte am Getränk hier liegen. Übrigens», sie reichte ihm die Hand, «Seiler. – Rahel Seiler. – Darf ich mich vielleicht nach ihrem erkundigen?» Beschämt erkannte sie, wie vorlaut ihr Auftreten erschien.

«Dürfen sie», antwortete das ‹Opfer› amüsiert, «Ich heiße Christian. – Christian Keller, wie ich erfahren habe arbeiten sie als gute Seele bei meinem Onkel? Stimmt's? – Übrigens, Freunde nennen mich Chris!» Rahel bemerkte einen leichten Druck um ihre rechte Hand.

«Ah hallo», sie senkte hustend den Kopf. Er klopfte ihr lächelnd auf den Rücken.

«Ich würde vorschlagen, sie ziehen heute Mineralwasser vor. Vielleicht darf ich sie zu einem Tanz auffordern.» Rahel wandte sich ohne ein weiteres Wort ab. Wie gerne hätte sie sofort mit ‹JA› geantwortet, hielt sich jedoch zurück.

«Wenn ich Zeit habe? Mal seh'n.»Damit entfernte sie sich vom Buffet. Weinige Schritte weiter, traf sie auf ihre Freundin Petra und deren Partner Alex.

«Hallo Rahel, na wie geht's dir?» Petra schloss sie freundschaftlich in die Arme.

«Hey hallo ihr zwei. – Sehr gut, wenn du das Thema ‹Oliver› meinst. – Der ist für mich Geschichte.» Wie mit ihrer Mutter vereinbart unterließ sie es, vom Anruf der Polizei zu berichten. «Hallo Alex, schön dass du auch hier bist!»

«Ist doch klar! – So etwas lässt man sich doch nicht entgehen! – Es ist für mich nicht leicht, mit ansehen zu müssen, wie dieses ‹doofe Weibsbild› meinen einst besten Freund und Arbeitskollegen, so negativ verändert hat! Weiß der Teufel, wie ausgerechnet Oliver auf so eine fliegt», aufgeregt strich Alex durchs Haar. «Aber ich werde mich nicht einmischen. – Oh Gott nein! – Er wird schon bald feststellen, wie ihn diese Schlampe durch den Dreck zieht. Ihm wird hoffentlich bald klar, dass er sich dir gegenüber mies verhalten hat! – Hast du die Zeitung gelesen? Ich sag mal lieber nix mehr. Ein Skandal!»

«Vergiss es Alex! Dieses Kapitel ist für mich endgültig abgeschlossen», Rahel drückte ihre Freundin, «so, jetzt widmet euch aber wieder dem Treiben hier. – Bis später.» Sie beschloss, sich zu Ihren Eltern und Doktor Keller zu setzen.

Wie sie zum Tisch trat, bot ihr Susanne den Platz neben ihr an. Bald erkannte sie, warum ihre Schwester auf diesen bestand.

«Ah, hallo Rahel», Christian setzte sich lächelnd mit zwei Weingläser ihr gegenüber. Doktor Keller bedankte sich, ergriff das ihm gereichte Glas und prostete seinem Neffen zu. «Hätte ich gewusst, dass Du dich doch zu uns gesellst, hätte ich dir auch eins mitgebracht.»

«Schon in Ordnung, ich ziehe in dieser Hitze lieber Eistee vor», kichernd hob Rahel das Glas in seine Richtung.

»Schlaue Entscheidung», meinte Chris grinsend und lauschte dem Gespräch von Herrn Seiler und seinem Onkel.

Rahel plauderte mit ihrer Mutter und Susanne. Wie gerne hätte sie ihre Nichte wiedergesehen. Ihre Schwester hielt es für besser, die Kleine bei ihren Schwiegereltern zu lassen.

Chris versäumte es nicht, ab und zu seiner Tischnachbarin ein scheues Lächeln zu schenken. Bald forderte er sie zum Tanz auf. Rahel stimmte mit Begeisterung zu und folgte ihm den Tischreihen entlang zur Tanzfläche.

Locker ließ Sie sich von Chris über die hölzerne Fläche führen. Rahel merkte rasch, dass er ein begnadeter Tänzer war. Er wiegte sie geschickt zum Takt der Musik. Zu ihrer Freude spielte die Band vier Titel aufeinanderfolgend. Sie fand Gefallen an der Mischung von verschiedenen Rhythmen. Das letzte Mal stand sie mit Oliver auf der Tanzfläche. Wie Rahel genoss es Chris, seine Leidenschaft wieder auszuüben.

«Wow, das war prima. Jetzt erst was trinken.»
Wie die Band eine Pause ankündigte, bedankte
sich Rahel bei ihrem Tanzpartner. Chris legte
freundschaftlich den Arm um ihre Taille und
führte sie an ihren Tisch zurück. Dort genossen
beide, abseits der anderen, gemeinsame Zeit
oder wechselten ab und zu auf die Tanzfläche.
Frau Seiler fand Gefallen an dem Paar. Wünschte
sie sich nichts mehr, wie Rahel wieder glücklich
zu sehen.

Der Mond stand hoch am Himmel, wie sich
der eine oder andere Gast verabschiedete.

«Na, dann bedanken auch ich mich herzlich.
Wie es scheint, bin ich wieder der Letzte, der
nach Hause geht.»

«Hauptsache, ihr hattet Spaß. – Ich danke für
deinen Besuch. – Tschüss Toni und noch einen
interessanten Aufenthalt beim Vortrag in Zürich. – Ich hoffe, Christian, es hat auch dir Spaß
gemacht?» Herr Seiler klopfte seinem Freund auf
die Schulter und wandte sich dessen Neffen zu.

«Ganz bestimmt», Chris zwinkerte zur rechten
Seite, «besonders das Tanzen hat mir Spass gemacht» zu Rahel gewandt, «wenn erlaubt, werde
ich mich mal wieder melden, ja?»

Ihr Lächeln war Antwort genug. Chris drückte
ihr zum Abschied einen Kuss auf die Wangen.
Wie Doktor Keller verabschiedete sich Christian
dankend von den Gastgebern.

«So, der Rummel ist vorbei! – Einige der Jungs kommen morgenfrüh um beim Abbauen der Tische und Bänke behilflich zu sein. – Für heute aber ist Schluss!»

«Na, tu nicht so, Vati. Du willst doch nicht behaupten, es habe dir keinen Spaß bereitet, deine Gäste zu verwöhnen?!»

«Hast ja recht, Rahel», lächelte er müde, «aber trotzdem bin ich froh, ist der Rummel vorbei.»

«Mein Stichwort. – Wenn ihr mich nicht mehr braucht, werde ich schlafen gehen.» Gähnend hob Frau Seiler die rechte Hand und verabschiedete sich von allen. Bald zog sich der Rest der Familie müde in ihre Zimmer zurück.

Kapitel 4

«Guten Morgen Schwesterchen. Na, gut geschlafen? Paul und ich sind auch erst aufgestanden.» Susanne nippte an ihrem Kaffee auf der Terrasse.

Rahel ließ ihren Blick zum gepflegten Garten schweifen. Wie üblich waren Ihre Eltern bei der Gartenpflege. Erstaunt erkannte sie, dass nichts mehr an das gestrige Fest erinnerte.

«Wollt ihr nicht zumindest am Sonntag eure ‹Pflanzenbabys› ausschlafen lassen? – Kommt, setzt euch und trinkt doch lieber Kaffee mit uns.»

Lächelnd stimmte Ihr Vater der Aufforderung zu. Hilfsbereit reichte er seiner Gattin die Hand, um ihr auf die Beine zu helfen. Seine Arme um seine Frau gelegt, näherten sie sich ihren Kindern. Gemeinsam genoss die Familie den Brunch und tauschte Erlebnisse des vergangenen Tages aus. – Das Telefon klingelte.

«Hier bei Seiler. – Ah – Guten Morgen Doktor Keller», Susanne schmunzelte und nickte zu Rahel, die keine Idee hatte, was ihr Chef von ihr wünschte. Mit Neugier folgte sie weiter dem Gespräch.

«Ja, wir sind gerade beim Frühstück. – Ja genau, sie ist auch hier. – Einen Augenblick», grinsend streckte Susanne Rahel den Telefonhörer hin.

«Für mich? – Was möchte er? Ein Notfall?» Ohne auf Antwort zu warten, meldete sie sich. – Hitze stieg in ihr auf. Sie erkannte, dass nicht die am wolkenlosen Himmel glänzende Sonne daran Schuld hatte. «Guten Tag Herr Doktor Keller. – Oh, verzeih mir! Hallo. – Heute Nachmittag? – Nein noch nichts ... »

Frau Seiler sah fragend zu Susanne. Statt ihrer Mutter zu antworten, amüsierte sie sich über die verwirrten Blicke der Eltern. Nach kurzem Wortwechsel beendete Rahel das Gespräch und hob stumm lächelnd die Tasse an den Mund.

«Na Schwesterchen, was wollte er von dir?» Zu ihrer Mutter gewannt, klärte Susanne sie auf. «Übrigens, es war nicht Doktor Keller senior. – Nein Mutti, es war sein süßer gut aussehender Neffe Christian!»

«Ach nein! Und wie es scheint trefft ihr euch heute Nachmittag wieder?» Frau Seiler sah lächelnd von ihrer Tasse auf.

«Ja, er ist der Ansicht, wir sollten uns noch heute nach einem geeigneten Priester umsehen!» Alle lachten über Rahels spitze Bemerkung. Mit einem stummen Lächeln zog sie sich in ihr Zimmer zurück.

Lange stand sie vor dem geöffneten Schrank, um nach dem passenden Kleid zu suchen. Sie entschied sich für das blaue Sommerkleid mit Rüschen-Band um den Halsausschnitt. Diesen schob sie über die Schultern. Der breite Gurt, den sie umlegte, ließ ihre schlanke Figur betonen. Um ihrem Gesicht ein blendendes Aussehen zu verleihen, trug sie zum Schluss ein dezentes Make-up auf. Ein Blick auf die Uhr zeigte ihr, dass Zeit blieb. Mit einem Krug Eistee setzte sie sich auf der Veranda an den Tisch.

«Phu, eine Hitze ist das wieder!» Susanne ließ sich Rahel gegenüber auf den Stuhl fallen.

«Hier, möchtest du eins?» Ohne auf Antwort zu warten, stellte Rahel ihrer Schwester ein Glas Eistee hin. «Nur nicht klagen Susi! Du möchtest doch nicht, dass mein Date ins Wasser fällt?» Amüsiert sassen beide plaudernd im Schatten, bis es an der Haustür klingelte.

«Kompliment! – Eindruck scheinst du bei ihm schonmal hinterlassen zu haben. – Pünktlich auf die Minute!» Wieder lachten beide. Ihre Mutter öffnete die Tür und begrüßte mit Freude den jungen Mann.

«Guten Tag Christian. – Trete ein. Rahel sitzt mit Susanne auf der Veranda.» Frau Seiler eilte voraus, um dem Gast die gläserne Tür aufzusperren.

«Hallo die Damen. Na, schon fit» Chris reichte

Rahels Schwester, die gleich vor ihm saß die
Hand, «Susanne, stimmt's?»

«Richtig» sie deutete schmunzelnd zu Rahel,
«meine Schwester brauche ich ja nicht mehr vorzustellen. – Ah, da fällt mir ein», sie erhob sich
hastig, «»Hab Mutti versprochen ihr behilflich
zu sein.»Und weg war sie.

Rahel fand diese Szene filmreif und amüsierte
sich über ihre Schwester.

«Wenn ich das richtig deute, war das ein ge-
konnter Rückzug.» Lachend reichte sie ihrem
Gast ein Glas Eistee.

«Und, hast du dir schon überlegt, was wir
unternehmen wollen?»

«Wenn ich ehrlich bin, weiß ich nicht recht»,
verunsichert Griff Rahel nach ihrem Getränk,
«Mach du doch einen Vorschlag.» Chris zögerte
kurz, rieb sich schmunzelnd am Kinn.

«Dann lass dich überraschen. Pack zur Sicherheit deinen Bikini ein. – Übrigens, dieses Kleid»
er trat einen Schritt zurück, «Steht dir ausgezeichnet!»

«Ja, sag ich's doch!» Frau Seiler gesellte sich
zum Paar. «Dieses Kleid hat sie nach einigen
Stunden Näharbeit, erst vor 2 Tagen fertig-
gestellt.»

«Den Tipp vom Stoffrest ein Stirnband zu
nähen hat sie von mir»», fügte Susanne mit
Stolz hinzu.

«So, wenn es erlaubt ist, verabschieden wir uns mal. Nicht wahr Chris?»

«Grüßt die Herren von mir. – Wünsche noch einen schönen Tag.» Lachend verabschiedete er sich bei Frau Seiler und Susanne.

«Ebenfalls und du Schwesterchen genieße dein Date, ja?»

Als hätte Rahel diese Bemerkung nicht gehört, begleitete sie Chris schmunzelnd zum Vorplatz.

«Wow! Wusste gar nicht, dass du ‹nen so tollen ‹Schlitten› fährst.» Rahel war vom Cabriolet, das vor ihr stand, überwältigt.

«Darf ich vorstellen», Chris führte eine schwungvolle Handbewegung aus und scherzte, «meine treue Begleiterin ‹Gabi›.»

Entzückt ließ Rahel ihre Hand über die metallic-blaue Motorhaube gleiten. Das erste Date mit Christian mit diesem Auto. Der Tag könnte nach Rahels Meinung nicht besser sein. Chris beobachtete sie schmunzelnd. Und forderte sie wiederholt auf, einzusteigen.

«Oh – Ja klar. Es war schon immer mein Traum, in einem solchen Wagen mitzufahren! Phu, Steffy würde mich beneiden!» Bedächtig setzte sich Rahel auf den ledernen Beifahrersitz. Um sie in die Gegenwart zu holen, legte Chris behutsam seine Hand auf ihren Arm.

«Na, was hältst du davon, wenn wir zum See fahren?»

Fasziniert stimmte Rahel diesem Vorschlag zu.
Der Motor heulte auf und Chris lenkte seinen
Wagen geschickt in den Verkehr ein. Er wählte
einen Umweg. So konnten sie die Fahrt länger
genießen.

*

«Einfach prima dieses Wetter! sieh mal, kein Wölk-
chen am Himmel», Chris zog den Zündschlüssel
aus der Fassung und beobachtete eine Schar
Möven, die über dem See ihre Runden drehten.

Hand in Hand schlenderten beide dem Ufer
entlang. Bis Chris den Griff löste.

«Na was meinst du?», er eilte amüsiert ein
paar Schritte voraus und wandte sich Rahel zu.
Hechelnd stützte er die Hände auf den Knien
ab. «Wäre diese Stelle nicht geeignet? Weit und
breit keine Menschenseele, hinter dir Umkleide-
kabinen und gleich daneben ein Strandkaffee. –
Süßwasser versteht sich.»

«Doch, ja. Wirklich prima. – Wie im Urlaub»,
amüsiert holte sich Rahel den Bikini aus der Tasche, hielt ihn mit Schwung über die Schulter
und näherte sich hüftschwingend und von seiner Laune angesteckt, wie ein Mannequin zur
nächsten Kabine. Bevor sie die Tür hinter sich
zufallen ließ, zwinkerte sie Chris lächelnd zu.
«Na dann, Tschüss. Bis nachher.»

«Wow! Steht dir super, dieser Bikini. – Ich habe die Badematten schon ausgebreitet. – Recht so? – Ich geh jetzt erst mal ins Wasser.» Chris sprang an Rahel vorbei ins kühlende Nass. Sie beobachtete ihn amüsiert und ließ ihre Armbanduhr in die Tasche gleiten. Die frische Seeluft einatmend. In ihr stieg Urlaubsstimmung auf. Kichernd eilte sie Chris nach.

«Warte nur! Ich hab dich gleich!» Sie hechtete ihm mit einem Sprung entgegen. Chris bemerkte in letzter Sekunde die ‹Gefahr› und tauchte unter.

«Hey Chris! Lass den Unsinn! – Komm endlich hoch!» Rahel stand im tiefen Wasser und sah suchend um sich.

Chris, der unbemerkt zum Ufer schwamm und seine Badenixe beobachtete, erkannte ihre Verzweiflung. Darum tauchte er bis eine Armlänge an sie heran.

«Nur keine Angst ich bin nicht ertrun ... !» Rahel stürzte sich erlöst und amüsiert auf Chris und versuchte, ihn unter Wasser zu drücken. Dieser erfasste stattdessen blitzschnell ihre Handgelenke. Einen Augenblick sahen sie sich stumm in die Augen. Er wünschte sich, in diesem Moment, sie wären alleine hier. Nach einem Kuss auf ihre Stirn legte er sich langsam ins Meer und trieb rücklings, den Blick auf Rahel gerichtet, vom Ufer weg. Sie schwamm ihm gelassen hinterher. Beide genossen schweigend die klare See. Die äußerste Boje erreicht, erkannten sie eine Gruppe Jugendliche. Darum waren sie sich einig, wieder zurück zum Strand zu schwimmen.

Chris setzte sich auf seine Matte und gab Rahel mit einer Handbewegung zu erkennen, sich neben ihn zu legen. Diesem Vorschlag kam sie lächelnd nach. Kurze Zeit schloss sie die Augen und lauschte der Umgebung. Verspielte Möven flatterten in einem Schwarm über sie hinweg. Weit weg bellte ein Hund. Vom nahen Spielplatz hörte sie vergnügte Kinderstimmen. Beide genossen diesen Moment.

«Eigentlich hätte ich dich schon bei unserer ersten Begegnung gerne um ein Date gebeten. – Aber ich war überzeugt, da sei schon ein anderer in deinem Leben.»

«Oh, wenn ich ehrlich bin, ging es mit genauso.» Rahel setzte sich auf. Lächelnd beugte sich Chris zur Rechten und hauchte ihr einen zärtlichen Kuss auf die Lippen. Entspannt lagen sie Minuten auf ihren Matten. Bis er die Stille unterbrach und auf das Fest zu sprechen kam.

«Weiß noch genau, wie verblüfft ich war, als du plötzlich vor mir gestanden hast. – Obwohl ich überzeugt war, dich nie wieder zu sehen!»

«Wenn du wüsstest, wie es mir erging.» Rahel legte ihren Kopf auf Chris ausgestreckten Arm.

Stumm genossen sie die Nähe zum anderen. Die nächste Bemerkung, die er schwer über die Lippen brachte, dämpfte die Stimmung. Chris stützte sich mit den Armen auf der Matte ab. Berichtete, nachdem ihn Rahel fragte, von seinen beruflichen Zielen, die ihn vom Osten, in den Westen der Schweiz versetzen würde.

«... und weil ich im Krankenhaus in Lausanne, durch die Kontakte meines Onkels eine Anstellung in der Dentalchirurgie erhalten habe, werde ich schon nächstes Wochenende umziehen.» Verunsichert wartete er auf Rahels Reaktion. Sie lag stumm auf ihrer Matte. Den Blick zum Himmel gerichtet. Unfähig sich über das gehörte zu äußern. «Es liegt mir fern, dir mit dieser Nachricht den Tag zu vermiesen. Aber ich verspreche, dich so oft wie möglich, anzurufen und zu besuchen ... » Er wandte seinen Blick auf ihre Tasche und lenkte rasch vom Thema ab. «Was meinst du, möchtest du nicht dein reizendes Kleid in einem schicken Restaurant präsentieren?»

«Na, ich weiß nicht recht. Aber möchtest du wirklich in Hawaii-Hemd und Bermudas in meiner Gesellschaft etwas essen gehen? – Wirklich, ich weiß nicht!» Rahel runzelte ihre Stirn und versuchte, die Stimmung zu retten. Chris lachte über diese schnippische Bemerkung und tupfte ihr mit dem Finger auf die Nase.

«Dann lass dich überraschen», er griff nach seiner Tasche und zwinkerte Rahel zu. «Komm, ziehen wir uns erst mal um. Nachher warte ich im Lokal auf dich.»

*

«Jetzt weiß ich endlich, was in dieser riesigen Tasche versteckt war», Rahel trat frisch gestylt an die Bar und erkannte mit Freuden jenen ‹Mann ohne Namen› von damals. Die Haare mit Gel in Stellung gebracht. Ein helles Sommerjackett mit passender Hose schenkte Chris erneut diese attraktive Ausstrahlung. Der Hauch eines Aftershaves verlieh ihm das ‹gewisse Etwas›.

«Komm her mein Süßer», flüsterte Rahel keck, schlang die Arme um seinen Hals und schmunzelte ihm glückstrahlend entgegen.

«Was möchte mein Engel denn nun unternehmen? – Hmm, hast du vielleicht Lust, im Dancing den Tag ausklingen zu lassen?» Nachdem Rahel zustimmte, fuhren sie kurz später los. Obwohl es dämmerte, war es drückend schwül. Beide genossen daher die Brise, die ihnen bei der Fahrt um die Ohren brauste.

«Bitte zwei Tropendrinks», nach Absprache mit Rahel gab Chris beim Barkeeper des *Tropical –Dancing* seine Bestellung bekannt.

«Herrlich», Rahel sah sich im Lokal um. «Wie

im Urlaub.» Kurz später genoss sie das erfrischende Getränk, welches mit Fruchtstücken am Glasrand garniert war.

«Find ich auch. Besonders wenn das Lokal einen gewissen südlichen Stil, wie dieses hier hat.» Chris sog leicht am Trinkhalm. Rahel schaute fasziniert um sich und stimmte zu. Wie die Band mit dem Italo-Song ‹Ti amo› aufspielten, forderte Chris sie zum Tanz auf. Sie genoss seine Nähe und das zärtliche Streichen über ihr Haar. Mit einem Kuss bedankte sie sich bei Chris, der sie zum Takt der Musik wiegte. Um die Stimmung nicht zu trüben, vermieden es beide, seine Absichten weiter anzusprechen. Sie verbrachten den ganzen Abend auf der Tanzfläche. Chris unterließ es, auf seine Uhr zu sehen. Rahel wünschte sich, die Band höre niemals auf zu spielen.

Kurz nach Mitternacht parkte Chris auf dem Vorplatz zu Familie Seilers Haus.

«Liege ich richtig mit der Vermutung, dass ich der Grund für dein stummes Mitfahren bin?» Chris strich über Rahels Kopf, der müde auf seine Schultern lag.

«Ich will aus diesem Traum nie erwachen», meinte sie gedrückt.

«Ich hoffe doch, es ist kein Traum», Chris strich ihr eine Haarsträhne aus dem Gesicht, «Ich versteh dich ja. – Ich verspreche dir, dich so oft es geht zu besuchen. Mir wäre es doch anders auch lieber ... »

Obwohl ihr dies schwerfiel, nickte sie und schluchzte müde auf. Mit einem kurzen «Lebewohl» und «Ruf mich bald an, ja?» umarmten sie sich ein letztes Mal innig.

Vor der Haustür sah Rahel zurück, winkte dem Auto wehmütig nach. An der Straße gliederte es in den Verkehr ein und war nicht mehr zu sehen. Schweren Herzens betrat sie das Haus. Dort begrüßte sie gespannt Susanne.

«Hallo Schwesterchen. – Dachte schon, ihr kommt überhaupt nicht mehr. – Na, wie war's? – Wann holt er dich zu eurem nächsten Treffen? – Wohin hat er dich denn ‹entführt›?» Mit gespielter Heiterkeit stand Rahel ihrer Schwester ‹Rede und Antwort›. Über seine beruflichen Pläne schwieg sie.

«Verabredet haben wir uns noch nicht. Zuerst fahre ich mit seinem Onkel zu diesem Vortrag nach Zürich. – Ja und dann sehen wir weiter.»

Rahel ‹flüchtete› in die Küche und goss Eistee in ein Glas, welches sie aus dem Schrank holte. Am Küchentisch sitzend ließ sie den Tag wieder und wieder durch den Kopf fließen und bemerkte nicht, dass die Mutter zu ihr trat.

«Na, Kleines», ebenfalls mit einem Glas, setzte sie sich zu ihrer Tochter, «erzähl mir, was dich bedrückt. – Danach gehts dir vielleicht besser.»

«Dir kann man nichts verschweigen, was?» Ja, Rahel kannte ihre Mutter, es war sinnlos, ihr das zu verheimlichen. Wenn jemand über die Gefühle ihrer Tochter Bescheid wusste, dann sie.

«Warum muss immer alles so kompliziert sein. Erst die Sache mit Oliver. Jetzt mit Chris, wo ich nicht weiss wie oder ob's überhaupt weitergeht.» Ohne ihrer Tochter eine Lösung zu bieten, schloss Frau Seiler sie stumm in die Arme. Nach minutenlangem Schweigen erhob sich Rahel und reihte das Glas in den Geschirrspüler. Müde drückte sie ihrer Mutter einen Kuss auf die Stirn und verabschiedete sich in ihr Zimmer. Erschöpft und enttäuscht legte sie sich ins Bett. Draußen zog ein heftiger Wind auf. Kurz darauf setzte Regen ein. Rahel konzentrierte sich auf die, aufs Dach fallenden Tropfen, bis sie einschlief.

Kapitel 5

Jeden Abend saß Rahel auf dem Bett und sehnte sich nach Chris' Stimme. Es verging die 3. Woche, in denen beide versuchten, mit wechselnden Anrufen den Kontakt aufrecht zu halten. Er schaffte es leider nicht, sein Versprechen einzulösen, sie in naher Zukunft zu besuchen. Rahel überbrückte die Zeit mit Alice und Steffy im ‹Picadilli›. Wieder zu Hause, wählte sie sofort Chris' Nummer oder wartete, bis er sie anrief.

«Na, mein Engel, wie war dein Tag? – übrigens, ich soll dich ‹unbekannterweise› von meinem Schwesterchen grüßen. Ich war heute bei ihr zum Mittagessen eingeladen.»

«Die Glückliche, sie sieht dich wenigstens zwischendurch. Weißt du wann du mich `mal wieder besuchen kommst?» Rahel versuchte, ihre Enttäuschung zu unterdrücken. Chris erzählte von seiner Arbeit. Dass er im Moment keine Möglichkeit sah, in die Ostschweiz zu fahren.

«Grade ist echt was los hier. Hoffe aber, dass ich es bald schaffen werde. Denn, ja ich vermiss dich doch auch, mein Engel ... » Heute dauerte das Gespräch bis spät in die Nacht hinein. Es war lange nach Mitternacht, wo sie sich widerwillig verabschiedeten.

Kurz nachdem sie einschlief, riss der Wecker sie wieder aus ihren Träumen. Geduscht und halbwegs wach betrat sie gähnend die Küche.

«Na du, guten Morgen.» Frau Seiler reichte ihrer Tochter frischen Kaffee.

«Halt. – Nein danke», um zu verhindern, dass ihre Mutter Milch in die Tasse goss, hielt Rahel die Hand darüber. «Es ist wohl besser, ich trinke ihn heute ausnahmsweise einmal schwarz! – Zuwenig Schlaf!» Beide setzten sich an den Tisch. Herr Seiler betrat die Küche.

«Na ihr zwei hübschen, guten Morgen.»

Im selben Moment erfasste Rahel ein Hustenanfall. Eine furchterregende Grimasse zog über ihr Gesicht. Frau Seiler begann nach dem ersten Schreck zu Lachen, da sie den verstörten Blick ihres Gatten erkannte und von ihrer Tochter ein seltsames Glucksen vernahm. Rahel presste eine Hand auf den Mund und eilte ans Waschbecken. Dort spie sie die dunkele Brühe aus.

«Bäh! Ekelhaft! – Nie wieder trink ich schwarzen Kaffee!!» Ihre Eltern schafften es nicht, ein Lachen zu unterdrücken.

«Nimm lieber eins von den frischen Brötchen hier», amüsiert reichte Herr Seiler seiner Tochter das Körbchen über den Tisch. Mit neuem Kaffee genoss Rahel gemeinsam mit ihren Eltern das Frühstück.

Bevor Rahel ihre Reisetasche aus dem Zimmer holte, half sie ihrer Mutter, das Geschirr in den Spüler zu räumen. Im Bad warf sie einen letzten Blick in den Spiegel. Nachdem sie ihre Zahnbürste benutzt hatte, legte sie diese in den Kulturbeutel und verstaute ihn im Reisegepäck. Die Hausglocke ertönte und Herr Seiler öffnete die Tür.

«Grüß dich Toni. – Rahel wird gleich unten sein. Magst du noch einen Kaffee trinken? Therese hat grad welchen gemacht.» Frau Seiler trat gemeinsam mit Rahel aus dem Haus und begrüßte den Zahnarzt ebenso. Doktor Keller verneinte dankend.

«Therese sei mir nicht böse, aber ich würde lieber losfahren, damit wir noch Zeit haben uns umzusehen.»

Ohne zu zögern, öffnete er die Beifahrertür. Rahel bedankte sich lächelnd und stieg ein. Nachdem er ihr Gepäck im Kofferraum verstaute, trat er ums Fahrzeug, um sich von seinem Freund und dessen Gattin zu verabschieden.

«Tschüss mein Kleines. Mach's gut und ruf `mal an, ja», Rahel ergriff die Hand, welche ihr die Mutter durch das geöffnete Fenster entgegenstreckte und drückte einen Kuss darauf.

«Nur keine Tränen?! – In wenigen Tagen bin ich wieder zurück», lächelnd schielte sie zu Doktor Keller. Grinsend drehte er den Zündschlüssel und ließ den Motor aufheulen. Beide winkten ein letztes Mal zu Rahels Eltern. Der dunkelblaue Mercedes setzte sich langsam in Bewegung und reihte in den fließenden Verkehr ein.

Doktor Keller erkannte, dass die Entscheidung, früh loszufahren richtig war. Ohne größere Staus kamen sie vorwärts. Wie sie die hälfte der Fahrt hinter sich hatten, schlug Doktor Keller vor, eine Kaffee-Pause einzulegen. Darum steuerte er die nächste Raststätte an.

«Setzen sie sich schon zu dem freien Tisch dort, ich hol uns Kaffee.»

Mit zwei Cappuccini und 4 Croissants kehrte er kurz später zurück.

«Ich hatte noch keine Zeit zu frühstücken. Sie nehmen doch sicher auch davon?» Rahel bedankte sich und griff ins Körbchen, um genüsslich in ein backfrisches Croissant zu beißen.

Da Chris und Rahel nicht über ihre letzte Begegnung sprechen wollten, äußerte ihr Chef seine Annahme.

«Vermutlich weiß ich, weshalb ich weder mit Christian noch mit Ihnen ein normales Gespräch führen kann.» Langsam stellte er seine Tasse auf den Tisch zurück, «Ihr habt bestimmt über

Christians Umzug nach Lausanne gesprochen, stimmt's?»

«Ja, haben wir! – Ich finde seine Entscheidung gut. Besonders, wenn er später eine eigene Praxis führen möchte.»

Rahel wandte ihren Blick zum Bild an der Wand. Ohne es zu betrachten.

‹Na hoppla! – Dass war wohl ein Fettnapf! – Ich lass es lieber.› Doktor Keller trank weiter stumm seinen Kaffee. Beide genossen schweigend die kurze Pause. Rahel sah sich verunsichert im Lokal um. Ihr Verlangen über Chris zu sprechen hielt sich fürs Erste in Grenzen. Doktor Keller las die nächsten Minuten in der Zeitung.

«Dann schlage ich vor, wir nehmen das letzte Stück in Angriff.» Er erhob sich und stellte das Tablett mit den Tassen auf das Fließband.

Bald sassen beide wieder im Auto. Begleitet von leiser Musik aus dem Radio fuhren sie Richtung Zürich weiter. Rahel sah schweigend aus dem Fenster.

‹Warum musste er Chris erwähnen? – Ich hoffe, dies war das letzte mal. Ich will nicht an ihn erinnert werden. Nein› Rahel räusperte kurz und kramte in ihrer Handtasche nach einem Bonbon. Doktor Keller stumm auf den beginnenden Urlaubsverkehr fokussiert.

Nach einer Stunde Fahrt erkannte Rahel die

Autobahnausfahrt ‹Zürich›. Sie hoffte, ihr Ziel bald zu erreichen.

Doktor Keller war auf die Straße konzentriert. Der Verkehr schritt stockend voran, die Fahrer wirkten gestresst.

Einer saß in seinem Kleinwagen, die Augen zusammengekniffen und die Hände verkrampft am Lenkrad. Angespannt drückte er auf die Hupe. Auf der Suche nach einer Lücke. Ein roter Sportwagen schoss vorbei, die Reifen quietschten auf dem Asphalt, wie er vor ihnen einscherte und abrupt bremste. Doktor Keller atmete erleichtert auf, er schaffte es, ihm rechtzeitig auszuweichen.

«Puh, bei solchen Rasern bin ich immer froh, wenn ich heil am Ziel ankomme.» Verständnislos schüttelte Doktor Keller seinen Kopf. Rahel hielt sich erschrocken an ihrem Sitz fest. In der Hoffnung, bald das Hotel zu erreichen.

Fußgänger hasteten über den Zebrastreifen, ihre Aktentaschen und Einkaufstüten an die Brust gedrückt. Eine ältere Dame mit flatterndem Schal und energischem Blick eilte auf die andere Straßenseite, ihre Schritte kurz und hastig. Ein Teenager, die Stöpsel in den Ohren, starrte gebannt auf sein Smartphone und betrat, ohne aufzublicken, die Fahrbahn. Der Fahrer des Wagens vor ihm trat abrupt auf die Bremse und gestikulierte aus dem Fenster, seine Stimme überschlug sich vor Ärger. Doktor Keller atmete tief ein und bog in die nächste Straße ein. Ließ die Hektik hinter sich. Die ruhigere Seitenstraße bot ihm eine willkommene Atempause.

«Geschafft!» Gelöst aufatmend lenkte er seinen Mercedes in eine freie Parklücke bei der Uni-Klinik. «Ich schlage vor, wir schauen uns im Klinikareal um und orientieren uns fürs erste. Danach bleibt uns noch Zeit, die Zimmer im Hotel zu beziehen.» Da Doktor Keller mit dem Areal vertraut war, benötigten sie nicht lange, bis er Rahel die Tür zum Konferenzraum zeigte. Mit den wichtigsten Infos in der Tasche kehrten sie zum Fahrzeug zurück.

«So, jetzt können wir, wenn sie einverstanden sind, zum Hotel fahren.»

«Hab' ich nichts dagegen», stimmte Rahel reise-müde zu.

*

«Das hätten wir geschaft.» Entspannt stieg Doktor Keller auf dem Parkfeld des Hotels aus und holte seine Reisetaschen und Rahels Koffer aus dem Kofferraum.

«Dieses Hotel ist ein Traum! Ich habe noch nie etwas Vergleichbares gesehen.» Sie stand neben dem Auto und betrachtete stumm die Fassade des Hauses vor ihnen.

83

«Ja, es ist wirklich imposant. – Aber ich denke, Sie werden mehr beeindruckt sein, wenn Sie Ihr Zimmer sehen.» Doktor Keller lächelte und zwinkerte ihr zu. Rahel hob die Brauen und schmunzelte gespannt.

«Wieso? Was ist damit?»

«Lassen Sie sich überraschen.» An der Rezeption erkundigte sich ihr Chef nach den Zimmern für ihn und seine ‹Assistentin›. Der Herr hinter der Theke holte vom Brett an der Wand die Key-Carts.

«Pierre. – Begleite bitte Doktor Keller und Frau Seiler zu ihren Zimmern.» Auf die Aufforderung hin trat ein Page zu Rahel und nahm ihr lächelnd die Reisetasche ab. Nachdem er auch das Gepäck von Doktor Keller auf den Gepäckwagen legte, folgten sie ihm zum Aufzug.

Fasziniert sah sich Rahel in der imposanten Eingangshalle um. Träumte sie oder stand sie in diesem teuren Hotel? Sie bestieg zusammen den Fahrstuhl. Der Portier trat zuletzt hinein und drückte auf die Taste neben ihm. In rasantem Tempo erreichten sie die 5. Etage.

«Gerne überlass’ ich ihnen den Vortritt», Doktor Keller wies den Pagen an, Rahels Gepäck in den ersten Raum zu bringen. Dieser schritt zum dritten Zimmer auf der rechten Seite, wo er stehen blieb.

«Bitte schön», breit grinsend übergab der Page

Rahel die Card und legte den Koffer auf das Gestell vor dem Bett.

«Essenszeiten und weitere Informationen, entnehmen sie den Hotelunterlagen dort auf dem Tisch. – Das Hotelteam wünscht Ihnen einen angenehmen Aufenthalt. – Bei Fragen melden sie sich gerne an der Rezeption.» Kurz nickend wandte sich der Page und verließ mit leisen Schritten den Raum.

In diesem Zimmer kam sich Rahel wie eine Prinzessin vor. Erleichtert ließ sie sich auf das Bett fallen. Schloss für Minuten die Augen.

‹Tja, leider keine Zeit zum Schlafen.› Mit einem Lächeln setzte sie sich auf.

Die vom Pagen erwähnten Infobroschüren lagen ordentlich auf dem Tisch vor dem Fenster. Rahel griff nach einer der Prospekt und blätterte darin. Ihre Augen leuchteten auf, wie sie die diversen Wellness-Angebote entdeckte. ‹Ob ich überhaupt Zeit dazu finden werde?›

An den Wänden erkannte sie Ölbilder, die verschiedene Pflanzen in leuchtenden Farben darstellten. Wie ihr Blick auf das Tischchen neben dem Bett fiel, erinnerte sie sich an ihre Mutter. Nein, Rahel nahm sich vor, die Tage hier abseits von zu Hause zu genießen. Das Telefon würde sie nicht benutzen. Das Praliné auf dem Kissen zauberte ihr ein Lächeln aufs Gesicht. Sie faltete das Säckchen auf und ließ die Süßigkeit langsam auf ihrer Zunge zergehen. Ohne Zeit zu verlieren, griff sie nach ihrem Koffer, holte ihre Schminkutensilien heraus und verschwand im geräumigen Badezimmer.

*

«Oh, entschuldigen Sie, warten Sie schon lange», Rahel trat erfrischt zu Doktor Keller, der an seinem Apéro nippte.

«Nein, bin auch gerade erst gekommen. Ich dachte mi, dass Sie mehr Zeit beanspruchen. Deshalb habe ich bereits in aller Ruhe meinen Koffer ausgepackt.»

Ein Kellner der Rahel eintreten sah, trat an den Tisch und nahm ihre Bestellung entgegen. Erst servierte er auch ihr einen Apéro. Später kehrte er mit einem saftigen Steak mit Beilage zurück.

«Das bekommen sie?» Dr. Keller richtete seinen Blick auf den Teller, den der Kellner ihm reichte, ein zufriedenes Lächeln huschte über sein Gesicht.

«Ich bedanke mich. – Sieht prima aus.» Beglückt legte er sich die Serviette auf den Schoss. Kurz später sah Rahel auf den reichbelegten buten Salatteller vor ihr.

«Ich wünsche einen guten Appetit», lautlos wie

er an den Tisch trat, entfernte sich der Kellner
wieder.

«Ach ja. – Bevor ich's vergesse», wandte sich
Doktor Keller Rahel zu, «Beim Abgeben des
Schlüssels wurde mir eine Nachricht über-
geben. – Doktor Ammrein, der morgen auch
teilnimmt, möchte mich gleich noch treffen. –
Ich hoffe, sie sind mir nicht böse, Rahel?»

«Nein, schon in Ordnung. – Was sein
muss, ... – Ich werde mich ein wenig in der Umgebung umsehen.»

Während des Essens sprach man über die kommenden Tage und welche Erwartungen man hat.
Beide vermieden es, Chris zu erwähnen.

«Hat es Ihnen geschmeckt?» Satt legte Rahel das
Besteck auf den leeren Teller und tupfte sich mit
der Serviette über den Mund.

«Ja, war wirklich vorzüglich dieses Steak»,
Doktor Keller grinste und fand kein Ende, das
zarte Fleischstück zu loben.

«Nicht nur sie hatten etwas feines», Rahel
leerte mit einem letzten Schluck ihr Glas.

«Na dann hoff ich, sie sind mir nicht böse wenn
ich mich jetzt verabschiede. Werde um 14:00 im
Lokal um die Ecke von erwartet.»

«Klar doch, geht in Ordnung.» Rahel zwang
sich zu einem Lächeln. Sie hätte sich den ersten
Tag hier anders gewünscht. Trotzdem war sie

von den Kleidern, die in den Schaufenstern der Boutiquen präsentiert wurden, entzückt. Von den Preisen eher weniger. In einer Seitenstraße setzte sie sich in ein Gartenlokal, um eine Pause zu genießen.

Sie genoss ihren Cappuccino und sah sich in der Umgebung um.

‹Ach nein nicht schon wieder.› Ihr Blick blieb beim Tisch männlicher Gäste haften.

Die aufdringlichen Blicke verwirrten sie. Darum trank sie die Tasse leer. Eilig zählte sie das Geld zusammen, legte es auf den Unterteller und erhob sich gleichzeitig.

«Tschüss», lispelte ihr einer der Burschen in ungepflegter Aufmachung zu, «vielleicht trifft man sich mal wieder.»

«Bestimmt nicht», zischte Rahel kaum hörbar und verließ das Gelände.

Den Rückweg legte sie auf der anderen Straßenseite zurück. Bei der dritten Boutique blieb sie stehen und sah entzückt auf ‹ihr› Kleid!

‹Ja, Dieses Grün gefällt mir! – Und schulterfrei sowieso – Dieses Outfit muss ich haben.› Gesagt, getan! Kurz vor Ladenschluss betrat Rahel das Geschäft und sprach eine der Verkäuferinnen an.

«Natürlich, ich hole ihnen das Kleid gerne. – Gehen sie doch schon in die Umkleidekabine dort.» Rahel folgte der Aufforderung und betrat eine der Kabine auf der rechten Seite.

«Oh, ein Traum dieses Kleid. – Steht ihnen wirklich ausgezeichnet.» Eine der Kundinnen blieb lächelnd vor ihr stehen. Wie Rahel zum Außen-Spiegel trat, schwärmte neben einigen Kunden, die Verkäuferin.

«Das steht Ihnen wirklich toll! Es ist ein bezauberndes Kleid. Erst diese Woche `reingekommen. – Auch der Preis lässt sich sehen.»

«Wissen sie was?» Rahel strahlte über das ganze Gesicht, «Dieses Kleid kaufe ich mir!»

«Gute Entscheidung», die Verkäuferin trat hinter den Tresen und wartete auf ihre Kundin.

‹Alice und Steffy werden blass werden vor Neid!› Rahel schritt zufrieden, die Tasche mit dem Kleid in der Hand, die Straße Richtung Hotel entlang. ‹Ich werde es gleich heute Abend anziehen.›

«Hier Ihre Zimmer-Schlüssel. – Oh ich sehe grade, Doktor Keller hat für sie eine Nachricht hinterlassen.» Rahel griff erstaunt nach dem Zettel, den der Hotelangestellte ihr reichte.

‹*Bin mit Professor Dr. Steiger zum Nachtessen verabredet. Wir sehen uns beim Frühstück.*›

‹Na bravo! – Wieder allein! – Weshalb bin ich eigentlich hier?!› Entmutigt mit dem Beginn der Kongresswoche, zog sie sich ins Zimmer zurück. Schmollend lag sie auf dem Bett und starrte lange an die Decke.

«Was habe ich nur an mir? – Warum verhält sich nur jeder Mann so abweisend zu mir? Entweder ich verliebe mich in einen Betrüger, oder meine neue Bekanntschaft hat schon andere Pläne! – Oder man vermeidet sonstwie meine Gesellschaft.» Da ihr bis zum Abendessen Zeit blieb, holte sie den Roman aus der Nachttisch-Schublade, um zu lesen. Bevor sie nach unten ging, legte sie ein dezentes Make-up auf. Geknickt trat sie zum Spiegel.

«Na dann! – Startklar für den Abend mit dir», müde sah Rahel zu ihrem Spiegelbild, «Meiner treuesten Freundin!»

Vor dem Empfangstresen entschied sich Rahel, ihre Mutter, trotz ihrem Vorhaben, anzurufen. Auf Anfrage gab sie die gewünschte Nummer bekannt und wartete auf die Verbindung. Den Hörer am Ohr beobachtete sie das Treiben am Empfang. Jemand erkundigte sich nach Doktor Keller.

‹Hey, der meint ja uns!› Entschlossen legte sie den Telefonhörer wieder auf das Gerät und trat an die Rezeption. Der Meinung, es handle sich um einen Berufskollegen ihres Chefs, tippte sie ihm auf die Schulter.

«Verzeihung. – Sie suchen Doktor Keller, ist das richtig?» Im selben Augenblick wie sich der Mann zu ihr wandte, meinte sie ein Gespenst zu sehen! Wortlos trat sie einen Schritt zurück.

«Es scheint, wir treffen uns immer in den überraschendsten Momenten.» Lachend reichte Chris Rahel formell die Hand. Ohne sich um die anderen Gäste zu kümmern, fiel sie ihrer neuen Liebe um den Hals.

«Chris, ich dachte du bist schon längst in Lausanne? – Was machst du hier in Zürich?»

«Sag bloß», scherzte er und löste sich aus der Umarmung, «Du freust dich nicht mich zu sehen?»

«Nein, – äh, doch natürlich. Ja! Klar freu ich mich! – Aber dich hätte ich hier nicht erwartet. – Sag schon, was machst du hier?» Rahel legte ihren Kopf auf seine Brust und vernichtete alle ihre negativen Gedanken, die sie zuvor hatte und drückte ihre große Liebe.

«Was meinst du? Ich habe neben dem Eingang ein Dancing entdeckt. – Möchtest du mich mit deinem tollen Kleid nicht dorthin begleiten?» Chris trat einen Schritt zurück und betrachtete Rahel. «Ein Traum!»

«Ich kann es zwar noch immer nicht glauben. Aber ja, mit dir gehe ich überall hin.» Voller Freude hackte sie unter dem Arm ihrer großen Liebe ein. Ihren Blick nicht von ihm abwendend. Gemeinsam schlenderten sie zum hauseigenen Dancing.

«Für mich bitte einen trockenen Martini», Chris winkte dem Barkeeper am anderen Ende der Bar.

«Mir dasselbe, aber gern mit Soda», fügte Rahel, ohne den Blick von ihrem ‹Prinzen› zu lassen, hinzu. «Nun aber mal ehrlich, nur meinetwegen bist du diesen langen Weg nicht gefahren. – Was machst du wirklich hier?»

Chris nippte an seinem Getränk. Presste seine Lippen zusammen, wie er das Glas vor sich auf die Theke stellte. Ein Blick nach oben. Tiefer Atem.

«Da es sinnlos ist, Dir die Wahrheit zu verschweigen. – Zwar bin ich erst kurze Zeit in Lausanne, habe aber nicht das Gefühl dort lange zu bleiben. Ich vermisse den Kontakt zu den Patienten. Mir bleibt nur wenig Zeit mich um den einzelnen zu kümmern, wenn du verstehst was ich meine.»

«Aber war dir das nicht vor dem Stellenantritt schon bekannt?» Besorgt legte Rahel die Hand auf seinen Arm.

«Doch, schon. Aber wenn ich ehrlich bin, habe ich's mir nicht so krass vorgestellt. – Ein Punkt, weshalb ich Zahnarzt werden wollte, ist nun mal der Kontakt zu den Patienten und ihnen helfen zu können. – Aber weißt du was?» Chris schielte schmunzelnd zur Tanzfläche, «Dieses Thema würde ich jetzt lieber auf morgen verschieben. – Wollen wir …?» Rahel befürchtete, er würde sie niemals fragen. Zur Antwort hüpfte sie vom Barhocker, ergriff Chris' Hand und schritt Richtung

Tanzfläche. Den Rest des Abends genossen die beiden turtelnd beim Tanzen. Legten sie eine Pause ein, sassen sie stumm bei der Theke. Kurz nach 24:00 Uhr verließen sie mit den letzten Gästen das Dancing.

«Ach, sag mal Chris, in welchem Hotel hast Du dein Zimmer?» Die Stirn in Falten wartete Rahel auf seine Antwort.

«Ach du ...! – Das habe ich doch total vergessen.» Abrupt blieb Chris stehen.

«Na toll! – Und was machst du jetzt? Um diese Zeit wirst du kaum noch ein Zimmer finden. – Außer ... », Rahel grinste, «Außer, du begnügst dich mit dem Sofa in meinem Zimmer.»

Chris gefiel dieser Vorschlag. Lächelnd sah er zu Rahel.

«Meinst du wirklich? Mutest du dir das zu, mit mir in ein und demselben Zimmer zu schlafen?»

«Na, komm schon», Rahel stupste Chris grinsend in die Seite, «Ich hab' genug gegessen. – Also werde ich Dich bestimmt nicht beißen. Na, was meinst du? – Immer noch besser als draußen auf der Parkbank zu übernachten.»

Chris legte seinen Arm um ihre Taille und führte sie lachend zum Aufzug.

«Ich bin dann mal weg» Rahel griff nach ihrem seidenen Nachthemd und verschwand singend im Badezimmer. ‹Schade dass wir schon morgen wieder getrennte Wege gehen. – Na ja, mal seh'n, wie Onkelchen reagiert.› Chris holte Kissen und Sommerdecke aus dem Schrank, zog die Sitzfläche vom Sofa aus und bereitete sich eine Liegefläche zu.

«So, ich bin fertig», frisch geduscht trat Rahel ans Bett. Sie trug ihr knielanges Nachthemd.

«Na dann, auf diese Abkühlung habe ich mich schon den ganzen Tag gefreut! – Aber, dass ich die Gelegenheit in deinem Zimmer haben werde, hätte ich nicht zu träumen gewagt.» In bester Laune schmiegte er seine Hände an ihre Wangen und drückte ihr zärtlich einen Kuss auf den Mund.

Wie er sich ins Bad zurückzog, legte sie ihre Kleider über den Bügel und verteilte die Creme auf die Haut.

‹Ob er in die gute alte Ostschweiz zurückkehrt? – Ach, das Leben könnte doch so schön sein.› Mit wirren Gefühlen kuschelte sie sich unter die Decke.

«Na, schon müde?» Chris trat aus dem Badezimmer und setzte sich auf die Bettkante.

«Oh», Rahel rieb sich die Augen, «Ich muss eingeschlafen sein.» Langsam beugte er sich zu ihr und küsste sie innig.

«Schlaf gut mein Engel und träum was Schönes. Und nochmals vielen Dank, dass du mich vor einer Nacht auf der Parkbank gerettet hast.» Lächelnd legte er sich auf die Liegefläche und zog die Steppdecke über den Körper.

Beide lagen noch lange wach und starrten Gedanken verloren an die Decke. Jeder von ihnen wüssten gerne, was die Zukunft bringt.

Kapitel 6

Rahel schreckte auf, wie der Wecker sie aus ihrem Traum riss. Sie schlug die Augen auf und sah die leuchtenden Ziffern auf dem Display. Erbarmungslos leuchtete ihr 06.00 Uhr entgegen.

«Och neeeein», schlaftrunken drehte sie sich auf die andere Seite. Chris lächelte mitfühlend. Strich ihr eine Haarsträhne aus dem Gesicht und küsste sie sanft auf die Schulter.

«Na, mein Liebes, gut geschlafen?» Ein Lächeln bildete sich auf Rahels Lippen. Sie kannte den Grund, warum sie ihn so sehr liebte. Genüsslich streckte Sie sich und schmiegte sich an ihn.

«Ja, hab' ich. – Komm wir bleiben heute im Bett», sie griff nach seiner Hand.

«Leider bleibt uns dafür keine Zeit, mein Engel», Chris beugte sich über sie, legte seine Hände um ihren Kopf und schenkte seiner Liebsten einen zärtlichen Kuss.

«Hätte nichts dagegen, wenn ich jeden Morgen so aufwachen dürfte.» Langsam strich er ihr eine Locke aus dem Gesicht.

«Hm, ich doch auch nicht. Aber das geht nun mal nicht – Du wohnst am andern Ende der

Schweiz.» Rahel griff nach seiner Hand und drückte einen Kuss darauf.

«Klar, das wäre auch mein Wunsch. Ich verspreche dir, dich sooft zu besuchen, wie mir möglich.»

«Ich schlage vor, wir stehen erstmal auf.» Rahel deutete müde auf die Uhr.

«Leider hast du recht», Chris schmunzelte und schloss Rahel neben dem Bett in die Arme. «Lass uns nach unten gehen. Die anderen zwei warten bestimmt schon auf dich. – Bin auf Onkelchens Gesicht gespannt.» Chris amüsierte sich bei der Vorstellung.

Kurz nach 8:00 Uhr ließen sie sich von einem Kellner an den Tisch von Doktor Keller und Daniel Tanner führen.

«Für mich bitte auch noch ein Gedeck.» Chris setzte sich, ohne den Blick von seinem Onkel abzuwenden, diesem gegenüber hin.

«Guten Morgen Onkelchen. – Ich würde das Brotstück schlucken, bevor Du erstickst», Chris lächelte mitleidig. Doktor Tanner nickte er zu. «Hallo Daniel.»

Hastig griff Doktor Keller nach der Tasse, um Schlimmeres zu verhindern.

«Kannst du mir verraten, was du hier in Zürich machst? – Seit wann bist du eigentlich hier? – Warum?»

«Nur alles schön der Reihe nach. – Gekommen bin ich gestern Abend. Geschlafen habe ich ....» um die stillen Hoffnungen Daniels nicht sofort zu vernichten, vermied er genauere Details, «Hier im Hotel. Und hier bin ich, um mit dir zu sprechen. – Wenn möglich unter vier Augen.»

Doktor Keller zog die Stirn in Falten, wie er seinem Neffen zuhörte.

«Die Vorlesung startet erst um 13.00 Uhr. Wie wäre es, wenn wir zwei ein ruhiges Lokal suchen und uns alle um 12.00 Uhr wieder hier zum Mittagessen treffen? – Ihr, Rahel und Daniel, werdet die Zeit bestimmt auch ohne mich ‹totschlagen›, ja?»

Rahel hätte zwar lieber abgelehnt. Ihr war jedoch klar, dass das Gespräch zwischen Chris und seinem Onkel notwendig war. Daher blieb ihr nichts anderes übrig und sie stimmte zu.

«Ja, doch ich denk schon. – Wollte schon immer einmal Zürich live erleben.» Für diese Antwort bedankte sich Chris mit einem nur von Rahel erkennbaren Kuss.

‹Ach Chris, wie gerne würde ich dich in meine Arme schließen.›

«Jetzt schlage ich aber vor, genießen wir erst das Frühstück. – Kannst du mir das Brot reichen?» Er erkannte ihre Gedanken und wechselte darum schnell das Thema.

Rahel reichte ihm den Korb, was er nutzte um

‹zufällig› ihre Hand zu berührte. Nicht darauf vorbereitet, schüttete sie schier die Brötchen auf den Tisch. Chris verhinderte geschickt ein Missgeschick. Erleichtert goss Rahel mit einem kurzen Räuspern Milch in ihren Kaffee.

Doktor Keller sprach mit Daniel über Einzelheiten des heutigen Tages. Chris beteiligte sich am Gespräch. Rahel nippte in Gedanken versunken an ihrer Tasse. Anders wie gewohnt hatte sie heute keinen Appetit. Sie ertrug es kaum, dass Chris bald wieder nach Lausanne aufbrechen würde. Die Vorstellung, ihn zu verlieren, schnürte ihr die Kehle zu.

«Was meinst du? Hättest du Lust, den Zoo zu besuchen?» Daniel sah abwartend zu Rahel.

«Oh. – Was meintest du?» Verwirrt lächelte sie zu Daniel, «Zoo? – Ja natürlich. – Klar, wieso nicht.»

Rahel stand auf und schob ihren Stuhl unter den Tisch. Chris erhob sich ebenfalls und verabschiedete sich mit einem Kuss auf die Wangen von ihr.

«Viel Spaß und lass mir ‹Schimpanse Judy› und den ‹Löwen Clarence› grüssen.» Amüsiert legte er seine Arme um sie, lächelte zu seinem Onkel und nickte Daniel zu. Doktor Keller lacht über diese Bemerkung und hob zum Abschied seine Hand. Er und Chris suchten sich ein Lokal, um in Ruhe sein Problem zu besprechen.

*

«Ach, sind die nicht süß?» Rahel hielt sich bei den Raubkatzen auf und zeigte auf ein Tiger-Weibchen und ihren Nachwuchs, «Schau, sind die nicht niedlich? Die Kleinen erdrücken ihre Mutti fast!» Daniel amüsierte sich beim Affen-gehege. Erst lockte er den Gorilla mit einer Banane heran und versteckte die Frucht hinter dem Rücken. Der Affe polterte gegen die Stangen, bevor er eine zahme Grimasse aufsetzte und bettelnd eine Hand ausstreckte. Daniel warf ihm zum Schluss die Banane zu. Der Gorilla ergriff die Leckerei blitzschnell und kletterte grunzend damit das Gerüst hoch, wo er sich in seine Hängematte legte. Genüsslich verschlang er die köstliche Frucht, ohne sich von den anderen Genossen ablenken zu lassen.

Daniel und Rahel schlenderten lachend zum nächsten Gehege. Dort war es merklich ruhiger, da es sich bei diesen Affen um eine Zwergaffen-Rasse handelte. Diese hielten sich in der Ecke auf und befreiten sich gegenseitig von Läusen. Sie erinnerten Rahel an ihren Stoffaffen, den sie in Kindertagen im Bett kuschelte. Auch dieser war nicht größer wie 30cm.

Daniel schaffte es, sie vom Alltag abzulenken, und genoss die ausgelassene Atmosphäre. Sie stimmte ihm zu, wie er auf das Lokal vor ihnen zeigte, um eine Pause einzulegen. Diese Zeit nutzte er, um Rahel näher kennenzulernen.

*

Chris und sein Onkel setzten sich in das Café am Ende der Straße.

«Verrätst Du mir jetzt, was Dich hierher verschlagen hat?» Ratlos fixierte Doktor Keller seinen Neffen. Den er wie seinen Sohn sah.

«Um es kurz zu machen. – Ich bin mir nicht mehr sicher, ob der Entschluss, nach Lausanne zu ziehen richtig war!» Doktor Keller, der den Grund zu wissen glaubte, schmunzelte.

«Nein», winkte Chris ab, «Nein, es ist das Arbeiten in einer ‹großen Mannschaft› und die Hektik, die mir nicht gefällt ...» Er klärte seinen Onkel über seine Bedenken auf. Doktor Keller hörte ihm aufmerksam zu. Versuchte, ihn umzustimmen. Er solle versuchen, sich in Lausanne erst einmal einzuleben, Freundschaften zu knüpfen. Gewiss sehe es danach besser aus. Chris versicherte, es gehe ihm nicht um das alleinesein. Das war er ja dank seiner Schwester nicht.

«Hm, na gut», kam gedrückt, nach langem Abwägen die Antwort von ihm, «Wenn Du meinst, dann werde ich heute zurückfahren und mich wieder in die Arbeit stürzen. – Oh, wenn wir im

101

Hotel noch das Mittagessen genießen möchten, sollten wir los!»

«Wirklich, du hast Recht. Daniel und Rahel warten bestimmt schon auf uns. – Kann ich bitte bezahlen?» Die Service-Angestellte trat an den Tisch und kassierte das Geld, das ihr Doktor Keller reichte ein und bedankte sich lächelnd für das Trinkgeld.

«Na, wie steht's», Rahel erkundigte sich scheu, nach dem Ergebnis des Gesprächs zwischen den beiden, «Konntet ihr Dein Problem lösen?»

«Leider noch nicht. – Darum werde ich heute nach Lausanne zurückfahren und bis auf weiteres meiner Arbeit nachgehen.»

«Was, heute schon?»

«Ja, Liebling. – Es tut mir leid, aber ich habe einen vollen Terminplan zu bewältigen. – Ich würde ja auch lieber nochmals hierbleiben. Aber wir müssen schon bald wieder Abschied nehmen.»

Um die Zeit bis zur Abreise aufzuschieben, lud Rahel ihren ‹Prinzen› ins Dancing des Hotels ein.

»Na ja, wenn Du mich einlädst, sage ich natürlich nicht Nein. – Nur eine Bedingung hätte ich da. – Heute darf es nicht mehr so spät werden!»

Lachend wandten sich alle dem Essen zu. Chris und Doktor Keller lauschten den Erlebnissen von Rahel und Daniel.

«War superlecker», Chris rieb satt seinen Bauch und trank sein Weinglas leer. «Was meinst du Liebes, wollen wir?»

Rahel schob sich die letzte Gabel Gemüse in den Mund und stimmte lächelnd zu. Da sie sich verabschiedete, entschied Chris, mit Daniel und seinem Onkel an der Bar auf sie zu warten.

Sie frischte kurz ihr Make-up auf. Kontrollierte im Spiegel ihr Aussehen und zog die Lippen sorgfältig nach. Zufrieden trat sie aus dem Zimmer und ließ sich vom Aufzug hinunter bringen.

Um jeden Moment auszukosten, schlenderten sie Hand in Hand am Ufer des Sees entlang. Rahel lächelte, wie sie die Enten und Schwäne beobachtete, die mit ihren Jungen über das Wasser trieben. Das Federkleid der Vögel schimmerte im Sonnenlicht. Die Wellen plätschern sanft ans Ufer.

«Sind die nicht süß?» Entzückt zeigte Rahel in Richtung der Entenschar mit einer Handvoll Küken. Chris fand Gefallen an den Wellenreitern, die den Wind zu nutzen vermochten.

«Die da sind auch nicht schlecht. – Sollte ich auch `mal versuchen.» Mit Interesse blieb er stehen und beobachtete die Surfer. Wie er die Holzbank am Ufer entdeckte zeigte er in diese Richtung. «Na, was meinst du? – Kurze Pause?»

Rahel lächelte zustimmend und setzte sich.

Entspannt legte Chris den Arm um ihre Taille, worauf sie den Kopf auf seine Schulter schmiegte. Für einen Moment sahen beide schweigend den Möwen über ihnen und den dröhnenden Schiffen auf dem See nach. Chris bemerkte, wie sein Engel sich mehr und mehr in sich zurückzog. Rahel sah in Gedanken versunken in die Weite. Er erkannte, warum sie heute schweigsam war, und es brach ihm das Herz. Vermied es, sie darauf anzusprechen. Stattdessen schlug er vor, weiterzugehen.

Den Rest des Nachmittags verbrachten sie mit Schlendern am Ufer entlang. Beide wünschten, der Tag würde nie enden.

Chris entdeckte einen Eiscreme-Verkäufer, was ihn auf eine Idee brachte, die Stimmung zu retten.

«Das werde ich mir jetzt gönnen. – Möchtest du auch eins?»

Ohne auf ihre Antwort zu warten, stellte er sich in die Reihe, um zwei Schoko-Erdbeere Waffeleis zu erhalten. Minuten später reichte er ihr eines dieser Leckereien, bevor er das zweite entgegennahm.

«Bitte schön, mein Engel. Lass es dir schmecken.» Entzückt genossen sie die kühlende Speise und spazierten den Weg am See weiter.

«Ich finde es schade, dass du schon heute zurückfährst», beendete Rahel die Stille.

«Wie ich weiß, beginnt auch für dich morgen der Kongress», versuchte er die Lage zu retten. «Da hätten wir sowieso wenig Zeit für uns.»

«Ja, OK. – Hast ja recht. – Warum muss alles immer so schwierig sein?» Darauf hatte Chris keine Antwort. Stattdessen schenkte er Rahel einen sanften Kuss.

*

Beide bemerkten nicht, wie die Zeit verstrich. Die Anzahl der Passanten verringerte sich merklich. Einzelne Paare genossen die Abendstimmung und die kühlende Brise vom See.

Gegen Abend kehrten Rahel und Chris zum Hotel zurück. Vor seiner Rückfahrt verbrachten sie nochmals Zeit gemeinsam im Tanzlokal. Langsam wiegte sich Rahel zur Musik und schmiegte sich eng an Chris. Sie erkannte, seit sie mit ihm befreundet war, sich nicht wieder an Oliver und seine Probleme erinnern zu haben. Lächelnd hob sie den Kopf, was er benutzte, sie zu küssen. Unverhofft realisierten sie, dass die Musik verstummte. Peinlich berührt sahen sie auf und ernteten Beifall.

«Damit Eure Liebe lange so glücklich bleibt, spielen wir vor der Pause gleich noch einen Song für euch.»

Rahel hörte, was einer der Band auf der Bühne

verkündete. Alles würde sie geben, damit sich dieser Wunsch erfüllen würde. Mit scheuem Blick bedankte sie sich, wie die ersten Takte des Stücks ‹Ohne dich … › von ‹Münchner Freiheit› erklangen. Der Gitarrist deutete den anderen Gästen stumm an, die Fläche für das Paar freizuhalten. Diese hielten sich verständnisvoll zurück und blieben rund um die Tanzfläche stehen.

Chris und Rahel bemerkten erst nach dem Abklingen der Musik, dass sie alleine auf der Fläche standen. Peinlich berührt kehrten sie, begleitet von Beifall, zu ihrem Tisch zurück. Die Blicke der anderen Gäste ließen beide scheu lächeln.

‹Wenn wir nur wirklich zusammen sein könnten!› Rahel wies ihre Gedanken zurück und prostete Chris müde lächelnd zu.

«Ich hoff für dich, dass du doch noch gefallen an deiner Arbeit in der Klinik findest. – Ich werde dich vermissen.»

«Zum Wohl, und lass den Kopf nicht hängen, ja? – Vielleicht ergibt sich ja bald eine Lösung.» Chris legte seine Hand auf Rahels Hand und sah ihr tief in die Augen. Sie beachteten die umliegenden Tische nicht. Die Lämpchen tauchten ihre Gesichter in ein sanftes Licht. Rahel bemerkte, wie sich ein Kloß in ihrem Hals bildete. Ihre Augen feucht wurden.

«Es tut mir ehrlich weh, aber wir sollten uns langsam verabschieden.»

Rahel nickte und erhob sich langsam vom Stuhl. Wortlos traten beide in die Hotelhalle hinaus, wo sie Chris bis zum Ausgang begleitete. Ein paar Schritte vor der Glastür blieb sie stehen und hielt ihn zurück.

«Lass uns hier ‹Tschüss› sagen. Ich bin kein Fan von solchen Abschiedsszenen!» Mit Tränen in den Augen legte sie ihre Arme um Chris. «Es wäre schön, wenn du mich nicht vergessen würdest.»

«Wie könnte ich! – Ich werde mich melden.» Mit einem letzten Kuss verabschiedete sich Chris bei seinem Engel und trat, ohne einen Blick zurück, durch den Ausgang. Zu Rahels Freude öffnete sich Sekunden später die Tür erneut. Lächelnd ‹schickte› er einen Kuss durch den Raum. – Und weg war er. Lange starrte sie stumm auf die geschlossene Tür.

«Na Rahel», Doktor Keller und Daniel standen unvermittelt vor ihr, «wie es scheint, ist Chris gerade losgefahren, stimmt's?»

«Ja, vor ein paar Minuten. – Ich werde daher jetzt schlafen gehen. – Tschüss. Bis morgen.» Müde, ohne auf ein Gespräch einzugehen, trat sie zum Aufzug. Mit gesenktem Kopf öffnete sie auf dem Hotelflur die Tür zu ihrem Zimmer.

Im Augenwinkel erkannte Rahel einen Gegenstand auf dem Tisch. Ein Strauss Rosen zauberte ein Lächeln auf ihr erschöpftes Gesicht. Ver-

wundert griff sie nach dem Umschlag, welcher
vor der Vase lag.

Hallo mein Engel
  *Glaub mir, wir finden eine Lösung. Lass den Kopf
nicht hängen und genieße die Tage in Zürich.*
  Ich liebe Dich! Bis bald. Dein Chris

Mit Freudentränen schob sie die Karte in den
Umschlag zurück und legte ihn in ihre Tasche.
Im Bett schloss Rahel lächelnd die Augen und
schlief in Gedanken an Chris, bald ein.

Kapitel 7

Einen Tag nach ihrer Rückkehr meldete sie sich früh morgens bei der Polizei. Mit dem Beamten vereinbarte sie einen Termin für den folgenden Tag. Dieser gab ihr kurz und knapp zu wissen, zu welcher Uhrzeit sie auf dem Posten zu erscheinen habe. Durch seine forsche Stimme verunsichert, wagte Rahel nicht zu widersprechen. Stattdessen stimmte sie sofort zu. Was für Fragen werden ihr gestellt? Wird sie diese beantworten können? Vor allem wie stand sie damit in Verbindung? Mit diesen Gedanken trat sie den Weg zur Arbeit an.

Kaum in der Praxis bat Doktor Keller sie kurz in sein Büro. Nach dem Gespräch heute Morgen, schritt sie mit gemischten Gefühlen durch die Tür. War aber, wie sie sein Lächeln erblickte, erleichtert.

«Oh, ist was passiert? Wollte eigentlich nur Unterlagen von letzter Woche geben. – Hoffe nix mit den Eltern?» Doktor Keller stand hinter seinem Pult und begrüßte Rahel mit besorgtem Blick.

«Nein. – Nein. Mit meinen Eltern ist alles in

Ordnung. – Aber ja, habe wirklich etwas, worum ich bitten müsste», Rahel trat zum Pult, «Ist es möglich, dass ich morgen später zur Arbeit kommen kann?»

«Also doch was los?»

«Mit mir – so denke ich zumindest – nichts. Aber leider hat Oliver Mist gebaut und ich soll mich morgen früh zuerst bei der Polizei melden. – Scheinbar hat man an mich auch Fragen.»

«Ja. Hab was in der Zeitung gelesen. – Dann ist das wirklich *der* Oliver! – Ja klar geht in Ordnung. Nehmen sie sich den ganzen Vormittag frei. – Denke nicht, dass sie danach zur Arbeit möchten. Daniel ist morgen ja nicht in der Praxis, so kann Clara bei mir assistieren», augenzwinkernd fügte er hinzu, «Ich denke, das schaffen wir mit Links. – Konzentrieren sie sich auf das Gespräch.» Erleichtert bat sie den nächsten Patienten ins Sprechzimmer. Obschon sie oft mit ihren Gedanken abschweifte, verlief der Tag ohne Probleme.

«Dann wünsch ich einen schönen Feierabend», Rahel schob die Tür zum Büro auf.

«Tschüss Rahel, und denken Sie nicht zu oft an morgen.» Er sei überzeugt, es gäbe keinen Grund zur Sorge.

Am Abend führte Rahel lange Gespräche. Erst wählte sie die Nummer von Alice. Diese bestand darauf, nach der Anhörung alles zu erfahren. Ja, ihr war bekannt, dass ihre Freundin mit Interesse Krimis im TV verfolgte oder solche Romane verschlang.

«... Lass es mal auf dich zukommen, Liebling. Hoffen wir, der hat dich nicht, wie auch immer, angeschwärzt. – Ich wünsch meinem Engel eine ruhige Nacht. Und melde dich morgen bei mir, sobald du zuhause bist. OK? – Versuch jetzt zu schlafen.» Chris verabschiedete sich nach längerem Zureden bei Rahel, die ihm einen Kuss durch das Telefon schickte. «Werds Versuchen. – Tschüss mein Liebling.»

Nach einer unruhigen Nacht sass Rahel angespannt am Frühstückstisch. Kippte nervös ihren Kaffee hinunter. Minuten später rief sie ein kurzes «Tschüss Mutti», durch den Flur. Wie Frau Seiler aus der Küche trat, verließ ihre Tochter, ohne zurückzublicken, das Haus.

«Rahel. – Stopp!» Hastig langte die Mutter nach der Handtasche und dem Schlüssel-Etui auf der Kommode und eilte zur Eingangstür. «Rahel, warte! Hier, die solltest du mitnehmen.» Am Ende der Treppe reichte sie schnaufend ihrer Tochter die Tasche.

«Oh, danke Mam. Wenn ich dich nicht hätte!» Behutsam drückte sie ihr einen Kuss auf die Wange.

«Und jetzt langsam mein Kleines. Du brauchst keine Angst zu haben. – Bestimmt nicht.»

«Das hoff ich. Bis nachher. – Tschüss Mutti.» Rahel wandte sich von ihrer Mutter ab und folgte widerwillig dem Weg weiter.

*

Vor dem Eingang zum Polizeiposten holte sie tief Luft, stricht sich durchs Haar, streifte kurz über ihr Kleid. Langsam öffnete sie die Tür und betrat das kühle Empfangsportal. Auf der Holzbank zur rechten Seite sassen zwei Burschen. Der eine tupfte sich mit einem Taschentuch über die blutende Nase. Der andere reichte ihm wiederholt ein frisches Tuch.

«Guten Morgen. – Rahel Seiler mein Name. – Ich soll mich heute hier melden.» Mit Kloß im Hals trat sie an den Schalter.

«Guten Tag Frau Seiler. Legen sie Ihren Personalausweis bitte hier hin.» Verwirrt suchte Rahel in der Tasche nach dem gewünschten Ausweis und legte diesen auf das Fach vor ihr. Die Dame auf der anderen Seite der Glasscheibe zog dieses zu sich. Begutachtete die Daten. Mit einem Lächeln sah sie zu Rahel, schob ihr den Pass wieder zu und deutete nach links. «Setzen sie sich bitte neben jene Tür dort. Ein Kollege wird sie dann holen.»

Wie angeordnet setzte sie sich auf den Hocker, der vor einer Tür mit Aufschrift *Bitte warten* platziert war. Wie sie da sass, versuchte sie, herauszufinden, was gleich auf sie zukommen würde. Auf dem Tisch lagen verschiedene Lektüren. Sie hatte nicht die Ruhe zu lesen. Stattdessen sass sie angespannt, ihre Tasche fest umklammert, auf dem Flur.

«Frau Seiler?» Ein Herr in Uniform riss sie aus ihren wirren Gedanken. Rahel erhob sich hastig und bestätigte unter Räuspern ihren Namen. Der Beamte wies sie mit einer kurzen Handbewegung an, ins Zimmer zu treten. «Bitte schön.»

Verunsichert betrat sie den Raum. Ein kühler Luftzug schlug ihr entgegen, wie sie eintrat. Die Räumlichkeit war karg eingerichtet – ein Ort, der keine Wärme ausstrahlte. In der Mitte stand ein Tisch mit einem Stuhl auf jeder Seite. Ein kleinerer war in der linken Ecke platziert. Dort erkannte Rahel eine weitere Uniformierte, die sie mit einem kurzen Nicken begrüßte, vor einem Laptop. An der rechten Wand ragte ein Regal voller Lektüren, eine Anzahl Gesetzbücher und dicke Ordner. Auf dem Tisch, an dem sich Rahel und der Polizeibeamte hinsetzten, lag ein Aufnahmegerät. Ähnliches kannte Sie aus dem TV. Sie räusperte und legte ihre Tasche neben den Stuhl auf den Boden.

«OK, dann starten wir die Vernehmung», eröffnete der Beamte sachlich das Gespräch. Ein schlichtes Fenster ließ nur schwach Licht herein. Durch die Metallstäbe davor gebrochen, wurde Schatten an die gegenüberliegende Wand geworfen. Keine Bilder – Keine Blumen. Nichts, was ihn angenehmer hätte wirken lassen. Rahels Herz pochte heftig, und sie zwang sich, tief durchzuatmen, um ihre Nervosität zu verbergen.

Sie empfand sich fehl am Platz. In was für einen Film war sie da geraten? Bevor sie die Antwort fand, setzte sich der uniformierte ihr gegenüber, breitete die nötigen Unterlagen vor sich aus und drückte auf die Taste des Aufnahmegeräts. Er ließ sich dabei nicht stören. Kurzes Räuspern und Brille zurechtrücken auf seiner Seite.

«So, Frau Seiler.- Dann beginnen wir ... » Mit fester Stimme las er die Angaben vor, welche er über Rahels Personalien besaß. «Sind diese Daten korreckt? – Wenn ja, werde ich nun mit den nötigen Tatbeständen starten ... .»

Zum Beginn las er Rahel die für sie gerichteten Infos vor. Die Beamtin im Hintergrund rückte ihren Stuhl zurecht, trank einen letzten Schluck aus ihrem Wasserglas und tippte hastig auf die Tasten des Laptops ein. Rahel musste sich Fragen gefallen lassen, die für sie nicht einfach zu beantworten waren. Denn heute erfuhr sie, womit Oliver seine Zeit verbrachte, wenn er nicht zuhause war. Außer Fassung erkannte sie, was er in seinen angeblichen ‹Überstunden› erledigte. Der Beamte goss ihr Mineralwasser ins Glas nach. Ja, er verlor im Laufe der Vernehmung seine harte Schale.

«Wenn sie eine Pause wünschen. Wir haben Zeit. – Machen wir in ein paar Minuten weiter.» Mit einem tiefen Atemzug bestätigte ihm Rahel, dass die Unterbrechung mehr wie willkommen war. Sie ergriff ihr Glas und trank es in einem Zug leer. Der Beamte lächelte mitleidig und füllte es, ohne Nachfrage, erneut auf.

«Bin gleich wieder da. – In der Zwischenzeit bitte keine Anrufe oder Text-Nachrichten nach draußen.»

Verstört ließ Rahel ihr Mobiltelefon, welches sie in der Hand hielt, zurück in die Tasche gleiten. Wie gerne hätte sie Chris' Stimme gehört. So blieb ihr nur die erdrückende Stille und das Getränk vor ihr.

Sie sah sich in der Rolle der Angeklagten. Der Beamte bemühe sich, alles zu erfahren. Von, wie lange sie mit Oliver zusammen war, bis ob sie die Männer, die mit ihm in Kontakt waren, kannte. Woher und wie deren Namen lauteten. Ob ihr von seinen Machenschaften wirklich nichts bekannt war. Wo sie sich zur Zeit des Einbruchs aufhielt. Ob dies jemand bestätigen könne.

Ja, auf den Fotos, welche der Beamte ihr zeigte, entdeckte sie zwei der Burschen. Erinnerte sich, wie der eine genannt wurde. Mehr vermochte sie nicht weiterzuhelfen. Auch nach einer weiteren Stunde Verhör. Der Polizeibeamte war mit den neuen Infos, die er zu haben schien zufrieden. Wie er das Aufnahmegerät stoppte, erkannte Rahel, dass sie es überstanden hatte. Ihr Gegenüber erhob sich. Bedankte sich für ihre Geduld und begleitete sie zur Tür.

«Tauchen nach Auswerten der Aufnahmen weitere Fragen auf, hören sie nochmals von uns. – Danke vorerst für Ihre Mithilfe.»

Rahel stand mit hämmerndem Kopf vor der steinigen Treppe. Bevor sie diese hinunterstieg, holte sie erst tief Luft. War das ein Film? – Ein böser Traum? Oder sass sie wirklich in diesem schmuddeligen Raum bei einem Verhör? Sie hatte den Wunsch, schnellstmöglich nach Hause zu gelangen. Darum winkte sie dem Taxi, welches auf dem Platz auf der anderen Straßenseite auf Passagiere wartete. Eilig überquerte sie die Fahrbahn.

«Hallo, sind sie noch frei?» Rahel stützte sich kurz am Heck des Wagens ab.

«Bin ich. Bitte schön.» Sofort hüpfte der Taxi-Fahrer aus dem Fahrzeug, öffnete die hintere Tür und bat Rahel, einzusteigen. Auf dem Rücksitz sitzend atmete sie erleichtert auf. ‹Hoffentlich muss ich da nicht wieder hin. – Schrecklich!›

Nach kurzer Fahrt hielt das Taxi vor dem Haus von Familie Seiler. Rahel reichte dem Fahrer sein Guthaben, bedankte sich lächelnd und stieg aus dem Wagen, der sich sofort in Bewegung setzte. Frau Seiler, welche ihre Tochter aus dem Taxi steigen sah, empfing sie besorgt an der Tür.

«Na, wie war's? – Komm erst mal rein.»

«Brauch eine Tablette. – Mein Schädel hämmert wie verrückt. – Darum nicht zu Fuß unterwegs.» In der Küche bereitete sie sich eine große Tasse Pfefferminz-Tee zu, holte das Medikament aus dem Badezimmer-Schrank und trat auf die Terrasse.

«Und? Erfuhren sie jetzt Tetails, die ihnen noch nicht bekannt waren?» Herr Seiler setze sich neben Rahel und legte fürsorglich die Hand auf ihren Rücken.

«Naja, ich erkannte zwei der Typen auf den Fotos wieder. – Jetzt hoff ich, sie finden die bald. – Was mit Oli geschieht weiß ich nicht. Der bleibt wohl erstmal in U-Haft» Sie berichtete ihren Eltern kurz, was die Polizei zu erfahren wünschte.

Frau Seiler teilte mit, dass sie heute nicht mehr zu arbeiten brauchte.

«Wie kommst du drauf?» Fragend sah Rahel über den Tisch. «Toni hat kurz nachdem du weg warst angerufen», Ihre Mutter stellte die leere Tasse ab, «Er meinte, dass dich das Ganze zu sehr beanspruchen wird. Daher sei für dich heute entspannen angesagt.»

«Was sagt man denn dazu?!» Erleichtert wechselte Rahel Kleider gegen Bikini, griff nach einem Badetuch aus der Ablage und legte sich auf eine der Liegen am Pool. Statt wie üblich zu lesen, nutze sie heute ihren Walkman, um mit Musik Ruhe zu finden.

Ob Oliver erfahren wird, wer ihm mit der Aussage den Weg in die Freiheit versperrt hat? Verstört griff sie nach ihrem Eistee, um die Gedanken wegzuspülen. Langsam legte sie sich zurück, schloss die Augen und lauschte der leisen Musik im Ohr.

Erst wie die Dämmerung einsetzte, entschloss sich Rahel, ins Haus zu wechseln. Sie beabsichtigte, Chris anrufen, um ihm von heute zu berichten.

Mit diesem Vorhaben holte sie sich in der Küche einen neuen Krug mit Eistee. In ihrem Zimmer legte sie sich aufs Bett, und wählte auf dem Handy die Nummer von Chris. Nach 2x Klingeln hörte sie seine angespannt klingende Stimme.

«Hallo mein Engel, na wie war's? – Wie geht's dir? – Was wollte man von dir wissen? – Wie gehts nun weiter?» Rahel erkannte, wie er mit Ungeduld auf ihren Anruf wartete.

«Ich hoffe, das war das letzte Mal, dass ich das

über mich ergehenlassen musste! – Schrecklich war's! ... »

Rahel erzählte, dass sie sich selbst als die Angeklagte sah. Dass es ihr schwerfiel, die Fragen zu beantworten. Bei einigen Antworten war ihr Sekunden später klar, dass diese für Oli gefährlich sein könnten.

«... ich war doch gezwungen ehrlich sein.» Rahel beendete die Schilderung mit einem tiefen Seufzer. Die Gefühle, welche sie bei der Anhörung hatte, kamen wieder hoch.

«Hey, mein Engel. Mach dir jetzt bitte keine Vorwürfe!» Wie gerne wär Chris in diesem Moment bei Rahel, «Du hast alles richtig gemach! Glaub mir. – Und wie der Beamte sagte. Du hast deine Sache jetzt erfüllt. Also hast du nichts mehr zu befürchten. – Auch nicht von Oliver!» Doch genau das war ihre Sorge.

«Aber was, wenn Oli erfährt, dass ich die nötigen Infos gegeben habe? – Was passiert dann?»

«Man gibt ihm über die Befragung von dir und anderen Personen keine Auskunft. Glaub mir.» Chris sprach mit beruhigender Stimme ins Telefon. «Zudem verbieten die ihm jeglichen Kontakt zu inwolvierten Personen. Aber wie du sagtest, bleibt er vorerst eh im Knast.»

Sie atme tief durch, obwohl diese Infos Rahel nicht zu beruhigen vermochten, fand sie es von Chris reizend. Sie genoss es, zumindest seine

Stimme zu hören. Es gelang ihnen, das Thema zu wechseln. Eine Stunde später verabschiedeten sie sich. Nach einer kurzen Toilette schlüpfte Rahel erschöpft unter die Decke und sank bald in tiefen Schlaf.

*

«Kleines», Rahels Vater trat mit ernster Miene zu seiner Tochter, die erleichtert war, wie er ein Lächeln zeigte, «Ich sehe mich bald gezwungen, Dir einen neuen Freund zu suchen! – Wenn ich die Telefonrechnung betrachte, erkenne ich, dass sie im letzten Monat erheblich gestiegen ist. – Genau zu jenem Zeitpunkt wo du von Zürich zurückgekehrt bist. – Nur gut, übernimmst du die Hälfte der Rechnung.» Lachend strich er Rahel über das Haar und langte nach der Tasse mit frischem Kaffee, die ihm seine Frau reichte, entgegen.

«Willst du nicht zu ihm fahren? – Ich meine, nur für ein paar Tage. Wenn du am Freitag fährst, habt ihr das ganze Wochenende vor euch. – Na, was denkst du? Schlag ihm das bei seinem Anruf heute Abend doch vor?» Rahel starrte aus dem Fenster. Sie biss sich auf die Unterlippe, wie sie über den Vorschlag nachdachte.

«Hey, gar keine schlechte Idee. Da ich Urlaub habe, könnte ich ihn ja die ganze Woche mit

120

meinen Kochkünsten verwöhnen», mit einem kecken Grinsen fügte sie hinzu, dass Liebe ja durch den Magen gehe. «Ich werde mich gleich morgen nach dem ersten Zug erkundigen.»

Wie gerne würde sie Chris wieder in die Arme schließen. Wenn alles klappt, wäre es in zwei Tagen soweit. Sie beschloss, ihm von ihrem Vorhaben nichts zu verraten.

Um die Zeit bis zum nächsten Morgen zu verkürzen, verabschiedete sie sich früher wie üblich von ihren Eltern. Sie drehte sich lange im Bett aufgeregt von einer Seite zur anderen. Der Versuch, mit lesen müde zu werden, klappte nicht. Wiederholt schweiften ihre Gedanken zu Chris. Sie versuchte, sich vorzustellen, wie er reagiert, wenn sie vor seiner Tür steht. Diese Vorstellung war es, die ihr den ersehnten Schlaf brachten.

Stunden später erwachte Rahel durch die aufsteigende Sonne. Sie hatte Mühe, sich in der Gegenwart zurechtzufinden. Verbrachte sie gerade noch zärtliche Momente mit Chris. Nach einer erfrischenden Dusche trat sie auf die Terrasse. Ihre Mutter hängte die Wäsche zum Trocknen auf. Ihr Vater versorgte seine ‹Schützlinge› mit Wasser.

«Guten Morgen. – Du und Mutti könnt wohl nie ohne Arbeit sein, was?»

«Hallo Kleines. Im Krug auf dem Tisch hat es

Kaffee und die noch warmen Brötchen hat Vati vom Bäcker mitgebracht. – Gieß mir doch auch gleich eine Tasse ein, ja?»

«Gerne Ma, aber ich werde nicht lange sitzen bleiben. Gehe nachher zum Bahnhof.»

«Möchtest du nicht zuerst mit Chris telefonieren?»

«Nein Mutti, ich würd' ihn gerne überraschen. Sollte er heute Abend anrufen, wenn ich mit Alice und Steffy weg bin, verrat ihm bitte nichts, ja?»

«Hmm ok», Frau Seiler sah fragend zu ihrem Gatten und wieder zu Rahel, «wenn du meinst, gut dann sage ich ihm nichts.»

«Nur keine Angst. Muss er arbeiten, werde ich die Zeit in Lausanne totschlagen. Am Abend wird er dann von mir bekocht.» Nach zwei Brötchen und einer Tasse Kaffee trat Rahel den Weg zum Bahnhof an.

«Guten Tag, um welche Zeit fährt denn morgen der erste Zug Richtung Lausanne?»

«Guten Tag. – Einen Moment, kann ich Ihnen gleich sagen.» Der Herr hinter der Glasscheibe tippte die erhaltenen Daten in den Computer ein. «Um 06:11 Uhr fährt der erste Richtung Zürich, wo sie wenige Minuten später mit dem nächsten Zug weiterreisen. – Um 11:00 Uhr treffen sie in Lausanne ein.»

«Prima! Das ist perfekt! – Dann geben sie mir gleich eine Fahrkarte für morgen dorthin.»

Mit Ticket in der Tasche und Glücksgefühl im Bauch verließ sie den Bahnhof.

«Na, was treibt dich denn im Urlaub schon so früh auf die Straße.»

«Hallo Bruno», Rahel blieb stehen, «War gerade auf dem Bahnhof. Morgen fahre ich früh morgens mit dem Zug nach Lausanne!»

«Was möchtest du denn dort? So aufregend ist diese Stadt doch auch nicht?»

«Da könntest du dich täuschen», Rahel schmunzelte, «Diese Stadt hat was ganz Besonderes zu bieten.» Sie amüsierte sich an Brunos fragenden Blick. Lachend schlenderte sie an ihm vorbei.

Zuhause streckte sie ihrer Mutter die Fahrkarte hin. Voller Freude teilte sie ihr mit, dass sie früh morgens losfahren werde.

«Ich freue mich ja für dich. – glaub mir! Aber sag doch Christian Bescheid.»

«Nein Mutti, werde ich nicht» schmunzelnd legte sie einen Arm über Mutters Schulter. «Lass mich nur machen, ja?»

Da Frau Seiler keine Hilfe benötigte, holte sich Rahel einen Liegestuhl aus dem Schuppen. Befreite sich von den Kleidern und legte sich im Bikini, vor dem Pool in die Sonne. Bald schlummerte sie ins Traumland. – Was war das? Eine Sirene? Verschlafen sah Rahel zur Terrasse. Bevor sie erkannte, was es war, nahm ihre Mutter den Anruf entgegen.

«Ah, hallo Alice. – doch, sie ist hier. – Ja bestimmt. Ich werde es ihr ausrichten. – Danke. Tschüss Alice. Und lass Dich mal wieder sehen, ja? Und liebe Grüsse an deine Eltern.»

«Oh je, ich befürchtete schon, die Sirene ginge los!» Rahel tupfte mit ihrem Badetuch die Schweißperlen von der Stirn.

«Was du wohl wieder geträumt hast. – Nein, es war Alice. Sie und Steffy kommen etwas später.»

«Was ihnen heute wohl wieder dazwischen gekommen ist? Na ja, so genieße ich die Sonne noch ein Weilchen.»

Frau Seiler widmete sich weiter ihrer Wäsche und Rahel griff nach ihrem Roman und drehte sich auf den Bauch. Sie bemerkte nicht, wie beim Lesen die Zeit verging. Denn ihre Mutter erinnerte sie von der Veranda aus an das Treffen mit ihren Freundinnen.

«Oh, danke. Das hätte ich doch beinahe ‹verschwitzt›» lachend sprang Rahel auf und eilte ins Haus, unter die Dusche.

*

«Hallo Sven», begrüßte sie den Kellner vom ‹Picadilli› hinter der Theke, «sind Steffy und Alice schon da?»

«Nein, die habe ich noch nicht gesehen. – Setz dich doch an den Tisch da.» Sven begleitete

Rahel und zog den Stuhl zurück. «Bitte. – Einen Eistee vielleicht?»

«Ja, gerne. Das kann ich in dieser Hitze nur allzu gut gebrauchen.» Rahel suchte nach dem Grund, weshalb die zwei noch nicht da waren. Der Minutenzeiger drehte doch bald die zweite Runde.

«Na endlich! Da seid ihr ja! – Was war denn los?»

«Du wirst es nicht glauben», Alice klopfte auf Steffys Schulter, «aber Du kennst ja unsere Liebste!»

«Na sag schon, was war denn?»

«Morgen feiert ihre Mutti Geburtstag», zu Steffy blickend fuhr sie fort, «und unsere Freundin musste noch ein Geschenk besorgen!»

«Lass gut sein, Alice! Jetzt habe ich ja was gefunden. Lass uns nicht mehr davon sprechen, ja?»

«Nur keine Angst, ich werde Rahel nicht verraten, dass du dem süßen Verkäufer fast eine halbe Stunde längere Arbeitszeit ‹aufgebrummt› hast.» Alice klopfte Steffy auf den Rücken.

Beide amüsierten sich und stellten sich die Szene zwischen dem Verkäufer und Steffy vorstellten. Diese bestellte, irritiert, bei Sven zwei Gläser Eistee.

Schon erzählten sie sich wieder wie üblich von der vergangenen Woche ...

«Oh Gott! – Nein ich kann nicht mehr!» Rahel rieb sich die Tränen vom Gesicht, die ihr das Lachen aus den Augen trieb. «Also, ich seh, ich sollte bald mal wieder zu dir ins Gasthaus zum Essen kommen. – Doch jetzt muss ich leider ‹Tschüss› sagen», der Blick auf die Uhr erinnerte Rahel daran, dass es für sie Zeit war, nach Hause zu gehen.

«Auch für uns startet der Tag früh. – Aber dummerweise nicht, um in Urlaub zu fahren.»

«Tu nicht so», Rahel amüsierte sich an Alices Einwand, «Wer durfte denn vor kurzem die Sonne genießen, während ich in Zürich einem Prof gehorchen musste? – Nein, ich finde das ganz in Ordnung. Geht ihr nur brav arbeiten.» Lachend bezahlten die Freundinnen die Getränke und verließen das Lokal.

«Ich kann es gar nicht fassen», Steffy legte Rahel ihren Arm um die Schultern, «Jetzt hat doch unser ‹Schätzchen› schon seit einigen Wochen einen neuen Verehrer und wir haben ihn noch nicht kennengelernt! – Ich hoffe doch, du machst uns nicht erst vor dem Standesamt mit ihm bekannt!»

«Hey, nur keine Hektik! Ihr erinnert mich schwer an meine Mutter»,. Rahel schmunzelte, «Sie würde mich auch liebend gerne in festen Händen sehen. Aber ich übereile nix. Nein, ich werde es langsam angehen. Ich genieße die Zeit mit ihm so, wie es jetzt ist. – Und dazu fahre ich morgen zu ihm nach Lausanne.» Vor der Einfahrt zum Elternhaus strahlten ihre Augen vor Aufregung. «Na, lasst euch ein letztes Mal drücken.»

*

‹Das nennt man also Reisefieber? Hätte nie gedacht, dass mich dieses Fieber auch einmal befällt.› In der Nacht träumte Rahel von der Reise nach Lausanne. Diese Fahrt schien endlos. Am Bahnhof bestieg sie ein leuchtendes Taxi, welches sie zum Haus von Chris chauffierte. Sie betrat ein gigantisches Gebäude mit grossem Umschwung. Die Wohnungstür wurde von innen geöffnet ... Da schrillte Rahels Wecker.

Am Morgen sprang sie mit Energie aus dem Bett. Die Sonne schien durch das Fenster und sie summte vor sich hin, wie sie sich für den Tag vorbereitete. Dem Schminken und der Frisur widmete sie sich besonders aufmerksam.

In der Küche erwartete sie ein reich gedeckter Frühstückstisch. Ihre Mutter stand ihr zuliebe früh auf. Um sicher zu sein, dass Rahel nicht mit leerem Magen die Reise antrat.

Es war eine Freude, den ersten Kaffee des Tages auf der Veranda zu genießen. Nach Rahels Meinung blühten die Blumen bunter auf der saftiggrünen Wiese. Die Vögel zwitscherten munterer von den Bäumen und die Sonne strahlte vom Himmel. Sie war aufgeregt! Am Mittag würde sie Chris nach langer Zeit wieder sehen.

Rahel plauderte nur kurz mit ihrer Mutter. Heute trank sie eine Tasse Kaffee, dazu zwei Brötchen. Das musste reichen. Dann stand sie auf und eilte über die Treppe ins Zimmer. Zufrieden mit ihrem Spiegelbild trat sie mit Reisegepäck und Handtasche wieder nach unten.

«Wenn ich den Zug nicht verpassen will, sollte ich jetzt los!»

«Obwohl ich dich nicht gerne fahren lasse, wünsche ich dir eine angenehme Reise und eine prima Zeit euch zwei. – Melde dich, wenn du angekommen bist, ja? Und grüß Christian von uns» Frau Seiler umarmte ihre Tochter und drückte ihr einen Kuss auf die Wangen.

«Klar Mutti, mach ich. Tschüss. – Chris ich komme!» In grosser Vorfreude trat Rahel den Weg zum Bahnhof an.

Kapitel 8

Durch das dicke Glas sah Rahel in Gedanken versunken auf die vorbei flitzenden Häuser, Bäume und Autos. In ihrer Fantasie malte sie sich den Moment aus, wie Chris reagiert, wenn sie unangekündigt vor der Türe steht.

‹Wir verbringen bestimmt eine prima Zeit.› Rahel sah in Vorfreude aus dem Fenster.

«Ihre Fahrkarte bitte», der Schaffner trat neben seine Mitreisende, «Verzeihen sie, wenn ich sie erschreckt habe. – Dürfte ich ihre Fahrkarte sehen?»

Rahel griff hastig in ihre Tasche und holte aus dem Seitenfach das Verlangte hervor. Der Beamte knipste ein Loch hinein und gab sie mit einem Lächeln zurück. «Danke und weiter eine angenehme Reise.»

Auf der Strecke Zürich-Lausanne bot man den Reisenden Getränke, Sandwichs und sonstige Knabbereien zum Kauf an. Rahel entschloss sich für eine Büchse Eistee und griff nach einer Zeitschrift. «Hier. – Der Rest ist für sie.» Dankend reichte ihr die Angestellte das Getränk. Rahel erkannte, dass sie nur aus einem Grund spendabel war! – Ein Blick auf die Uhr zeigte ihr, dass es nicht mehr lange dauert, und sie sah Chris wieder. Ein stummer Seufzer betonte ihre Gedanken.

«Nächster Halt, Lausanne.» Die Stimme aus dem Lautsprecher ließ Rahel erleichtert von ihrer Zeitschrift aufhorchen. Ihr Herzschlag beschleunigte sich. Voller Freude verstaute sie die Illustrierte in der Tasche. Ihr Blick heftete sich an die ersten Häuser, die an ihr vorbeihuschten. Die Pkws verfolgte sie, ohne abzuschweifen. – Es wäre ja möglich, Chris in einem der Fahrzeuge zu erkennen. Kopf schüttelnd grinste Rahel über sich selbst. – Einfahrt in den Bahnhof. Es ist soweit! Mit dem Gepäck in der Hand verließ sie aufgeregt die Halle.

Taxis warteten auf dem Vorplatz auf die ankommenden Gäste. Da das vordere besetzt war, eilte Rahel zum nächsten, das sie Sekunden vor einer ‹Möchte-gern-Monroe› erreichte. Eilig öffnete sie die hintere Tür selber, schob das Gepäck hinein und ließ sich flink auf die Bank fallen.
Wie sie schnaufend aus dem Fenster sah, erkannte sie ein Augenpaar, das an eine Wildkatze vor dem Angriff erinnerte. Irritiert gab Rahel dem Fahrer ihr Ziel bekannt. Dieser drückte auf das Gaspedal und fügte sich in den Mittagsverkehr ein.

«Hat es das Fräulein eilig?» Der Taxichauffeur grinste in den Rückspiegel.

«Oh – ähm – nein, nicht wirklich. – Verzeihung wegen vorhin!»

«Schon gut! – Diese Dame ist bei mir und meinen Kollegen bestens bekannt. – Hab nichts versäumt!». Der Fahrer konzentrierte sich auf den Verkehr. Rahel kramte beschämt in ihrer Handtasche.

‹Hoffentlich sind wir bald da.› Die ganze Fahrt versuchte sie sich vorzustellen, wie Chris sie begrüßt.

«... und hier sehen sie unser Krankenhaus. Ich durfte erst vor zwei Wochen dieses Gebäude von innen betrachten. – Wenigstens bin ich diese verdammten Weisheitszähne los! – Wirklich tolle Ärzte arbeiten hier. Aber ich hoffe sie müssen nie Bekanntschaft mit einem davon machen.»

‹Wenn der wüsste!› Rahel lächelte mitleidig in den Rückspiegel.

*

«So, da wären wir», das Taxi fügte sich geschickt in eine Parklücke ein. Der Fahrer öffnete ‹ganz Gentleman› seinem Fahrgast die Tür und griff nach dem Gepäck. Rahel bedankte sich und reichte dem breit grinsenden Herrn das geschuldete Geld.

«Nur keine Eile. Jetzt bin ich ja hier. Tschüss und freundlichen Dank nochmals.»

Langsam näherte sie sich dem Hauseingang. – «Hier wohnst du also.» Ein Schild deutete darauf hin, dass seine Wohnung in der dritten Etage lag. Durch die angelehnte Tür trat sie in den fünf Stockwerk hohen Wohnblock hinein. Mit dem Fahrstuhl gelang sie hinauf vor Chris' Tür. Sie atmete tief ein und drückte aufgeregt den Knopf unter dem Namensschild. Nach wiederholtem Klingeln blieb es hinter der Tür weiter still.

Entmutigt bestieg sie den Aufzug und ließ sich zum Ausgang hinunterfahren. Wieder auf der Straße, entdeckte sie auf der anderen Seite ein Lokal. Sie entschied, dort auf Chris zu warten. Beim Tisch am Fenster hatte sie das Haus gegenüber im Blick.

«So, komm schon endlich!» Sie nippte bereits an ihrem zweiten Kaffee, ‹ich hoffe er …› Rahel vergaß für einen Augenblick, zu atmen. Ein Paar schlenderte vergnügt lachend am Fenster vorbei. Um ein Missgeschick zu verhindern, stellte sie die Tasse rasch auf den Tisch zurück.

«Nein! Oh Gott nein! – Nicht schon wieder!» Ihre Gedanken spielten verrückt.

«Verzeihung, geht es Ihnen nicht gut?» Der Kellner trat besorgt an den Tisch. Rahel winkte stumm ab. Starrte für Sekunden durch die Scheibe.

«Wenn sie wünschen», meinte er hilfsbereit, «rufe ich meinen Freund. Er wohnt gleich gegenüber und ist, wie ich grade sah, soeben nach Hause gekommen. – Er ist zwar Zahnarzt, aber könnte ihnen bestimmt helfen.»

«Nein, kann er mit Sicherheit nicht!» Rahel legte verstört das Geld auf den Tisch und eilte auf den Vorplatz. Sie beobachtete wie Chris gemeinsam mit seiner Begleitung lachend das Haus betrat. Ohne auf den Verkehr zu achten, überquerte sie die Fahrbahn. Ein plötzliches Reifen-Quietschen riss sie aus ihrer Wut und sie schreckte zusammen.

«Was soll das denn bitte?! Haben sie keine Augen im Kopf?»

«Verzeihung. – Hab wohl nicht aufgepasst.» Rahel starrte in das vor ihr stehende Fahrzeug und erkannte zwei grimmige Augen. Verstört eilte sie weiter.

In der dritten Etage trat auf den Flur hinaus. Niemand war zu sehen. Ohne lange nachzudenken, blieb sie vor Chris' Wohnungstür stehen. Von innen hörte Rahel, wie er und die Unbekannte ein Gespräch führten. Scheinbar zeigte er ihr ein kostbares Schmuckstück. Sie streckte die Hand aus um die Klingel zu drücken. Doch was wollte jetzt Chris von der Frau wissen? ...

«Na, was sagst du? Hab ich zu viel versprochen? – Wie gefällt er dir?»

«Das Du noch Fragen musst! – Ein Traum! – Wenn eine Frau bei sowas nicht schwach wird. – Na, dann weiß ich nicht!»

Rahel hörte einen Moment auf zu atmen. Ihr Blick haftete an der Tür vor ihr. Der Arm sank langsam von der Klingel weg. Wie in Trance bestieg sie den Aufzug wieder und ließ sich nach unten bringen. Auf der Straße zurück versuchte sie, das Gehörte zu verarbeiten. Zu begreifen, was sie erlebte.

«Warum passiert das immer mir? – Jetzt ist endgültig Schluss!» Rahel setzte sich verstört auf den Boden neben der Eingangstür. Tränen kullerten über ihre Wangen. Minuten später holte sie sich ein Taschentuch und den handlichen Spiegel aus der Tasche. Notdürftig wischte sie die verschmierte Schminke vom Gesicht. Fassungslos überquerte sie erneut die Straße und trat zum Kellner, der neben der Tür stand und neue Gäste begrüßte.

«Wo finde ich ein günstiges Hotel? Kein teures, einfach wo ich eine Nacht verbringen könnte.»

«Dort die zweite Strasse rechts. Hinter einem kleinen Vorplatz erkennen sie ein Gasthaus. Dort werden günstig Zimmer vermietet. – übrigens, wie geht's Ihnen? Konnte mein Freund helfen?» Der Kellner zeigte verwirrt zur Seite. Rahel hatte nicht vor, Auskunft über ihr Privatleben geben. Daher wandte sie sich abrupt nach rechts und ließ ihn ratlos zurück.

«Warum flirtet er die ganze Zeit am Telefon mit mir, wenn er eine andere ‹Tussi› neben sich mit teuren Geschenken verwöhnt?! – Jetzt ist endgültig Schluss! Lieber sterbe ich als alte, alleinstehende Greisin, statt mich weiterhin ausnützen zu lassen! – Verflixt! – Warum nur immer ich?!»

Verwirrt betrat Rahel kurz später das in die Jahre gekommene Gasthaus. Sie hatte Glück. Ein Einzelzimmer mit Dusche war frei. Wie gefordert, füllte sie das Formular aus, welche die Frau hinter dem morschen Tresen ihr zuschob.

Über die Treppe erreichte sie die dritte Etage. Das spärliche Licht ließ sie knapp erkennen, wo ihr Zimmer lag. Leises Knarren begleitete jeden ihrer Schritte durch den Flur. Der Raum war karg eingerichtet: ein eintüriger Kleiderschrank, ein altes Bett und eine schmale Ablagefläche daneben. Wie sie die Nachttischlampe anknipste, blieb die Glühbirne dunkel. Da Rahel zu erschöpft war, um ein besseres Zimmer zu fordern, holte sie die nötigen Utensilien aus ihrer Tasche und betrat das bescheidene Badezimmer. Sie duschte kurz und war erleichtert, bald im Bett zu liegen. Da sie heute seit 5:00 früh auf den Beinen war, hatte sie trotz des er-

schütternden Vorfalles keine Schwierigkeiten
einzuschlafen.

Ein Hupen von der Straße ließ Rahel müde auf-
schrecken. Die Sonnenstrahlen zwängte sich
durch die Jalousien. Erst nach einem kräftigen
Gähnen war ihr wieder klar, wo sie sich befand.
Der Rücken schmerzte. Langsam stand sie auf
und sah aus dem Fenster. Die Sonne strahlte
vom blauen Himmel durch die mit Striemen
verschmutzte Fensterscheibe.

Ob sie sich einen Tag in Lausanne gönnen
sollte? – Wenn sie schon mal da war ...

Rahel betrat das Café zwei Straßen weiter und
setzte sich an einen Tisch am Fenster. Der Duft
von frisch gebrühtem Kaffee stieg ihr in die Nase
und ließ die Anspannung des letzten Tages und
der vergangenen Nacht für einen Moment ver-
blassen.

«Ich sollte einen Abstecher zum See machen.»
Dieser war nicht weit entfernt – ein Ort der Ruhe
und der Entspannung. Wie sie es von zuhause
kannte. Vielleicht würde sie dort Abstand finden.
Jetzt genoss sie erst den leckeren Kaffee.

Der gestrige Vorfall ließ sie nicht ruhen.
Obschon sie später am Seeufer sass, und die
Schwäne beobachtete, sah sie sich in Gedanken

vor Chris' Haustür stehen. Entmutigt erhob sie sich bald von der Holzbank.

Auf dem Bahnhof erkundigte sie sich, wann der nächste Zug in die gewünschte Richtung fährt. Bei einem Kaffee in der Cafeteria überbrückte sie die Zeit bis zur Heimreise. Was sagen ihre Eltern, wenn sie nach einer Nacht wieder zurück ist? Sie hatte keine Lust, das Erlebte zu erklären. Sie wünschte, es zu vergessen. – Chris aus ihren Erinnerungen verbannen.

Kurz nach 22.00 Uhr traf sie müde im fast menschenleeren heimischen Bahnhof ein.

«Das Schönste am Urlaub bleibt immer noch die Rückkehr, nicht wahr?» Ohne auf die Bemerkung einer älteren Dame zu achten, hob Rahel die Reisetasche vom Gestell und wandte sich zum Ausgang.

Obwohl es spät war, erkannte sie Licht im Haus der Eltern. Schweren Herzens schlich sie hinein. Im Hausflur begrüßte sie ihre Mutter besorgt.

«Na sag mal, was ist denn jetzt los? – Ich dachte Du bleibst die ganze Woche bei Christian?» Statt zu antworten, legte Rahel den Kopf auf die Schulter ihrer Mutter und schlang die Arme um sie.

«Entschuldige Mutti», dicke Tränen kullerten ihr über die Wangen, «Ich gehe jetzt schlafen. – Erzähl Dir alles morgen, ja?»

Ratlos blieb ihre Mutter zurück. Besorgt beobachtete sie ihre jüngere Tochter, wie sie erschöpft, schluchzend die Treppe hochstieg.

Lange versuchte Rahel Schlaf zu finden. Schloss sie müde die Augen, riss sie diese Sekunden später erschrocken auf. Sah die Szene von heute Nachmittag wiederholt vor sich und hörte das Gespräch zwischen Chris und seiner neuen ‹Flamme›.

«Hätte gerne gesehen, was für ein Geschenk du ihr gegeben hast! – Nein wirklich, das hätte ich von Dir, lieber Chris, nicht erwartet!»

In diesem Moment fiel die ganze Anspannung von ihr ab. Sie weinte in ihr Kissen. Nach einigen Minuten siegte die Müdigkeit und Rahel schlief ein.

Erst kurz vor 12:00 Uhr zwang sie sich aus dem Bett und holte ihren Hausdress aus der gepackten Reisetasche. Auf dem Flur hörte sie ihre Mutter mit jemandem telefonieren.

«… ja natürlich. Wenn sie nach unten kommt werde ich ihr von deinem Anruf erzählen. – Ja, ich verspreche es Dir! – Tschüss Christian!»

«Ich fass es nicht! – Der hat doch wirklich den Mut, hier anzurufen!» Wie Rahel auf ihrem Handy erkannte, waren Anrufversuche von Chris drauf. Gestern Abend stellte Sie es stumm um. Sie entschloss, lange und ausgiebig zu baden. Eine Stunde später trat sie, an ihrer Tasse nippend, auf die Terrasse.

«Na Kleines, was war denn in Lausanne los», Mutter setzte sich mit besorgter Miene an den Tisch, «vorhin hat Christian angerufen. Er schien verwirrt. – Er erzählte mir nur von Deinem Seidentuch, das er im Hausflur entdeckte und er vermutet, dass du der Gast im Lokal gegenüber warst. Er erzählte was von seinem Freund dem Kellner. – Er werde heute Abend um 19:00 Uhr zurückrufen.»

«Der kann anrufen so oft er will..» Rahel nippte gleichgültig an ihrer Tasse und sah ins Leere.

«So sag mir doch endlich, was geschehen ist! – Kann ich euch vielleicht irgendwie behilflich sein?»

«Nein, kannst du nicht! – Ich sag nur, ich wusste, das nichts ernstes daraus wird!» Anders wie vorhin schüttete Rahel den restlichen Kaffee in sich hinein. «In Zukunft können mir die doofen Mannsbilder gestohlen bleiben! – Ich werde mich nie wieder auf einen solchen Lügner einlassen!»

«Na, na. Mich aber ausgeschlossen, ja?» Ihr Vater kam vom Garten und setzte sich zu Rahel und seiner Frau an den Tisch, «es gibt nämlich auch ganz nette Jungs.»

Ihm war rasch klar, dass seine Tochter im Moment keinen Spaß ertrug. «Was war denn los?» Erkundigte er sich stattdessen.

Rahel erhob sich stumm und ‹flüchtete› zum Pool. Legte den Hausdress neben die Liege, wo sie im Bikini versuchte, auf andere Gedanken zu kommen. Ihre Eltern blieben wie oft die letzte Zeit, ratlos auf der Veranda zurück.

«Ich weiß nicht was, aber in Lausanne muss etwas Schreckliches zwischen Chris und Rahel vorgefallen sein. – So verwirrt habe ich sie schon langem nicht mehr erlebt. Ob ich mit ihm einmal ein Gespräch ‹unter Männern› führe?»

«Nein mein Liebling, wir sollten uns da nicht einmischen.» Frau Seiler sah hilflos zu ihrem Gatten.

«Ja, ich fürchte, Du hast Recht. – Wie Du ja sagtest, ruft er Rahel heute Abend zurück. – Hoffen wir, dass sich alles einlenken wird. – Es wäre ein toller Schwiegersohn!»

Rahe entspannte sich den restlichen Tag auf der Liege. Oder sie schwamm ein paar Längen im Pool. Am späten Nachmittag verabschiedeten sich die Eltern, um bei einem Spaziergang am See die Abendstimmung zu genießen.

Kurz nach 19:00 Uhr klingelte das Handy neben ihr auf dem Tisch. Rahel blieb unbeirrt liegen.

«Wenn Du denkst, ich geh’ rann, irrst du dich gewalltig!» Nach mehrmaligem Klingeln verstummte das Telefon unberührt. Gestresst goss Rahel Eistee ins Glas und setzte sich auf den

Stuhl. Ohne den Inhalt der Zeitschrift vor ihr realisiert zu haben, legte sie das Heft zur Seite und sah in die Ferne. Durch den ignorierten Anruf rissen ihre Wunden weiter auf.

Entschieden holte Rahel ihr Handy und wählte Alices Nummer. Ohne näher nach dem Grund zu fragen, stimmte die Freundin zu, sich in einer Stunde im ‹Picadilli› zu treffen.

«Hallo Rahel, bin so schnell gekommen, wie ich konnte. – Du hast am Telefon so verwirrt geklungen», Alice begrüßte ihre Freundin mit einem Handschlag und setzte sich ihr gegenüber, «Sag schon, was ist geschehen? – Ich war der Überzeugung Du würdest in Lausanne eine Stelle suchen und Dich bei Chris häuslich niederlassen. – Erzähl – Was ist passiert?!»

«Nein, hab ich nicht und werde es mit Sicherheit nie!» Gegen Tränen kämpfend, weihte Rahel ihre beste Freundin in das Erlebte ein.

«Verdammt! – Als ob Du nicht schon genügend verletzt worden wärst!»

«Na lassen wir das Thema! – Wie war es in Gran Canaria? – Sicher toll! – Erzähl!»

Alice bemerkte, dass Rahel nicht in Stimmung war, weiter über Chris zu sprechen.

«Haben wir uns wirklich schon so lange nicht mehr getroffen? Das liegt bestimmt nur daran, weil unsere liebe Steffy noch immer auf hoher

See schaukelt», Alice erzählte aufgeregt von der Zeit auf der spanischen Insel, die sie mit Bruno genoss. «Dieser Urlaub hätte nie zu Ende gehen dürfen. Ich liebte besonders die nächtlichen Spaziergänge dem Strand entlang ... »

Rahels Aufmerksamkeit war nicht wirklich groß. Auch sie und Oli bummelten damals Hand in Hand bei Sonnenuntergang auf dem warmen Sand ...

«Hey, hast Du überhaupt zugehört?» Alice stupste Rahel behutsam an der Schulter.

«Äh – Verzeih. – Was meinst Du?» Rahel abrupt aus ihren Gedanken gerissen nippte an ihrem Glas.

«Was hältst Du davon, wenn wir nach Hause gehen?» Auf die Aufforderung ihrer Freundin bezahlten sie ihre Getränke und verabschiedeten sich bei Sven hinter der Bar.

Täglich klingelte das Telefon. Rahel ignorierte es hartnäckig. War sie nicht zu Hause, vertröstete ihre Mutter Chris auf den folgenden Tag. Sprachnachrichten oder SMS beachtete sie nicht. In der Zwischenzeit war der Urlaub zu Ende und sie stürzte sich wieder in die Arbeit.

Chris erzählte seinem Onkel von Rahels Reise nach Lausanne. Doch sei sie ohne sich bei ihm zu melden, zurückgefahren. Er verstehe nicht, was passiert sei. Doktor Keller vermochte seinem Neffen darauf keine Antwort zu geben. Er begriff nicht, was diese Fahrt bezweckte.

«Warum nur weigern sie sich, mit ihm zu sprechen?» Er suchte nach einer logischen Erklärung.

«Habe meine Gründe! – Frau Sutter bitte.» Rahel riss die Tür zum Wartezimmer auf und sah in ein erschrockenes Augenpaar, «Oh, verzeihen sie! – Sie sind die nächste, Frau Sutter.»

«Guten Tag Frau Sutter. Na wie geht's denn so?» Doktor Keller erschien kurz später im Sprechzimmer. Die Patientin sass auf dem Behandlungsstuhl und reichte ihrem Zahnarzt die Hand.

«Hallo Doktor Keller. Danke gut, soweit. – Bis jetzt.» Der Dentist schmunzelte über die Bemerkung und klopfte auf Frau Sutters Schulter.

«Keine Sorge, wünschen Sie eine Pause, ist das kein Problem.»

Mit einem nur von Rahel erkennbaren Zeichen deutete er an, dass sie etwas vergessen habe. Beschämt legte sie der Patientin kurzerhand die Serviette um und holte hastig vom Stapel die fehlende Patientenkarte. Diese platzierte sie auf die Seite ihres Chefs.

«Na, dann», zu Rahel lächelnd, «So jetzt geht's aber los, ja?» Diese Konsultation dauerte den restlichen Nachmittag. Dabei führte Doktor Keller die ersten Vorbereitungen für eine geplante Teilprothese durch.

«Phu! Bin froh, muss ich nicht noch einmal so lange den Mund offen halten! – Auch in meinem Kreuz machen sich die letzten drei Stunden bemerkbar!»

«Dann wird es Sie freuen, wenn wir uns erst in zwei Wochen wiedersehen. Und dies wird eine kurze Konsultation sein.- Lassen Sie sich von Frau Seiler einen neuen Termin geben, ja?» Doktor Keller reichte der Patientin die Hand und befreite sie von der Papierserviette. «Tschüss Frau Sutter. Grüßen sie Ihren Gatten noch freundlich von mir.»

Daniel betrat das freie Sprechzimmer und wandte sich Rahel zu.

«Na, auch Feierabend? – Auf die Gefahr hin, dass du mir wieder einen Korb verpasst. – Darf ich Dich heute Abend zum Essen einladen?»

«Muss Dich enttäuschen», Rahel amüsierte sich über Daniels entmutigte Reaktion, «Aber ich werde Dir keinen Korb verpassen. – Nein, deine Einladung nehme ich gerne an. – Was hältst du davon, mich um 19:00 Uhr bei mir zu Hause abzuholen?»

Doktor Keller schaute von der Patientenkarte auf und sah erstaunt zu Rahel.

‹Mädchen, weshalb machst Du das?! – Wüsste

ich doch nur, was in Lausanne geschehen ist. Dass Du jetzt mit Daniel anzubahnen versuchst?› Doktor Keller begriff Rahels Verhalten nicht. Nein, er war sich sicher, dass sie mit ihm nichts verband. Er beendete seine Arbeit, ordnete die Karte in die Karteischublade ein und zog sich ohne Kommentar in sein Büro zurück.

Rahel, die ihre Tätigkeiten zu Ende brachte, führte wieder ihr tägliches Ritual vor dem Spiegel durch. Geschickt zog sie den Lidstrich nach und trug Rouge auf ihre Wangen.

«Dann sehen wir uns später. – Tschüss. Daniel streckte den Kopf durch den Türspalt und grinste, wie er Rahel beim Schminken erkannte, «und nochmals vielen Dank.» Das Telefon klingelte.

«Schon OK, ich geh ran». Doktor Keller griff zum Hörer auf seinem Schreibtisch.

«Ah hallo, grüß dich Chris.»

Rahel rutschte vor Schreck der Lippenstift aus der Hand. Einen Augenblick später stand sie im Flur und gab ihrem Chef mit einem Handzeichen zu erkennen, dass sie nicht mehr zu sprechen sei.

«Nein Du störst nicht», fuhr dieser das Telefongespräch fort, «Wir sind fertig. – Genau, ja. – Nur ich bin noch hier», er sah fragend zu Rahel, die sich nickend verabschiedete, «Ja, Rahel ist bereits weg. ... »

Ohne das Gespräch weiter zu verfolgen, verließ Rahel die Praxis. Auf dem Heimweg versuchte sie sich auf später zu konzentrieren. Nein, sie ließ es nicht zu, dass Chris' Anruf ihr den Abend verpfuschte. Ein kurzes Räuspern unterstrich ihr Gedanken.

Zu Hause deckte Frau Seiler den Tisch, wie Rahel eintrat.

«Hallo Liebes, Du kannst Dich setzen, wir können gleich essen.»

«Grüß Dich Mutti», wie lange nicht mehr, begrüßte sie ihre Mutter in bester Laune, «Leider muss ich Dich enttäuschen, aber ich bin gleich zum Essen verabredet. – Ich geh mich nur schnell duschen.»

‹Sie wird doch nicht den guten Chris ‹fallen lassen› – Was ist nur aus meinem Mädchen geworden?!› Besorgt betrat sie die Veranda um ihren Mann an den Tisch zu bitten.

Im selben Augenblick, wie sie aus der Dusche trat, klingelte das Telefon.

«Ich wette, der ‹gute Chris' hängt an der Strippe!» Aufgebracht schrubbte Rahel das Handtuch über das Haar, dass es schmerzte. – Und diese Vermutung bestätigt sich ihr durch Mutters Stimme.

«Guten Abend Christian. – Ja, da ich nicht länger lügen möchte – ja sie ist da!»

Rahel ließ das Wasser erneut durch die Brause

fließen, öffnete langsam die Tür und hörte dem Gespräch weiter zu.

«Aber leider ist sie grade unter der Dusche. – Oh, ich fürchte das nützt nichts. Wie sie mir sagte, ist sie heute zum Essen verabredet. – Nein weiß nicht, wann sie wieder zu Hause ist. – nein, das kann ich dir nicht ... »

«Wie man sich in Menschen irren kann! – Die einen scheinen sympathisch, stellen sich jedoch als schamlose Lügner heraus. Die anderen findet man arrogant und eingebildet, sind jedoch überraschenderweise ganz umgängliche Personen! – Na ja», zum Schluss legte Rahel ein dezentes Rouge auf, «Wie sagt man so schön? – Irren ist menschlich.»

Wieder in der Küche berichtete die Mutter vom Anruf.

«Ich hoff doch, ihr beendet eure Probleme bald», angespannt spielte Frau Seiler mit ihrer Halskette, «oder wir setzen uns alle mal hin. – Nein wirklich! So kann es nicht weiter gehen!»

«Du hast ja Recht Mutti! Aber nach dem, was geschah, liegt es an Chris, sich bei mir zu entschuldigen.» Die Hausglocke brachte beide kurz zum Schweigen.

«Aber dann sag mir bitte», Frau Seiler schlug ratlos die Hände zusammen, «wie soll er sich bei Dir entschuldigen? – Du weigerst Dich ja, mit ihm zu sprechen!

«Tut mir leid Mutti. Hab keine Zeit. – Bin jetzt weg! Wartet nicht auf mich. Tschüss.» Beim Vorbeigehen an der Kommode im Flur fasste sie nach ihrer Handtasche.

«Was ist nur aus unserer Kleinen geworden?!» Frau Seiler wären froh, die Antwort darauf zu kennen.

«Hallo Daniel» ‚Rahel trat zum Auto vor der Haustür und reichte dem gestylten Zahnarzt zur Begrüßung die Hand, «pünktlich wie die Uhr!»

«Wäre ich mit einer Omi verabredet, käme ich zwei Stunden zu spät oder wär sonstwie verhindert.» Beide lachten. Ein Abend, den Rahel und Daniel in vollen Zügen genossen, nahm seinen Lauf. Sie entdeckte die Liebe zu einem Musik-Style, den sie bisher kaum verfolgte. Er führte sie in sein Stammlokal, das die Gäste mit Live-Country Songs in ausgelassene Stimmung versetzte.

«Echt toll dieser Sound!» Rahel tanzte in einer Vierergruppe zum Takt der Musik und hatte Spaß am Rhythmus. «Ich habe bis heute gar nichts von diesem Lokal gehört. Ist das neu?» Kaum am Tisch zurück, griff sie erschöpft nach ihrem Getränk.

«Neu würde ich nicht sagen. – Vor einigen Monaten war die Eröffnung. – Was hältst du von einem Steak? Hier erhält man original texanische Steaks. Muss man unbedingt geniessen. – Echt empfehlenswert!»

«Wenn Du noch lange schwärmst, werden für uns keine mehr übrig sein! – Ich schlage vor, Du bestellst uns gleich welche, ja? Ich geh in der Zwischenzeit mal für ‹kleine Mädchen›», lächelnd deutete Rahel auf die Tür in der linken Ecke.

«Bitte schön. Zwei ‹Texas Steaks› mit Pommes und Salat. – Guten Appetit!» Die Service-Angestellte brachte nach kurzer Zeit die leckeren Speisen an den Tisch.

«Ich bin jedes Mal entzückt, wenn mir ein so delikates Fleischstück vorgesetzt wird», Daniel schob langsam ein Stück des saftigen Steaks in den Mund, «nein wirklich wie gewohnt einfach köstlich!» Rahel lachte über diese Bemerkung und genehmigte sich ebenfalls eine Gabel voll.

«Hier geh ich mit Sicherheit bald wieder hin.» Daniel grinste verstohlen. In vergnügter Stimmung ließen sich die beiden das Essen schmecken. Ein entspannter Abend nahm seinen Lauf. Erst sprach man von der Arbeit. Später erzählte man von der einen oder anderen Neuigkeit aus der Stadt. Langsam wechselte er das Thema.

«Verzeih die Frage, aber habe ich das richtig verstanden? Ist es wirklich aus zwischen dir und Christian», gespannt auf Rahels Antwort wartend, legte Daniel seine Stirn in Falten und schob sich erneut ein Fleischstück in den Mund.

«Ich würde nur zu gerne wissen, was ihr alle habt?! – Etwas Ernstes war doch gar nie zwischen uns!» Betroffen über die Frage kramte Rahel in ihrer Tasche und schnäuzte kurz darauf in ein weißes Taschentuch, mit Rosen bestickt. Wie ihr im selben Augenblick einfiel, wer ihr dieses seidene Tuch schenkte, hatte sie Mühe, die Tränen zurückzuhalten.

«Ich nimm's Dir zwar nicht ab, aber was soll's. Jetzt bist Du mit mir hier. – Und wir sollten den Abend nicht mit Gesprächen wie diesem vertrödeln», für Daniel schien klar, dass er sich wegen Rahel mehr Hoffnungen einräumen durfte.

«Nur dass du Bescheid weißt! Um eine neue Beziehung einzugehen, sind die Wunden zu frisch!» Sie sprach zwar ihre zerbrochene Liebe zu Oliver an. Daniel glaubte zu wissen, dass sie Chris meinte.

«Dann lass uns den Abend genießen» er hob sein Weinglas in Rahels Richtung. Entspannt legte sie das Besteck auf den Teller und richtete ihr Glas lächelnd seinem entgegen.

«Zum Wohl Daniel, und danke für diesen gemütlichen Abend.»

«Ist mir eine Freude», er tippte sein Glas leicht an ihres. «War Zeit, dass wir zwei uns näher kennenlernen. – Wär schön wenn es nicht nur bei dem einen Abend bleibt.»

«Wenn du mich hier hin einlädst, dann werden bestimmt noch einige folgen.» Rahel sah sich mit Begeisterung im Lokal um. Ihr gefiel der texanische Flair, welcher diese Gaststätte ausstrahlte. Nach dem Nachtisch tanzten beide bis spät in die Nacht.

Die Wochen vergingen wie im Flug, und sie fanden oft Zeit, um zusammen zu sein. Sie besuchten das Lokal, wo Daniel sie über die Tanzfläche führte und die Country-Musik ihre Schritte lenkten. Beide hatten Spaß am Rhythmus und sie genossen die gemeinsamen Abende.

An einem freien Tag packten sie eine Decke und ein Picknick ein und fuhren zum See. Dort räkelten sie sich im Sonnenlicht. Rahel beobachtete, wie Daniel Steine geschickt auf dem Wasser hüpfen ließ und mit einem Jungen spielte, der mit seinem Ball über das Gras sprang. Sie entdeckte in ihm eine verspielte und fürsorgliche Seite, die sie hinter seiner ernsten beruflichen Fassade nicht erwartet hatte.

Kapitel 9

An einem Samstag im Spätherbst fuhr Daniel bei Familie Seiler vor und hupte kurz. Mit einem knappen «Tschüss.» verabschiedete sich Rahel bei den Eltern und verließ das Haus. Daniel stand neben der offenen Beifahrertür und begrüßte sie lächelnd. Sanft hauchte er Küsse auf ihre Wangen.

«Hallo Rahel. – Und Du hast wirklich Lust am ‹Käseschmaus› bei meinem Schwesterchen teilzunehmen?» Sie setzte sich ins Auto. Auf seine scherzhafte Frage legte sie ihre Hand auf Daniels Knie und versicherte ihm, dass es für sie eine Freude sei, seine Schwester kennenzulernen.

«Wirklich, ich finde es von Tina eine prima Idee, dass wir uns über Dich mal unterhalten sollten.»

«Hexe!» Daniel holte mit der Faust aus und versetzte Rahel einen gespielten Kinnhaken. Sie riss die Augen weit auf. Hielt die Beherrschung für Sekunden, bevor beide lachten. Der Wagen setzte sich in Bewegung und bog drei Ampeln später in ein modernes Wohnquartier ein. Beim zweiten Einfamilienhaus parkte Daniel vor dem Garagentor. Flink stieg er aus, trat um das Auto, um Rahel die Tür zu öffnen. Vom Rücksitz holte er einen Strauss duftender Rosen.

Seinen Arm um ihre Taille gelegt, führte Daniel sie zur Haustür, wo er auf den Klingelknopf drückte. Von innen war ein Bällen zu hören. Rahel zuckte zusammen. Chris bemerkte den klammernden Griff um seine Hand.

«Du brauchst dich nicht zu fürchten», er löste sich vom Griff und strich Rahel sanft über die Wange, «kennst Du das Sprichwort: ‹Hunde die bellen beißen nicht!› – Du wirst sehen, er ist ein verspielter junger Collie. Schließlich wohnt seit kurzem ein ‹neuer Mieter› im Haus.»

«Ah da seid ihr ja. – Hallo ich bin Tina. Freut mich, Dich endlich kennen zu lernen. – Vor ihm brauchst Du Dich nicht zu fürchten. – Kommt erst mal rein.» Tina reichte Rahel die freie Hand und lächelte ihr entgegen.

«Mich begrüßt du wohl nicht mehr, oder wie? – Hallo Schwesterchen. – Komm, gib mir mal das Schätzchen.» Daniel hob seine Nichte geschickt auf den Arm und vergaß, dass ein geselliger Raclette-Schmaus der Anlass des Abends war.

«Komm Rahel. Wenn ‹das Onkelchen› mit der Kleinen ein Plauderstündchen einlegt, muss man sich geschlagen geben. Aber nur keine Angst! – Spätestens wenn sie Hunger hat oder die Windeln voll sind, hast du ihn wieder.»

Rahel folgte Tina in die Küche und half ihr bei den letzten Vorbereitungen. Sie bemerkte die Wärme, die von Daniels Schwester ausging. Sie wollte die heitere Stimmung nicht trüben. Darum ließ sie alle in dem Glauben, sie und Daniel seien ein Paar, obwohl sie in ihm nur den guten Freund sah. Jedoch erkannte sie, dass Daniel sich mehr erhoffte. Immer wieder gelang es ihr, sich geschickt aus heiklen Situationen zu winden.

«So entspannt und lustig war es bei uns schon lange nicht mehr. – Wenn ich daran denke, wie müde Du nach einem anstrengenden Tag mit unserem ‹kleinen Sonnenschein› bist, versteh ich es sogar. – Deshalb landen wir auch nur Leute ein, die uns auf andere Gedanken bringen», der Gastgeber schielte verstohlen zu Daniel und grinste.

Wie Tina den Kaffee servierte und den Kuchen anschnitt, beruhigte sich die heitere Runde. Die junge Mutter erzählte mit Freuden von ihrer Tochter.

«Seit einer Woche haben wir es zum Glück wieder ruhiger. Bis vor kurzem verbrachte ich die meisten Nächte singend neben dem Bettchen. Die Tage benutzte ich dann, um den verpassten Schlaf nachzuholen. – Wenn die Kleine mir überhaupt Möglichkeit dazu gab.» Tina goss jedem erneut Kaffee nach, «Aber seit wenigen Tagen scheint die stressige Zeit überstanden zu sein. Und wir schlafen wieder durch.»

Rahel, die Kinder über alles liebte, hörte der Gastgeberin gespannt zu. Bis von oben ein leises Wimmern zu hören war.

«Oh», Tina sah verwirrt auf ihre Uhr, «wie schnell die Zeit vergeht! Schon wieder drei Uhr! – Willst du Lea die Windeln wechseln, Rahel?»

«Au ja! – Das konnte ich lange nicht mehr.» Entzückt begleitete sie die Gastgeberin über die Treppe nach oben. Tina öffnete langsam die Tür zum Kinderzimmer. Mit Quietschen und fuchtelnden Ärmchen lag Lea in der Wiege. Rahel teilte die Begeisterung, die Daniel der Kleinen entgegenbrachte.

Eine Stunde später brach man zu einem kurzen Spaziergang auf. Rahel angelte sich den Kinderwagen und schob diesen vor sich her. Alle fanden Gefallen am wolkenlosen Himmel. Man genoss die frische Luft.

«Ich schlage vor», flüsterte Tina ihrem Bruder zu und zeigte auf seine Begleitung, «etwas entscheidendes in Deinem Leben zu ändern.»

«Oh, nein! So eilig habe ich es dann doch nicht!» Daniel, auf Rahels prompten Einwand nicht vorbereitet, sah stumm zu seiner Schwester, zuckte mit den Schultern und deutete auf das Gasthaus, welches vor ihnen lag. «Wollen wir etwas trinken gehen?»

«Vorschlag», Tina erkannte Rahels knifflige Lage, «Was meint ihr, wir wenden, heizen zuhause den Kamin ein und geniessen den Abend bei einem guten Wein?»

«Scheint mir ein verlockender Vorschlag zu sein. – offenes Feuer und dazu ein Gläschen Wein. – Klingt das nicht toll?» Daniel blieb grinsend stehen. Ohne Einwand trat man den Heimweg an. Rahel sang Kinderlieder, Lea quiekste und ruderte wild mit den Ärmchen. Es störte sie nicht, vom heiteren Gespräch der andern nur Bruchstücke zu vernehmen.

Zu Hause kümmerte sich Daniel und der Gastgeber um das Kaminfeuer. Entspannt setzten sich darauf alle an den Tisch vor dem Kamin und genoss die Atmosphäre.

«Du hast bestimmt nichts dagegen, kurz auf Lea acht zu geben? Ich hole den Snack aus der Küche.»

«Nein Tina, lass dir nur Zeit», Rahel wiegte die Kleine behutsam in ihren Armen, «geh nur. – Wir verstehen uns prächtig. – Stimmts Lea?» Sie ließ eine hölzerne Rassel baumeln, welche von den Händchen hastig ergriffen wurde. «Oh, sie scheint hungrig zu sein. – Seht mal wie sie am Griff saugt.»

Zum Glück kehrte Tina bald mit einer Schüssel Salzgebäck zurück. Mit Lea im Arm entschuldigte sie sich daraufhin kurz.

«Bis später, so wie ich meine Lea-Maus kenne, braucht sie Zeit, bis sie ihre Ration getrunken hat.» Rahel, Daniel und ihr Gastgeber Beat sahen den beiden lächelnd nach.

«Na dann. Daniel, sag mal, wie hast du deine Arbeit gestartet? – Hoff doch das Praxis-Team ist OK?»

«Ich werde mich dazu nicht weiter äußern», lachte er und legte den Arm um Rahel, «Feind hört mit!» Rahel schloss sich Daniels Lachen an.

«Wie meinst du das? – Feind.» Beat erkannte nicht, was sein Schwager meinte. Um das Rätsel zu lösen, klärte ihn Rahel schmunzelnd auf.

«Ich arbeite auch in der Praxis von Doktor Keller. – Ich bin seine Assistentin.» Beat griff nach seinem Glas und streckte es in ihre Richtung.

«Oh, na dann verzichte ich darauf, dir weitere Details von Daniel zu erzählen.» Grinsend prostete er erst Rahel danach seinem Schwager zu. Alle lachten auf.

«Da sind wir wieder. Scheinbar unterhaltet ihr euch prima. Euer lachen war bis oben zu hören,» Tina holte sich eine Tasse Tee und gesellte sich an den Tisch. Die Kleine strampelte vergnügt in der Wippe, welche sie zwischen Rahel und sich schob. Den Rest des Tages verbrachte man in heiterer Runde beim Kartenspiel und einem Gläschen Wein.

Zu später Stunde fügte Daniel seinen Wagen in den nächtlichen Verkehr ein, um Rahel nach Hause zu fahren. Die Straße lag verlassen vor ihnen. Leises Rauschen des Windes und die Musik aus dem Autoradio durchbrachen die Stille.

«Na, wie hats Dir gefallen?» Daniel sah sekundenschnell zur Seite.

«Doch», bestätigte Rahel, «Deine Schwester und ihre kleine Familie sind wirklich sehr nett.»

«Betonung auf ‹Kleine› was?»

Rahel stieß ihren Begleiter auf seine Bemerkung schmunzelnd in die Seite.

«Da liegst Du nicht mal falsch. – Wirklich süß die kleine Lea.» Ein Lächeln zeichnete sich auf Rahel Gesicht ab. Um jenem heiklen Thema vom Nachmittag auszuweichen, wandte sie den Blick zu den Bäumen, die an ihr vorbei huschten. Bald erreichten sie über die Einfahrt ihr Eltern-Haus.

«Danke nochmals für diesen tollen Tag. – Es hat mir wirklich Spaß gemacht.» Sie beugte sich zu Daniel und hauchte einen Kuss auf seine Wangen und öffnete die Tür. Bevor sie Gelegenheit hatte auszusteigen, fasste er nach ihrem Arm, drehte sie zu sich und ließ seinen seit Wochen unterdrückten Gefühlen freien Lauf. Rahel, durch Daniels ‹Attacke› überrumpelt, hatte keine Möglichkeit, sich zu wehren. Lange war es her, dieses Kribbeln im Bauch bemerkte zu haben. Erinnerte sie sich in derselben Sekunde an die vergangene Beziehung und stieß Daniel zurück. Sie sah in sein verwirrtes Gesicht und versuchte, sich zu erklären. «Daniel, ich möchte … – Lass uns einfach Freunde bleiben, ja?» Sie stieg hastig aus dem Auto, «gib mir bitte Zeit. – Tschüss und nochmals danke.»

Daniel sah lange stumm auf die geschlossene Haustür, hinter der Rahel verschwand. Ob sie bald wieder einen solch Tag erlebten? Er bereute es, seine Gefühle gezeigt zu haben. In Gedanken versunken drehte er den Zündschlüssel und verließ das Gelände.

Ohne einen Blick zurück betrat Rahel den Hausflur. Die Tür zum Wohnzimmer wurde geöffnet.

«Ach wusste doch, dass ich etwas gehört hab!» Frau Seiler begrüßte ihre Tochter herzlich, «wir warten schon lange auf Dich. Komm schnell, es ist Besuch für dich da.» Rahel hörte aus dem Raum die Stimme einer Frau, die sie irgendwoher kannte. Vermochte diese im Moment nicht zuzuordnen.

«Wer ist denn um diese Zeit noch hier? – Scheint ja sehr wichtig zu sein!»

Mit Spannung schob Rahel die Tür zum Wohnzimmer auf. Ihr Blick traf auf eine ihr unbekannte Frau. Plötzlich stockte ihr Atem und das Herz schien im Hals zu schlagen.

«Nein! – Nein! Das glaube ich jetzt nicht! – Nein!» wie Rahel den Begleiter der Fremden erblickte, stürzte sie, ohne auf die Bemerkung ihrer Mutter zu hören, die Treppe hinauf in ihr Zimmer. Sie fasste nicht, wen sie in trauter Zweisamkeit zusammen mit ihren Eltern erkannte. Die Tür krachte ins Schloss und Rahel fiel in Tränen aufgelöst auf ihr Bett.

Erst jetzt bemerkte sie, dass sie die Tür nicht verriegelte. Denn jemand öffnete sie und trat ins Zimmer. «Dass Du es wagst hier aufzutauchen! – Möchtest wohl Deine ‹Zukünftige› vorstellen!? – Oder soll ich vielleicht die Trauzeugin sein?» Schluchzend drückte Rahel das Gesicht auf ihr Kissen.

Chris, der seit Wochen nach einer Erklärung für ihr merkwürdiges Verhalten suchte, setzte sich wortlos auf die Bettkante und strich sanft über ihre Locken. Rahel wich darauf zurück und eilte zur Tür. Bevor es ihr gelang, das Zimmer zu verlassen, fasste Chris sie am Arm.

«Jetzt wirst Du erstmal schön hierbleiben und erklärst mir endlich, was eigentlich in den letzten Monaten mit Dir los ist! – Was um alles in

der Welt hab ich denn nur falsch gemacht? –
Sag's mir bitte endlich! Verdammt! Klär mich
bitte auf.» Erschrocken setzte sich Rahel neben
Chris aufs Bett zurück.

«Ich weiß nicht, warum Du mich das noch Fragen musst. – Du solltest doch am besten wissen
warum. Denkst Du nicht auch?» Rahel stand angespannt wieder auf und stellte sich vor Chris.
«Wer war es denn, der einer Dame –übrigens
sitzt sie zusammen mit *meinen* Eltern im Wohnzimmer – ein teures Geschenk machte? Zeigt sie
grade, womit du ihr deine Liebe schworst? – Obwohl einen Tag zuvor du einer anderen Frau am
Telefon seine Treue beteuertest! – wahrscheinlich saß die andere grade neben Dir, stimmt's?»
Rahel war aufgewühlt und stand mit hochrotem
Kopf vor ihm.

«Was hab ich? – Wann? – Wo?» Chris ertrug
diese drückende Spannung nicht länger. Mit
einem Schritt trat er zu ihr und fasste sie am
Arm. «Jetzt sag' mir doch endlich, was Dich denn
zu so einer absurden Verdächtigung bringt!»

«Absurd?! – Erinnerst Du Dich wirklich nicht
mehr daran», Rahel grinste empört und riss sich
von Chris' Griff los, «was meinst Du, weshalb
hat Dir der Kellner vom ‹Schuppen› nebenan
mein Tuch gegeben?»

«Es tut mir leid, aber ich weiß immer noch
nicht, was damals vorgefallen ist. – Warum bist

du eigentlich nicht zu mir gekommen?? Was wolltest du denn sonst in Lausanne.» Chris hatte Mühe, seine Fassung nicht zu verlieren.»

«Weil Du schon Besuch hattest! – Scheinbar die gleiche Dame, die Du jetzt in dieses Haus mitbringst! In das Haus *meiner* Eltern!»

Verwirrt sah Chris auf die nach Luft schnaubende Rahel. Er begriff nicht. – Einen Augenblick später lachte er und ergriff sanft ihren Arm. Stumm führte er sie trotz Widerstand zurück zu ihren Eltern und der ‹rätselhaften Unbekannten›.

«Rahel, darf ich Dich nun endlich mit Regina bekannt machen? – Regina», er wandte sich zu seiner Linken, «das also ist Rahel.» Chris zeigte wieder sein Lächeln, das Rahel so liebte. «Und das, mein Engel», er deutete zu der Fremden, «Darf ich dir Regina –meine Schwester- vorstellen?»

«Was? – Wie? – Wer?- was sagtest du da?» Rahel begriff nichts mehr. «Du möchtest doch nicht behaupten, das sei wirklich deine Schwester?!» Sie bemerkte, wie sich ihr Gesicht erhitzte.

«Um dem Missverständnis ein Ende zu setzen» Regina trat vor Rahel, hob ihre Hand und streckte sie ihr entgegen, «Darf ich bestätigen, dass ich wirklich die Schwester deines ‹Prinzen› bin.»

Rahels Ärger löste sich, während sie Reginas Erklärung lauschte. Beschämt reichte sie ihr die Hand.

«Regina Laurence-Keller», klärte diese Rahel auf, «Wie Chris, lebe ich in Lausanne. Meine Ausbildung habe ich, übrigens wie du in einer Zahnarzt- Praxis absolviert.»

Rahel suchte Chris' Blick. Sie sah sich vor den anderen blamiert. In der nächsten Sekunde stieg in ihr ein Glücksgefühl auf. Mit einem leisen «Ach, Chris», warf sie sich ihm um den Hals. Über die Aufklärung des Missverständnisses erleichtert, drückte er Rahel einen innigen Kuss auf ihre Lippen.

«Verzeih Brüderchen», Regina räusperte und tippte ihrem Bruder auf die Schulter, «Wir sind doch noch aus einem weiteren Grund hier.»

«Oh. Ja, klar. Hast ja Recht!» Chris löste sich sanft aus der Umarmung, «Ich möchte Dir zeigen, was meine Schwester damals so umwerfend fand. – Ich hoffe, sie gefallen auch Dir.» Mit zittrigen Fingern öffnete Rahel das schwarze Kästchen, welches ihr Chris lächelnd in ihre Hand legte. Ihr Blick haftete an zwei goldenen Ringen. Im kleineren glänzte ein blauer Saphir.

Regina zog Champagner-Gläser aus der Tasche. Füllte Sekt hinein und überreichte zwei davon ihrem Bruder. Mit zitternden Knien griff

Rahel nach dem einen. Er räusperte, um ihr feierlich seine Liebe zu gestehen.

«... Trotz Anfangsschwierigkeiten – mein Engel. – Ich war mir schon immer sicher, dass es sich um ein Missverständnis handeln musste. Damit Du mir glaubst, dass ich Dich – Und nur Dich liebe ... » Chris schielte lächelnd zu den anderen, welche die Spannung nur schwer aushielten. Herr Seiler legte beglückt die Arme um seine Frau. Regina war vor Freude den Tränen nahe.

«Wahrscheinlich heute nicht mehr so in Mode, aber ich frage Dich nun, im Beisein Deiner Eltern, ob Du Mei ... » In diesem Augenblick stellte Rahel ihr volles Glas auf den Tisch, fiel Chris um den Hals und versuchte unter Freudentränen ein ‹JA› über ihre Lippen zu bringen. Sekunden später eilte sie freudestrahlend zu ihren Eltern, die sie entzückt in die Arme schlossen. Nach dem ersten Freudenschwall reichte Regina auch Herr und Frau Seiler ein Glas Sekt und füllte sich zum Schluss eins.

«Ich kann es noch gar nicht glauben. Ich bin so glücklich dass sich das dumme Missverständnis geklärt hat.» Rahel ließ Chris nicht mehr los. «Ich schäme mich so, dir so etwas zugetraut zu haben. – Ich hoff du verzeihst mir, Liebling.»

«Hey, es gibt nichts zu verzeihen mein Engel. –

Ein dummes Missverständnis. – Vergessen wir's.» Zärtlich schenkte er ihr einen Kuss.

«Ich freu mich hat sich nun alles geklärt.» Rahels Mutter griff nach der Hand ihres Gatten. «Wär schade um ein so tolles Paar.»

«Da kann ich dir nur zustimmen.» Herr Seiler legte zufrieden den Arm um seine Frau.

In vertrauter Runde genoss man den Abend. Es wurde über Erinnerungen aus der Kindheit von Chris und Rahel gelacht. Träume und Wünsche für die gemeinsame Zukunft ausgetauscht. Das Kaminfeuer war längstens erloschen, wie man entschied, den Tag zu beenden.

«Wollt ihr zwei nicht gleich hier schlafen? Da brauchst Du nicht mehr zu fahren. – Für so sympathischen Besuch ist unser Gästezimmer immer frei.» Frau Seiler legte vertraut die Hand auf Chris' Schulter.

«Also unter meiner Decke findet sich bestimmt auch noch ein Platz.» Rahel wich ihrem Verlobten nicht von der Seite, «Schließlich haben wir nichts mehr zu verbergen. Oder?»

«Na dann, allseits gute Nacht!» Unter Beifall der anderen hob Chris seinen Engel auf seine Arme und trug sie in ihr Zimmer. Dort legte er Rahel sanft auf das Bett. Sie zog sich an ihm hoch und übersäte ihren Prinzen mit Küssen.

«Und ich war der Meinung, du wolltest von

mir gar nichts mehr wissen»» Rahel ließ sich müde und erleichtert auf ihr Kissen sinken, «dass Du zu einem ‹Trotzkopf› wie mir zurückkommst. – Doch nun bist Du wieder hier und ich weiß nicht, was ich lieber hätte!»

Chris setzte sich neben Rahel auf die Bettkante und strich ihr zärtlich über das Haar. Räusperte sich, suchte nach den richtigen Worten.

«Etwas möchte ich aber noch von Dir wissen, mein Engel!» Sanft griff er nach ihrer Hand, «gibt es in der Zwischenzeit einen anderen an Deiner Seite?»

Wie vom Blitz getroffen setzte sich Rahel auf, «Ach du ... »

«Da gibts einen. Stimmt's?» Stirnrunzelnd wartete Chris gespannt auf Antwort.

«Was? – Nein eigentlich nicht!»

«Was heißt – eigentlich?» Chris wünschte, zu begreifen, was sie ihm zu sagen versuchte, «gibt es nun jemanden oder nicht?»

«Du kennst doch Daniel, den Zahnarzt in der Praxis? – Na ja.. «, Rahel stand neben das Bett und schritt auf und ab, «wir verstanden uns in den letzten Monaten immer besser. – Ach Chris ich meinte doch – ich war überzeugt, zwischen uns da gäbe es nichts mehr!»

«Entschuldige diese Frage, aber habt ihr ... », Rahel legte rasch ihre Hand auf seinen Mund.

«Nein, dazu war ich bis jetzt nicht bereit. Doch seit dem heutigen Tag ... .» verwirrt wandte sie sich ab.

«Dann müsst ihr euch schon näher gekommen sein, als mein Onkel annimmt? Nicht war», abwartend sah er zu Rahel, «bevor ich entschied, selbst bei Dir vorbeizukommen, erkundigte ich mich bei ihm, ob es jemand gäbe. Da du jeglichen Kontaktversuch von mir ignoriertest», Chris zupfte verunsichert an der Decke, «Er sagte mir lediglich, dass du dich hie und da mit ihm privat triffst.»

«Aber wirklich geliebt habe ich immer nur Dich! – Ich hoffte nur, durch eine neue Beziehung Dich vergessen zu können.» Rahel legte ihren Kopf an Chris' Schulter, «Aber das schaffte ich nicht!»

Behutsam drehte Chris Rahel auf das Bett zurück und beugte sich über sie. Mit einem innigen Kuss zeigte er seiner Liebsten, wie er sie in den letzten Monaten vermisst hatte.

«Wirklich schade, dieses herrliche Gefühl schon so lange nicht mehr gespürt zu haben», Chris schmunzelte erleichtert, «Aber dafür werde ich Dich nie wieder loslassen. Das verspreche ich dir!»

«Aber was geschieht jetzt mit Daniel?» Rahels Blick ließ die Verzweiflung erkennen.

«Mach Dir deswegen keine Gedanken, mein

Engel. – Erst schlafen wir aus und genießen den Sonntag. – Daniel hat Zeit bis Montag. – Schlaf gut und träum was Schönes.» Eng umschlungen tauchten beide bald ins Traumland ein.

«Hey, ihr zwei Turteltäubchen», Regina klopfte an die Tür. «Therese und ich haben Frühstück vorbereitet.»

Chris blinzelte verschlafen. Die Stimme seiner Schwester holte ihn aus seinen Träumen. Der Duft von frisch gebrühtem Kaffee kitzelte seine Nase. Er bemerkte Rahels sanfte Atmung neben sich. Die Erinnerungen an die Versöhnung des letzten Abends kehrte zurück.

«Danke Regi, wir werden gleich unten sein.» Zärtlich hauchte er Rahel einen Kuss auf die Stirn und strich ihr übers Haar. Wie war er erleichtert, dass sich alles geklärt hatte. Er war überzeugt, das Problem mit Daniel genauso aus der Welt zu schaffen.

«Guten Morgen, mein Liebling», lispelte diese verschlafen, «bist Du schon lange wach?» Rahel rekelte sich unter der Decke und gähnte.

«Nein, aber Deine Mutter und Regi haben, wie sie meinte, ein leckeres Frühstück vorbereitet. – Was meinst Du, wollen wir aufstehen? Oder verbringen wir den Tag gemeinsam im warmen Bett?»

«Nach Deinem Blick zu schließen, würdest

Du nichts lieber als hier drin bleiben», scherzte Rahel, «Aber wenn Du nicht möchtest, dass Deine Zukünftige verhungert, dann lass uns lieber aufstehen.» Kichernd hüpfte sie aus dem Bett. Bevor sie auf den Flur eilte, stülpte sie sich das Hausdressoberteil über und stieg in die Hosen. Ohne lange zu zögern, sprang Chris der kreischenden Rahel hinterher, griff nach ihrem Arm und drehte sie zu sich. Zwischen Tür und Treppengeländer gab er ihr einen innigen Kuss und ließ beide vergessen, dass er mit Unterhosen bekleidet, aus dem Bett gesprungen war. Die Stimme der Mutter erinnerte sie ans Frühstück. Chris zuckte erschrocken zurück. Rahel blieb lachen stehen.

«Ich schlag vor, zieh Dir erst was ‹zivilisierteres› über und komm dann auch runter.»

In bester Laune betrat Rahel die Küche, wo sie von Regina und ihre Mutter begrüßt wurde.

«Seit bitte ein bisschen vorsichtiger zueinander! – Ihr wollt den Rest eures Lebens zusammen verbringen! Und ich hoffe doch, dies wird noch einige Jahre dauern!»

«Nur keine Angst, Reg», Rahel goss sich Kaffee in die Tasse und setzte sich ihrer Mutter gegenüber an den Tisch, «So schnell wirst Du Deine ‹Bald-Schwägerin› nicht mehr los.»

«Hast Du mit meiner Schwester etwa schon

Ärger?» Chris begrüßte die Damen und goss sich Kaffee in die Tasse.

«Guten Morgen Bruderherz. Nein, nur keine Sorgen. Wir zwei werden uns, wie ich glaube, blendend verstehen. – Nicht wahr?» Alle lachten, nachdem es Rahel mit einem Handschlag über den Tisch bestätigte. Das Telefon klingelte und Frau Seiler griff sofort nach dem Hörer.

«Hallo Seiler hier. – Ah,grüß Dich Alice. – Ja, sie ist hier. – Doch ich werde sie gleich rufen. – Rahel kommst du, Alice möchte dich sprechen. – Tschüss Alice und Grüße an deine Eltern.» Frau Seiler reichte lächelnd den Hörer ihrer Tochter, die neben ihr stand.

«Hallo Alice, na wie geht's dir? – Oh schön, freut mich. – Genau, das ist ein prima Vorschlag ... .» Nachdem Chris und Regina zustimmten, verabredeten sie sich im texanischen Lokal zum Essen.

Kapitel 10

Da es draußen schneite, war man sich einig, bis zum Nachmittagskaffee Karten zu spielen. Wie Chris den Sieg zum dritten Mal für sich entschied, erkundigte sich Frau Seiler, ob sie den Kuchen und den Kaffee servieren solle.

«Gern doch. Rahel und ich haben gegen Chris sowieso keine Chancen.» Regina sah zu ihrem Bruder und fügte schmunzelnd hinzu, «Chris muss mit Rahel übrigens noch etwas besprechen. – Stimmt's Chris?»

«Oh ja! – Regi, wenn ich Dich nicht hätte! – Wie Euch bekannt ist, steht es um die Gesundheit meines Onkels nicht mehr zum Besten. – Aus diesem Grund hat er mich gebeten, Dich zu informieren, dass Du bald einen neuen Vorgesetzten bekommen wirst.»

Rahel sah erstaunt erst zu ihrem Vater und wieder zu Chris.

«Das versteh ich nicht», sie setzte verwundert ihre Tasse ab.

«Hat er denn so schnell schon einen Nachfolger gefunden», Herr Seiler mischte sich in das Gespräch.

«Ja hat er. – Er ist mir übrigens bereits bekannt», Chris s räusperte kurz. «Ich kann mir vorstellen Rahel, dass ihr zwei gut zusammenarbeiten werdet.»

Verwirrt sah Rahel zu Chris. Suchte Antwort für die Frage.

«Entschuldige! Aber ich versteh Deinen Onkel nicht! Weshalb hat er mir nicht früher davon erzählt? Warum hat er mir meinen zukünftigen Chef nicht schon längst selbst vorgestellt? – Was ist wenn's zwischen uns nicht stimmt? – OK, dann erzähl mal, was du über diesen neuen Zahnarzt weißt.»

Chris setzte sich näher an den Tisch und alle Blicke waren gespannt auf ihn gerichtet.

«Nun ja, er scheint ein sympathischer Kerl zu sein. – Das hab ich zumindest schon sagen gehört. Er arbeite im Moment in einer Klinik in der Westschweiz. Hat aber den Wunsch, eine eigene Praxis zu leiten. Daher habe er Pläne, sich mit seiner Verlobten hier in der Ostschweiz niederzulassen und die Praxis von Toni zu übernehmen.- Ihr werdet euch bestimmt gut verstehen», er schmunzelte Rahel verstohlen zu, «Und er besitzt, wie gemunkelt wird, ein charmantes Lächeln – Und seine Augen seien auch nicht ohne!»

«Hey, hör schon auf so zu schwärmen! Ich könnte sonst auf die Idee kommen, dass ... » Rahel stoppte abrupt. Wiederholt in Gedanken nochmals, was Chris über diesen neuen Chef mitgeteilt hatte. Mit weit aufgerissenen Augen sah sie zu ihren Eltern. Wandte sich fragend zu Regina und starrte ihren Verlobten ungläubig an. «Sag bloß ... ! – Nein das kann jetzt nicht wahr sein, oder?» Sie erkannte ein Lächeln auf Reginas Gesicht. «Oder bist vielleicht Du dieser neue Chef?»

«Hättest Du Einwände?»

Rahel fand keine. Freudestrahlend fiel sie Chris um den Hals. Sekunden später trat sie erschrocken zurück und riss die Augen weit auf.

«Oh verzeih! – Mit meinem Vorgesetzten werde ich das wohl nicht wieder tun dürfen!» Alle lachten über diese Bemerkung und ‹malten› Bilder der Zukunft.

Chris berichtete, dass diese Entscheidung damals in Lausanne den Anfang nahm. Er habe deswegen mit der Klinik-Leitung ersten Gespräche geführt.

«Verzeiht, aber ihr müsst jetzt los, wenn ihr nicht zu spät zu eurer Verabredung kommen wollt.»

«Ja wirklich», Rahel wandte sich zur Wanduhr hinter ihr, «Danke Mutti.» Sie und Regina halfen der Mutter beim Abräumen des Tisches.

*

«Da seid ihr ja», Alice winkte Rahel, die mit Chris und Regina das Lokal betrat zu. Ob sie auf Glassplitter saß, sprang sie auf und reichte Chris, der zu ihr trat die Hand. «Ich hatte schon Bedenken, dich nicht mehr kennen zu lernen. – Christian, nicht wahr?»

«Und du musst Alice sein, stimmt's?» Amüsiert ergriff er ihre Hand.

«Richtig», Alice wies den neuen Gästen Plätze am Tisch zu und schielte fragend zu Rahel. – War es nicht sie, die ihr von ihrem missglückten Besuch in Lausanne berichtete. ‹Was ‹um alles in der Welt› macht dieser Kerl hier? – Und die andere wer war sie?

Regina bemerkte Alices stumme Frage und trat zu ihr um sich ihr vorstellen. Rahel kam ihr eilig zuvor.

«Gern würde ich Dich mit Chris' Schwester bekannt machen? Regi, das ist Alice. – Alice das ist Regina.»

Hustend stellte Alice verwirrt ihr Glas auf den Tisch zurück. «Entschuldigung! – Hallo, freut mich.»

«Na, was meint Ihr, wollt Ihr euch nicht setzen?» Steffy erhob sich und reichte Chris und Regina verschämt kichernd die Hand. «Versteh' bitte Alices Verwirrung. – Du musst wissen, dass wir Wochen brauchten, bis wir es schafften Rahel, nach ihrer Rückkehr aus Lausanne, zu beruhigen. Aber seit wenigen Monaten ist sie ja wieder glückl ... – Oh, ich scheine immer im richtigen Moment das Falsche zu sagen, verzeihe Rahel!»

«Beruhige dich Steffy. Ich hab ihm von Daniel erzählt. – Jetzt lasst uns aber endlich etwas bestellen. ich habe nämlich Kohldampf!» Rahel winkte dem Kellner, der neben der Eingangstür stand und neue Gäste willkommen hieß. – Doch wen begrüßte er da?

«Oh, nein! Das ist jetzt nicht wahr, oder?!» Alle drehten sich in ihre Blickrichtung.

«Was hast du denn, mein Engel?» Chris wandte sich zum Eingang. Rahel ergriff seine Hand.

«Da kommt Daniel zur Tür herein. – Der andere Zahnarzt!»

«Stimmt! – Und Dein ‹Lover›!» Chris zog reflexartig die Hand zurück.

«Nein! – Chris ich hab Dir doch alles erklärt!» Um ihr flehen zu unterstreichen, schlang sie die Arme um seine Schultern und drückte ihm einen zärtlichen Kuss auf die Wange.

«Kannst Du mir verraten, was für ein Spiel Du treibst?!» Rahel zuckte erschrocken zusammen. Daniel schaute mit feindseligem Blick auf sie herab.

«Das hätte ich von Dir nicht erwartet! Am Tag

nachdem ich dir einen Antrag machen wollte, sagt doch Deine Mutter am Telefon, du seist mit ‹*Deinem Verlobten*› essen gegangen! – Und siehe da», Daniel kniff die Augen zu und sah Chris hasserfüllt entgegen, «Mit wem treff ich Dich?! – Mit dem guten Doktor Christian Keller, der Dich doch erst vor ein paar Monaten fallen ließ ‹*wie eine heiße Kartoffel*›!»

Damit ging, nach Chris' Meinung, Daniel einen Schritt zu weit.

«Jetzt aber mal langsam», er erhob sich und stand dicht vor Daniel, «Von fallen lassen kann überhaupt keine Rede sein! – Währen Rahel und ich dann verlobt? Was meinst du? – Und wenn du weiterhin in meiner Praxis arbeiten möchtest, schlage ich Dir und Deinem Freund vor, Ihr sucht Euch für heute ein anderes Lokal» Chris wandte sich ab, «Wir reden nächste Woche.»

«Darf ich sie bitten das Lokal zu verlassen.» Der Geschäftsführer trat an den Tisch. Ohne ein weiteres Wort, jedoch einem rachsüchtigen Blick von Daniel, verließen die zwei eilig das Lokal. Rahel, die der Szene stumm beiwohnte, beabsichtigte aufzustehen. Chris hielt sie zurück.

«Lass es. Ich kann mir denken, dass er Dich jetzt nicht sehen möchte», tröstend legte er seinen Arm um ihre Schultern, «Ich verspreche Dir, mit ihm bei der nächsten Gelegenheit zu

sprechen. – Nun lasst uns diesen Vorfall für
heute vergessen! – Versuch es zumindest – Mir
zu liebe, ja?» Erfreulicherweise brachte der Kellner die Gruppe bald wieder auf andere Gedanke.
Nach Anordnung von Chris servierte dieser allen
Sekt.

«Na, mein Engel, gehts wieder?» Da Rahel nicht
beabsichtigte, die Stimmung zu zerstören,
nickte sie stumm lächelnd und strich ihm mit
dem Handrücken über die Wange. Chris ergriff
ihre Hand und drückte sanft einen Kuss darauf.
    «Auf einen schönen Abend.» Er hob feierlich
sein Glas. Die Serviceangestellte lächelte kurz zu
ihm und deckte diskret den Tisch fertig.
    «Hey, ich freu mich riesig für euch zwei. Ich
wünsch euch viele schöne Momente.», Alice
kniff die Augen zusammen und grinste zu Rahel,
»Und viele kleine, süße Würmchen.» Auf diese
Bemerkung erntete sie heiteres Lachen.

Wie man auf das köstliche Essen wartete, lernte
Chris Steffy und Alice näher kennen. Zu seiner
Freude vergaßen bald alle den Vorfall mit Daniel
und man genoss einen heiteren Abend.
    «Achtung heiß!» Ein Kellner brachte das
Fleisch mit Beilagen auf einem Wärmewagen,
den er neben dem Tisch platzierte. Geschickt
gab er die Speisen auf die einzelnen Teller, um

diese sofort zu servieren. Mit einem « m «Guten Appetit», entfernte er sich kurz später wieder.

«Na dann, lasst es Euch schmecken!» Chris schob sich ein saftiges Fleischstück in den Mund.

«Werden wir. – Und nochmals vielen Dank für die Einladung.» Steffy kostete vom zarten Gemüse.

«Selbstverständlich auch ein herzliches Dankeschön von mir», schloss sich Alice an.

«Schon gut. – Jetzt esst, bevor alles kalt wird» Rahel sah zufrieden von einem zum anderen und schob sich ein Stück des zarten Gemüses in den Mund, «Mmh, wirklich köstlich! – Da könnte mein Vater glatt neidisch werden!»

In der kommenden Stunde sprach man kaum und wenn, schwärmte jeder über das schmackhafte Essen. Man versäumte es nicht, dem Koch ein Lob auszusprechen. Der Geschäftsführer kam an den Tisch.

«Alles Gute für die gemeinsame Zukunft. Und guten Appetit. Gerne möchte ich euch eine weitere Flasche Wein offerieren.»

Nach dem Essen servierte ein Kellner von der Bar mit einem Lächeln Likör für die Verlobten und deren Freundinnen. Zum Abschluss bestellte Chris für alle ausgewählte Nachspeisen und Kaffee. So genoss man den Abend bis spät in die Nacht in geselliger Runde.

«Und Ihr seid wirklich satt?»

«Du bist gütig, Brüderchen. Aber ich glaub, wir haben alle unsere Bäuche vollgestopft!» Regina lachte und rieb sich den Unterleib. Steffy deutete mit einem schelmischen Lächeln auf die Uhr an der Wand.

«Oh, in wenigen Minuten schlägt die Polizeistunde zu!»

«Na dann», Chris holte seinen Geldbeutel aus der Hosentasche und winkte dem Kellner, der die freien Stühle auf die Tische stellte, «Dann werde ich nun also mein Konto plündern ... » Nach Rahel besorgtem Blick fügte er grinsend hinzu, dass kein Grund zur Sorge bestand.

*

«Au waia! – Warum hast Du mich nicht geweckt», Rahel stürmte in die Küche und traf auf Chris, der gemeinsam mit ihren Eltern am Frühstückstisch sass.

«Guten Morgen mein Engel», begrüßte er Rahel amüsiert und hielt ihr einen aromatischen Kaffee unter die Nase. «Warum diese Eile? Trink doch erst mal eine Tasse.»

«Wie stellst Du Dir das vor? Ich gemütlich beim Frühstück und unterdessen läuft in der Praxis alles schief!»

«Chris, warum klärst du sie nicht auf?» Frau

Seiler kam Mitleid auf. Sie schaffte es jedoch nicht, ein Lächeln zu verkneifen. Rahel sah sich fragend im offenen Raum um.

«Wo ist Regina? Schläft sie noch?»

«Darüber wollte ich gerade mit dir sprechen.» Chris wartete kurz, bis Rahel am Tisch saß und gespannt an ihrer Tasse nippte.

«Mach nicht wieder einer Deiner Späße, ja? Ich habe eine kurze Nacht hinter mir. Du solltest das ja am besten wissen!»

«Gerade deshalb hat Regina heute deine Arbeit übernommen. Sie hätte ... » «Was hat sie?!» Rahel fiel Chris ins Wort, «Warum? – Und was wird dein Onkel dazu sagen?»

«Na weißt du», Chris war nicht mehr so überzeugt von seinem Vorhaben wie gestern beim Gespräch mit Regina. «Ich dachte mir, Du nimmst Dir heute frei und wir bestellen uns am Nachmittag auf dem Standesamt gleich das Aufgebot. Dann verbringen wir einen gemeinsamen Tag.- Regina hätte auch nichts einzuwenden, die ganze Woche zu übernehmen. – Na, was meinst Du?»

Rahel erinnerte sich sofort an den Traum von letzter Nacht. ...

Zusammen mit ihrer Mutter und Susi hielt sie sich in ihrem Zimmer auf. Beide waren ihr beim Stylen und Anziehen des Brautkleides behilflich. ... Kurz später stand sie wie eine

Prinzessin in der Kirche. Hörte die Worte des Pfarrers: ««… und wenn Du Dich nun für einen entschieden hast, dann sprich jetzt bitte seinen Namen aus.»

Einen Blick zur rechten Seite, zeigte ihr Chris in einem dunkeln Smoking. Er schenkte ihr ein zärtliches Lächeln. Rahel sah in seine feuchten Augen. Links von ihr strahlte Daniel ebenso voller Freude. Sanft strich er mit seiner Hand über ihre Wange. Sie öffnete den Mund, um den Namen des Auserwählten zu verkünden. Bevor sie ihn aussprach, schreckte sie auf … Verwirrt sah sie sich um und erkannte sich in ihrem Zimmer wieder. – Es war alles nur ein Traum. …

«Hey, mein Engel was ist? – Hast du was? – Du bist plötzlich so blass!» Chris legte besorgt eine Hand auf ihre Schulter.

«Oh, ähm verzeih, was hast Du gesagt?» Rahel sah mit leerem Blick auf den Tisch, «Ich hoffe, Du verstehst mich nicht falsch! Aber ich kann Dich nicht heiraten. – Zumindest jetzt noch nicht!» Verwirrt nippte sie an ihrer Tasse, ohne den Blick von der Tischplatte abzuwenden.

«Hat es vielleicht etwas mit gestern zu tun? – Wenn ja, dann überlass das nur mir, ja?»

«Nein! – Doch! – Ja. Hat es», Rahel würde sich liebend gerne in ihr Bett verkriechen und aus diesem Albtraum erwachen. Sie begriff ihr Verhalten ja selber nicht. «Ich sollte erst über einiges in Ruhe nachdenken.»

«Dabei kann ich Dir doch helfen.» Chris sah betroffen zu Rahels Eltern.

«Nein, Chris.- Da Regina meine Arbeit bereits übernommen hat, würde ich gerne irgendwo hinfahren. – Am besten weit weg. – Allein.» Jetzt waren es Chris und ihre Eltern, die Rahel verwirrte Blicke schenkten.

«Aber wieso denn, liebst Du mich denn doch nicht mehr?»

«Oh, Chris. Sicher lieb ich Dich! – Doch da ist … Na Du weißt schon. – Bevor ich einen solchen Entschluss fälle, muss ich mir erst über einiges klar werden. – Und das schaff ich nur, wenn ich alleine bin. – Weit weg von hier! – Verstehst du?»

«Oha», Chris setzte seine Tasse ratlos auf den Tisch zurück. «Wird zwar hart werden. – Aber weil ich dich nun mal liebe, versuche ich, Deine Entscheidung zu akzeptieren.»

Rahels Herz pochte bis zum Hals, wie sie ans Telefon eilte. Sie wünschte, dass niemandem sie umzustimmen versuchte. Ihre zittrigen Finger griffen nach dem Hörer. Stumm tippte sie die Nummer ein.

«Guten Tag! – Ich überlege, eine Woche zu verreisen. Gibt es möglicherweise ein Last-minute-Angebote?» Rahel hörte, wie die Frau am anderen Ende etwas in die Tastatur eingab.

«Natürlich, ich seh gleich mal nach. – Wohin hätten Sie denn gerne eine Reise?»

«Ich dachte an einen sonnigen warmen Ort am Meer.» Rahel hielt diesen Wunsch nicht wirklich erfüllbar. Wieder vernahm sie ein Tippen auf einer Tastatur.

«Ah ich seh, da haben wir heute Nachmittag einen Flug nach Gran Canaria. – Inklusive prima vergünstigtes Angeboten. Wie wäre es mit einem Hotel direkt am Meer?» Rahel lächelte verblüfft. Räusperte kurz und erkundigte sich nach dem Preis.

«Das klingt perfekt! Wann genau geht denn der Flug?»

«Der Flieger hebt heute Nachmittag 14:43 Uhr ab. Sie könnten also schon in Kürze die Sonne genießen.»

«Wooow herrlich. – OK. Dann würde ich meinen, buchen Sie's für mich.» Gemeinsam mit der Dame durchging sie die notwendigen Formalitäten. Sie hörte, wie diese ihre Finger flink über die Tastatur huschen ließ. Die Reise zu einem greifbaren Erlebnis nahm gestallt an. Lächelnd beendete Rahel das Gespräch und eilte in die Küche, zu ihren Eltern und Chris zurück.

«Na, wer sagt's denn! In vier Stunden startet das Flugzeug», Rahel stand aufgeregt am Tisch und leerte ihre Tasse in einem Zug, «Könntest du mich vielleicht zum Flughafen fahren? – Wir müssten aber gleich los.»

«So kurzfristig? Wie ist das möglich? – Und so ganz alleine?» Frau Seiler war irritiert. Sie sah von Rahel zu ihrem Gatten und wieder zu ihrer Tochter.

«Die Dame vom Reisebüro prüfte, ob es noch etwas Kurzfristiges gab. ‹E Voilà›», Rahel strahlte von einem zum anderen. «Es gab eine Absage im Flieger nach … – Oh, nein, das behalte ich für mich. Bin den mal beim Packen.»»

Besorgt nippte Frau Seiler an ihrem Kaffee und beobachtete, wie ihre Tochter die Treppe hochsprang. Rahels Vater zog abwartend an seiner Zigarre. Oft hielten sich die Eltern in letzter Zeit mit Tipps zurück.

Wortlos sass Chris da. Er versuchte, ihre Entscheidung zu begreifen. Er ließ sie nicht gerne alleine verreisen. Rahel packte, ohne lange nachzudenken, ihren Koffer.

Kurz später fuhren sie nach Kloten. Die Musik aus dem Radio erfüllte die Stille. Rahel saß auf dem Beifahrersitz und starrte aus dem Fenster. Ihre Handtasche auf dem Schoß fest umklammert. Versuchte, sich einzureden, dass der Entschluss richtig war. – War er das?

Chris konzentrierte sich auf die Straße. Einen ernsten in sich gekehrten Ausdruck auf seinem

Gesicht. Er suchte nach den passenden Worten. Worte, die seine Liebe zu ihr bestätigten.

«Na dann, hier sind wir», Rahel legte ihre Hand auf Chris' Arm, um ihn zu hindern, auszusteigen. «Liebling, bitte lass uns hier ‹Tschüss› sagen. Du weißt ... – Und frag mich nicht mehr, wohin ich fliege. Ich werde es Dir nicht verraten.» Wieder drückte Chris Rahel innig. Er küsste sie wiederholt zärtlich auf den Mund. Wie sie den Koffer aus dem Auto hob, stieg er aus, um sie nochmals in die Arme zu schließen.

«Rahel, versprich mir, dass du auf dich acht gibst, ja? – Melde dich wenn was ist! – Und komm gesund wieder nachhause. Und noch was. – Wie Du Dich auch entscheidest, ich werde versuchen, es zu akzeptieren, sollte es nicht zu meinen Gunsten sein!»

Rahels Augen füllten sich mit Tränen, wie sie durch das Eingangsportal schritt. Die gläserne Tür schloss sich langsam hinter ihr, und sie hauchte einen letzten Kuss in Chris' Richtung. Ohne einen zweiten Blick zurück, trat sie zum Check-in-Schalter. Sie sah stumm ihrem Koffer nach, der durch die Öffnung verschwand. Bemerkte ein Kribbeln in ihrem Magen.

«... Wir starten in wenigen Minuten. Das ganze Team wünscht Ihnen einen angenehmen Flug.

Nun bitte ich sie, die Instruktionen der Stewardess zu beachten.»

«Na dann, los geht's!» Rahel war voller Vorfreude und vergaß bald, welchen Grund sie zu dieser Reise brachte. Das Flugzeug setzte sich in Bewegung und schwebte kurz darauf in schwindender Höhe. Weit über den Wolken versuchte sie herauszufinden, was sie auf den Kanaren zu erwarten glaubte. – Was sie sich von dieser Woche erhoffte.

Genauso verwirrt, wie sie die Maschine bestieg, verließ sie diese Stunden später in Las Palmas. Ihr Herz pochte aufgeregt wie sie die Kontrolle von Ausweis und Gepäck passierte, um kurz darauf die prächtige Luft einzuatmen.

«Da bin ich also! – Wow.» Rahel stand vor dem Eingangsportal zum Flughafen und staunte über sich. Hätte ihr jemand vor wenigen Tagen gesagt, sie würde heute ohne Begleitung wegfliegen, sie hätte es nicht geglaubt.

Kapitel 11

«Was wird ihr diese Reise bringen? – warum muss alles so kompliziert sein?» Um in Ruhe nachzudenken, steuerte Chris nicht direkt nach Hause, sondern fuhr einen Umweg und erlaubte sich, einen stop einzulegen.

Er parkte das Auto und betrat die Raststätte. Die Glocke über der Tür klingelte. Der Barista nickte ihm zu, wie er einen Kaffee bestellte. Mit der dampfenden Tasse in der Hand setzte er sich an einen Tisch in der Ecke. Die zerknüllte Zeitung bot ihm die Möglichkeit einer Ablenkung. Ohne den Inhalt aufzunehmen, blätterte Chris durch die Seiten. Die Angestellte wischte den Tisch daneben ab und lächelte ihm grinsend zu. Er reagierte nicht darauf. Der Kaffee war inzwischen abgekühlt. Abwesend trank er den letzten Schluck und legte die Zeitung zurück. Mit einem tiefen Atemzug stand er auf, verließ mit einem stummen Lächeln zur Theke das Café und setzte seine Fahrt fort.

Kurz vor 22:00 parkte Chris den Wagen bei Doktor Kellers Haus. Vor der Tür hörte er, wie sich Regina über einen Witz seines Onkels amüsierte.

Um zu verhindern, dass ihm Fragen zum Thema ‹Rahel› gestellt würde, sprach er ein beiläufiges «Gute Nacht» und ließ hinter sich die Tür ins Schloss fallen. Nach kurzer Toilette legte er sich gedankenversunken ins Bett. Ob er ihr eine Kurznachricht schreiben soll? Mit leisem Räuspern löschte er eiligst diese Idee aus seinem Kopf. Erst wechselte er von einer zur andern Seite, bevor er einschlief.

Am nächsten Morgen stürmte Daniel aufgebracht ins Büro von Chris und stieß die Tür hinter sich zu. Mit finsterem Blick starrte er zum Schreibtisch.

«Was zur Hölle denkst du dir dabei, Chris?» Daniel schrie und fuchtelte außer sich mit den Händen.

«Hey, beruhige dich. – Lass uns bitte in Ruhe sprechen» Chris legte die Stirn in Runzeln. Er war sich bewusst, dass das Wartezimmer voll war.

Daniel trat zu ihm, seine Stimme bebte vor Zorn.

«In Ruhe sprechen? – Du und Rahel habt euch verlobt, und du hast nicht einmal den Anstand, mir davon zu erzählen! Ich erfahre es zufällig gestern Abend wo ich euch in Feierlaune antreffe!»

Räuspernd runzelte Chris die Stirn.

«Es tut mir leid, dass du es auf diese Weise erfahren musstest. Ich hätte es dir im geeigneten Zeitpunkt noch gesagt. – Es war alles etwas überstürzt.»

«Überstürzt? – Das ist noch untertrieben, Chris!» Daniel grinste hämisch und ballte die Fäuste. «Und du erwartest ernsthaft, dass ich einfach so weitermache und so tue, als ob nichts passiert wäre? – Dass ich zusehe, wie du und Rahel eure persönlichen Angelegenheiten in die Praxis bringt. Und ich so tue, als ob das keine Auswirkungen auf unsere Zusammenarbeit hat?»

Chris stand langsam auf.

«Daniel, ich verstehe deine Frustration, aber du überschreitest hier Grenzen. Rahel und ich sind ein Paar, das hat nichts mit unserer Arbeit zu tun», fuhr er mit sicherem, festem Ton weiter.

«Das hat sehr wohl mit unserer Arbeit zu tun!» Daniel gestikulierte heftig mit den Händen. «Ich kann nicht mehr in dieser Praxis arbeiten, in der du und Rahel gemeinsam arbeitet! Es reicht mir, Chris. – Ich gehe!»

Chris starrte Daniel fassungslos nach, wie er das Büro verließ und die Tür hinter sich zuschlug. Er sank zurück auf seinen Stuhl und sass Minuten starr da. Erkannte die Tragweite von Daniels Entscheidung. Wie würde er das Rahel erklären. Wie seinen Daniels Patienten?

*

«Guten Tag, ich hab ein Zimmer reserviert. Rahel Seiler mein Name.»

«Hola señorita Seiler. Un momento ... » An der Rezeption begrüßte eine Angestellte hinter dem Tresen den neuen Gast. Auf deren Bitte hin legte Rahel den Ausweis auf die Theke. Flink setzte sie ihre Unterschrift auf das Formular, welches die Dame ihr reichte.

«Ich ihnen hole Schlüssel zu Zimmer.» Zugleich winkte sie dem Gepäckträger.

Breit grinsend trat dieser an die Theke. Die Rezeptionistin gab ihm neben dem Zimmerschlüssel kurze Anweisung. Darauf griff er pflichtbewusst nach Rahels Gepäck und führte seinen Gast durch die, mit marmornem Boden bedeckten Eingangshalle zu den Fahrstühlen. Dort drückte er einen Schalter. Kurz darauf öffnete sich eine der drei Lift-Türen.

«Entra, por favor», er deutete ihr an, in den Aufzug zu steigen.

‹Wenn dieser Gigolo nur aufhören könnte so zu grinsen›, Rahel wandte ihren Blick zur Seite, ‹als ob ich gerade deswegen hier bin.›

In der zweiten Etage traten beide auf den lichtdurchfluteten Gang. Vor dem dritten Zimmer blieb der Dienstbote stehen, öffnete die Tür und legte das Gepäck auf das Tischchen neben dem Schrank. Rahel griff in ihre Handtasche. Mit einem «Gracias », überreichte sie dem Pagen ein Trinkgeld und verabschiedete sich dankend von ihm. Erleichtert ließ sie sich auf das frisch bezogene, blumig duftende Bett fallen.

«Tja! – Da bin ich also», wieder schweiften die vergangenen Wochen an ihr vorbei.

‹Was Chris wohl gerade macht? – Nachdem ich ihm so einen ‹Korb› geliefert habe!› Rahel holte nach diesem Gedanken ihr Handy aus der Tasche. Wollte ihm mitteilen, dass sie am Ziel angekommen sei. Erschrocken über diese Idee stand sie auf.

«Was soll das denn schon wieder!» – Augenblicklich legte sie das Handy zurück in den Koffer, wo es ihrer Meinung nach, die kommenden Tage bleiben sollte. Stattdessen trat sie vor den Wandspiegel.

«Na, was meinst du? Geh'n wir und genehmigen uns ein leckeres Abendessen?» Ein entspanntes Gesicht sah ihr entgegen. Wie zum Trotz schlüpfte sie in jenes Kleid, welches sie in Zürich kaufte und sie nun an Chris erinnerte. Um den Hals legte sie die silberne Kette, die ihr Daniel schenkte. Mit dem Spiegelbild zufrieden, verließ Rahel das Zimmer. Auf dem Flur war ein Durcheinander von Stimmen, die von der Eingangshalle kamen, zu hören. Irritiert sprach sie eine an den Blumen beschäftigte Hotelangestellte an.

«Was hat denn der plötzliche Menschenauflauf zu bedeuten?»

«Si Signorina, ich kann erklären», die Reinigungsfrau griff in die Tasche ihrer Schürze und reichte Rahel ein gefalteter Prospekt. «Wie sie vielleicht haben bemerkt, Ärzte aus en todo el mundo aqui, tu hablas del Virus ... Virus HIV. – Wenn sie Interesse, ich noch habe Platzkarten.»

Irritiert winkte Rahel freundlich ab.

«Oh, eigentlich wollte ich ... » Sie deutete zum Speisesaal.

«No Problema! – Ist in gran Salón, dort es geben Essen.» Erstaunt sah Rahel hinüber zum Saal.

«Keine Sorgen», beruhigte die Angestellte weiter, «Gut Zeit por Essen. – El doctor también tiene hambre. Cómo se dice? Es geben unos Stunde Pause por Essen.»

Rahel bedankte sich mit einem Lächeln bei der netten Frau und bestieg, mit der Eintrittskarte in der Hand, den Aufzug. Vor dem Eingang zum Saal überreichte sie diese dem Portier. Er wies eine Service-Angestellte an, den neuen Gast an den Platz zu führen. Vor dem Tisch wandte sich diese zu den Besuchern, um sich wieder an Rahel zu wenden.

«Aquí Tabla cuatro, darf ich machen bekannt? – Doctore Professor Beeli con esposa y aquí Signora Doctore Ziegler. Todos los doctores de Suiza. – Das sein Signora Seiler además de Suiza. – Porfavor sitzen ier?»

«Ja natürlich. – Hier», Frau Doktor Ziegler deutete lächelnd auf den freien Stuhl rechts von ihr, «der hier ist noch frei. – Setzen sie sich doch bitte.»

Rahel bedankte sich bei der Service-Angestellten und setzte sich neben die ältere Frau an den Tisch.

Um 19:00 Uhr erklärte man den Abend als eröffnet und alle richteten ihre Aufmerksamkeit zur Bühne. Zu Beginn stellte der Leiter den anwesenden Gästen die Diskussionsrunde vor. Diese bestand aus Ärzten aus der ganzen Welt. Einige Lichter wurden gelöscht, um die Blicke an die Leinwand zu lenken. Bis zur Pause zeigte man eine Doku, welche die erforschten Entwicklungen des Virus veranschaulichte.

«... Mit diesen Bildern beschließen wir den ersten Teil des Abends. Nun wünsche ich trotzdem guten Appetit!» Scheu lächelnd leitete der Veranstalter nach knapp einer Stunde, die Pause ein.

Ein bekömmliches Gericht wurde serviert. Ein Kellner goss Wein in den Gläsern nach. Rahel hatte Mühe, das leckere Essen zu genießen. Wie sie feststellte, ging es nicht nur ihr so.

«Nur gut hat man im Kampf gegen dieses

Virus in der Zwischenzeit solch einen Fortschritt erreicht.» Doktor Professor Beeli hob sein Glas.

«Wie wahr», stimmte Frau Doktor Ziegler bestürzt zu, «lasst uns trotzdem anstoßen», sie wandte sich zu ihrer Rechten und prostete Rahel zu, «zum Wohl, Frau Seiler.» Sie hob ihr Glas und machte es ihrer Tischnachbarin gleich.

«Wo ist eigentlich Ihr Gatte», erkundigte sich die Frau von Professor Beeli, «hatte er kein Interesse dafür?»

«Nein. – Äh, nein, es gibt keinen Gatten an meiner Seite.» Rahel lächelte scheu.

«Ah, sie sind auch alleine hier», Frau Doktor Ziegler war erstaunt. «Ach was? – Auch ich musste alleine reisen. Warum reist eine junge hübsche Frau wie sie alleine in Urlaub?»

«Ach – ähm ... » Rahel suchte nach den richtigen Worten, «das ist eine lange Geschichte!»

«Macht nix, ich hab die ganze Woche Zeit. – Übrigens, ich bin eine gute Zuhörerin.»

Rahel schmunzelte verwirrt. Sie fand keinen Grund, weshalb sie nicht ihren Urlaub mit einem Tag in Gesellschaft dieser Dame beginnen sollte.

«Ja, doch. Nichts spricht dagegen, einen Bummel zu zweit durch die Gegend zu starten.» Nickend stimmte sie dem Vorschlag der Rentnerin zu.

Drei Stunden später war der offizielle Teil beendet. Frau Doktor Ziegler verabschiedete sich leicht müde bei Rahel.

«Dann bis morgen um 14.00 Uhr.» gähnte sie hinter vorgehaltener Hand und schielte auf die Uhr.

«Schlafen Sie gut», die Rentnerin klopfte ihr mitleidig lächelnd auf die Schulter. Lachend betraten beide den Aufzug, der sie in ihre Stockwerke brachte.

Im Zimmer zurück, hängte Rahel ihre Kleider an den Hacken und kuschelte sich nach kurzer Toilette erschöpft unter die Decke.

*

Zum Start in den Tag genoss Rahel auf der mit Palmen begrünten Terrasse ein ausgiebiges Frühstück. Die Sonne strahlte vom wolkenlosen Himmel und spendete eine wohltuende Wärme. Leider fehlte der Blick zum Meer. Rahel nahm sich vor, bald den wenige Gehminuten entfernten Strand zu besuchen. Das reichhaltige Buffet bot Entschädigung genug. Sie griff nach zwei knusprigen Brötchen, füllte ein Schälchen mit Cornflakes und genehmigte sich ein Glas frischgepresstem Orangensaft. Ein Kellner trat lächelnd zu Rahel an den Tisch.

«Guten Morgen. Wünschen Sie Kaffee oder Tee?» In entspannter Stimmung schnitt Rahel eins der Brötchen langsam in der Mitte durch und sah um sich.

«Gerne Kaffee.» Wieder erkannte sie, dass die Entscheidung hierhin zu reisen, eine prima Idee war. Das Leben zeigte sich seit langem, von der richtigen Seite.

Bis zum Treff mit der Rentnerin genehmigte sich Rahel ein Sonnenbad beim Pool. Im Bikini legte sie sich auf einen Liegestuhl, strich sich Sonnencreme auf den Körper und widmete sich ihrem Buch, das sie von zuhause mitnahm. Ab und zu sah sie sich um. Sie erkannte nur fröhlich gestimmte Menschen. Kinder die vergnügt auf der Wiese oder im Wasser spielten, während deren Eltern die Sonne genossen. Da und dort Gruppen von Erwachsenen in Gespräche vertieft. Wieder andere am Schachbrett welches am Boden eingemauert war die Zeit vertrieben. Rahel bemerkte, dass sie die Einzige schien, die ohne Begleitung hier war. Um auf bessere Gedanken zu kommen, entschied sie sich, ein paar Längen im Pool zu schwimmen. Das kühle Nass zauberte bald ein Lächeln auf ihr Gesicht.

Zur vereinbarten Zeit wartete Rahel an der Rezeption auf Frau Doktor Ziegler. Sie schätzte sie um die siebzig. Die Dame schien eine liebenswürdige Person zu sein. Zu Beginn sah man sich in verschiedenen Souvenir-Shops um. Ohne etwas zu kaufen, sah sich Rahel das Angebot an, um eine Vorauswahl zu treffen. In einem der unzähligen Straßen-Cafés löschten sie den Durst unter den Sonnenstrahlen. Sie genossen die kühlenden Getränke. Plauderten über dies und das. Frau Doktor Ziegler hatte ihr in der Zwischenzeit das ‹Du› angeboten. Man fand sich gegenseitig sympathisch.

Bald sprach man nicht nur vom Beruflichen. Sie erfuhr von Tanja, dass sie seit Kurzem Witwe war. Diese Wochen hätten ihr ihre Kinder geschenkt. Sie sei erleichtert, Rahel getroffen zu haben. Denn zusammen mit ihr hoffte sie, gegenüber dem Alltag Abstand zu gewinnen. Rahel ging es genauso.

Nach dem gemeinsamen Frühstück verbrachten sie die Tage am Meer oder am Pool. Heute verweilte Rahel bei sanfter Brise am Strand. Tanja schloss sich einer Gruppe von Frauen in ihrem Alter an, um die Gegend zu erkunden.

Rahel genoss die Ruhe auf ihrem Liegestuhl. Sie beobachtete zwei etwa sechsjährige Knaben, die mit Unterstützung ihres Vaters eine beachtliche Sand-Burg bauten. Andere Kids suchten im knietiefen Meer nach Muscheln. Wie sie die Umgebung betrachtete, fiel Rahels Blick auf zwei junge Männer, die ihr bereits im Speisesaal auffielen. Der eine lächelte ihr zu. Peinlich berührt lenkte sie ihre Aufmerksamkeit sofort wieder auf das Buch in ihrer Hand. Im Seitenblick erkannte sie, ohne sich von der Lektüre abzuwenden, wie einer der Männer nahe an ihr vorbeiging. Sie beachtete ihn nicht weiter. Widmete sich dem Lesen und langte ab und zu nach dem Eistee neben ihr.

«Da komm ich ja gerade richtig.» Erschrocken sah Rahel in das lachende Gesicht vor ihr. «Verzeihung wenn ich dich erschreckt haben sollte. – Wollte dir nur eine neue Flasche Eistee spendieren.» Sie erkannte, dass es sich um einen der zwei Männer handelte.

«Oh, danke», in Verlegenheit rückte sie ihre Sonnenbrille zurecht, «Wie komm ich dazu? – Ich kann mir auch selbst eine kaufen.» Sie merkte, dass dieser Spruch absurd erschien.

«Dann freut es mich, dass ichs für dich erledigt habe. – Hier, bitteschön.» Lachend hielt er ihr das eisgekühlte Fläschchen hin.

«Na dann bedanke ich mich.»

«Vielleicht trifft man sich ja mal im Hotel? Würde mich freuen.» Ohne auf ihre Antwort zu warten, wandte er sich mit einem Lächeln ab.

Rahel sah ihm stumm nach, bis er sich zu seinem Begleiter setzte und beide grinsend zu ihr sahen. Hustend griff sie schnell nach ihrem Tuch und wischte sich den Schweiß von der Stirn.

‹Mädchen benimm dich.› Hastig holte Rahel den Walkmen aus der Tasche und ließ die gespeicherte Musik in ihr Ohr rieseln. Das Heft mit Kreuzworträtseln, das sie aus dem Shop im Hotel kaufte, füllte sie konzentriert aus.

Wie das eine Kreuzworträtsel ausgefüllt war, griff sie nach dem Fläschchen und leerte es in einem Zug. Ein flüchtiger Blick vorwärts zeigte, dass die zwei Typen weg waren. Schmunzelnd legte sie Walkman und Rätselheft in die Tasche und entschloss, das Meer nochmals zu genießen. Entspannt schwamm sie vom Ufer weg bis zu einer Sandbank. Es war amüsant, entfernt vom Strand wieder Boden unter den Füssen zu erlangen. Von hier aus hatte man Sicht der endlosen Küste entlang. Gelassen legte sich Rahel auf den Rücken und ließ sich im Meerwasser treiben. Sie bemerkte, wie erleichtert sie war, alleine hier zu sein. Weit weg von zu Hause. – Weit weg von Chris, Daniel und den Problemen mit Oliver. Mit einem Lächeln schwamm Rahel nach einigen Minuten wieder ans Ufer zurück, wo sie auf dem Bauch liegend, den Körper von der heißen Sonne trocknen ließ, um später entspannt ins Hotel zu schlendern.

Kapitel 12

«Hallo Tina», Rahel begrüßte augenzwinkernd die Rentnerin, welche am Tisch sass. «Ich hoffe doch, dein Tag war interessant?»

«Grüß dich. Ja, die Ausstellung war grandios. – Darum konnte ich es nicht verkneiffen, eins seiner Werke zu kaufen. Es wird direkt zu mir nachhause geschickt.» Mit leuchtenden Augen zeigte Tanja Rahel ein Foto des Gemäldes auf ihrem Handy. «Ich hätte noch eins kaufen können. Aber das hätte wieder Diskussion mit meinem Sohn gegeben», Tanja winkte bestürzt ab. «Doch darauf habe ich keine Lust. – Naja das hier ist auch alleine ein tolles Schnäppchen.»

Rahel erkannte, dass Tanja es bereute, nur dieses eine Bild gekauft zu haben. Darum spendierte sie nach dem Essen, ein Stück der hinter Glas präsentierten Kirschtorte und einen Kaffee dazu. Zum Ausklang des Tages genossen beide die kühlende Meeresbrise bei einem Spaziergang auf dem warmen Sand.

«Unbeschreiblich! – Einfach herrlich!» Tanja griff in den Sand und ließ ihn zwischen die

Finger rinnen. «Ich könnte mir vorstellen, hier meine letzten Jahre zu verbringen.» Sie drehte sich, mit ausgebreiteten Armen einmal um sich und lachte zu Rahel.

«Warum nicht. Da du dich hier auskennst wie in deinem Zuhause ... » Rahel schmunzelte zustimmend.

Beide schlenderten weiter dem Strand entlang. Die Sonne tauchte langsam am Horizont in die Tiefe des Meeres, als Rahel stehen blieb und aufgeregt auf eine Gruppe Teenager zeigte.

«Schau mal, Tanja! Sie bauen eine riesige Sandburg», und deutete auf eine Gruppe Teenies in der Ferne.

Tanja sah in die angedeutete Richtung und lächelte. «Wow, die sieht wirklich imposant aus.»

Wie sie näher kamen, erkannten sie die Details der Sandburg. Einige der Teenager füllten Eimer mit Meerwasser, andere nutzten das Wasser, um eine stabile Mauer aus Sand zu formen.

«Ich erinnere mich daran, wie wir früher solche Burgen bauten.» Rahel schwelgte in Erinnerungen an die Urlaube an der Adria, damals mit Susi und den Eltern.

«Ja, mein Mann baute mit unseren beiden Jungs auch solche Meisterwerke.» Tanjas sah zu den Jugendlichen, die mit strahlenden Gesichtern und sandbedeckten Händen eine im-

posante Sandburg formten. Der Anblick weckte
in ihr eine sanfte Wehmut, wie sie den Eifer und
die Freude der jungen Baumeister beobachtete.

Wieder zurück im Hotel, verabschiedeten sie sich
in ihre Zimmer, um später frisch geduscht an
der Bar. Denn auch heute beendete man den Tag
bei einem Schlummer-Drink. Beide bestellten
sich einen Campari. Wie der Kellner diese servierte, sah Rahel erstaunt auf ihre Bestellung.
Neben ihrem Glas lag ein Schoko-Marienkäfer.
Darunter entdeckte sie einen Zettel.
Sie erkannte in sorgfälltiger Hand-Schrift eine
Nachricht. «*Darf ich dich morgen zum Essen einladen? 20:00 Uhr bei der Rezeption? Gruß Alex.*»

Verunsichert sah Rahel sich im Lokal um. Wie
ihr Blick die Bar streifte, erblickte sie einen der
zwei vom Strand. Er hob sein Glas in ihre Richtung, bevor er es an seinen Mund führte. Der
Campari schien von ihm spendiert. Nickend erwiderte sie seinen Gruß. Ohne zu wissen, was
da auf sie zukommen würde, entschied sie,
einen Abend mit ihm zu verbringen. Sie war im
Urlaub und sah nicht ein, warum sie sich diese
Abwechslung nicht gönnen sollte.

*

Aufgeregt betrat sie tags darauf, kurz vor 20:00 Uhr den Fahrstuhl. Ja, sie war verunsichert. Tat sie das Richtige? Rahel erkannte Alex beim Empfang. Sie räusperte und wischte über ihr Kleid und näherte sich, scheu lächelnd der Rezeption.

«Hallo. – Alex? – Ich hoff, du wartest nicht schon lange?» Sie streckte ihm ihre Hand entgegen.

«Hallo hübsche Frau», ohne Nachfrage legte er seine Hand um ihre Taille und begrüßte die verwirrte Rahel mit einem Kuss auf ihre Wangen. Im Reflex trat sie einen Schritt zurück.

«Na, wohin gehen wir?» Lenkte Sie hastig ab. Alex rückte seine Brille zurecht und räusperte kurz.

«Wenn du einverstanden bist, gehen wir ins Lokal auf dem Platz unten am Ende der Straße. – Was meinst du?» Er hielt ihr seine Hand entgegen. Lachend legte sie ihre darauf. – Das Eis war gebrochen!

Sie flanierten an den Souvenir-Shops und den Bars vorbei. Beim Lokal, welches Alex erwähnte, blieb er stehen und wies mit seiner Rechten auf einen freien Tisch.

«Bitte schön», ganz Gentleman schob er den einen Stuhl zurück und bat Rahel, sich zu setzen. Diese schmunzelte und nahm dankend Platz.

«Dann lass uns mal sehen was es hier leckeres zu essen gibt.» Alex reichte ihr eine der Speisekarten, bevor er nach der zweiten griff und diese studierte. «Wie sieht's aus, auch einen Apéro davor?»

«Gerne, ja mir auch einen.» Der Kellner notierte flink die Menü-Wahl seiner neuen Gäste und verschwand lächelnd Richtung Küche. Ein Barkeeper servierte die Apéros.

Bald platzierte der Kellner einen Topf, gefüllt mit Paella, auf die Wärmeplatte in der Mitte des Tischs. Geschickt füllte er die Teller seiner Gäste und entfernte sich mit einem «Buen apetito» grinsend zurück in die Küche.

«Lass es dir schmecken.» Alex schob sich genüsslich die mit Reis und einer Muschel gefüllte Gabel in den Mund.

«Lange her seit ich das gegessen habe», Rahel schöpfte sich lächelnd vom Topf.

Alex ließ es sich nicht nehmen und füllte sich kurz später eine zweite Portion. Rahel lachte, rieb ihren Bauch und verneinte seine Frage.

«Ui, nein! Ich hab schon mit diesem Teller Mühe. Soll nicht heißen, dass es nicht schmeckt. – Echt lecker!»

Wie beide satt waren, winkte Alex dem Kellner. Dieser legte die Rechnung auf einem Schälchen auf den Tisch. Dankend nahm er das Kompliment über das gelungene Essen entgegen und entfernte sich mit Topf und Essgeschirr Richtung Küche. Alex legte das geschuldete Geld plus Trinkgeld auf den kleinen Teller.

«Na was meinst du? – Ein Verdauungs-Spaziergang?»

Nach Rahels Zustimmung bummelten sie gemeinsam zum Strand. Dort ließen sie bei einem Bummel auf dem Sand, den Tag ausklingen. Beide sassen stumm auf einer Bank und sahen über das Meer. Beobachteten die untergehende Sonne.

Bis Alex sich erstaunt bei ihr erkundigte, warum sie ohne Begleitung im Urlaub sei. Denn seiner Meinung nach, sollte eine hübsche Lady wie sie, nicht alleine auf Reisen gehen.

«Naja, ich brauchte dringend Abstand von allem. – War eine krasse Zeit. – Will jedoch nicht weiter darüber sprechen. OK?»

«Oh, klar doch! – Sorry wenn ich Wunden aufgekratzt haben sollte. War nicht meine Absicht. – Hey wir sind im Urlaub und nicht hier, um Probleme zu wälzen. – Geht mir übrigens ähnlich. – Lust auf einen Absacker im Hotel?» Mit einem Augenzwinkern bot er Rahel seine Hand. Ohne Bedenken ergriff sie diese und begleitete Alex zum Hotel zurück. An der Bar genehmigten sie sich einen Schlummertrunk, bevor sich beide einig waren, den Tag nun zu beenden.

Tagsüber genoss Rahel auf einem Liegestuhl beim Pool die Sonne. Oder ließ sich auf dem Rücken liegend, amüsiert von den Wellen im Meer treiben, um wieder zum Strand zurückzuschwimmen. Am Platz zurück, holte sie ihre Lektüre aus der Tasche und legte sich auf die Liege.

Am Abend genoss sie gemeinsam mit Tanja das Essen. Ihr blieb es nicht verborgen, wie Rahels Augen strahlten.

«Na», Tanja kniff entzückt die Augen zu, «wie es scheint, hast du eine prima Bekanntschaft gemacht. Wenn ich dich so strahlen seh.»

Rahel räusperte und trank aus ihrem Glas. Scheu lächelnd stellte sie es auf den Tisch.

«Ja, wir verstehen uns ganz gut. Ein netter Typ.» Wieder kam dieses Gefühl in ihr auf, welches sie nicht wünschte. «Ganz symphatisch, aber nein. – Er ist ein Bekannter hier im Urlaub. Nichts weiter.»

«Süss», die Rentnerin prostete ihr amüsiert zu, «ein Urlaubsflirt! Genieß es aber trotzdem.» Mit Schalk in den Augen zwinkerte sie Rahel zu.

«Na, jetzt genieß ich erst mal das herrliche Essen», sie war dankbar, brachte der Kellner die Speisen an den Tisch. War es der Hunger, warum sie heute ohne viel Worte ass? Oder die Einsicht, ihren Vorsatz für diesen Urlaub gebrochen zu haben?

Tanja ließ es dabei bleiben und erwähnte dieses Thema nicht mehr. Stattdessen lenkte sie das Gespräch auf das, was sie mit den anderen Damen unternommen hatte. Rahel nickte ab und zu. Hatte jedoch Mühe zuzuhören. Ihre Gedanken kreisten eher um heute Abend und Alex. Ebenso erinnerte Sie sich an zu Hause und was Sie hier in Erfahrung zu bringen wünschte.

«Rahel, ich wollte dir kein schlechtes Gewissen einreden! Verzeih mir, wenn ich mich unangebracht ausdrückt habe. Es ist nicht mein Recht, mich einzumischen», meinte Tanja verlegen. «Du bist im Urlaub. – Genieß ihn. Der heimische Stress soll bleiben, wo er ist. – So und jetzt sollte ich langsam los, treff mich noch mit den anderen Frauen.»

Rahel wischte sich mit der Serviette über den Mund, bevor auch sie aufstand. Dies nutzte Tanja, um sie freundschaftlich in die Arme zu schließen.

«Lass dir jetzt aber durch mein doofes Geschwafel deinen Abend nicht vermiesen, ok?»

«Nein, werde ich nicht», meinte Rahel amüsiert, «Tschüss Tanja und bis morgen.»

*

Vor dem Spiegel betrachtete Rahel ihren verunsicherten Blick. Wie würde sie sich verhalten? Die Ungewissheit nagte an ihr.

War es richtig, mit Alex auszugehen? Sie spielte die möglichen Szenarien in ihrem Kopf durch. Was, wenn sie ihn versetzte? Wie würde er reagieren?

Zweifel breite sich in ihr aus, wie sie die Vorstellung gedanklich durchspielte. Sie wünschte sich, diese ließen sich genauso mit der Dusche wegspülen wie der Sand auf ihrer Haut. Mit einem tiefen Seufzer trat sie unter den erfrischenden Wasserstrahl. Das Wasser floss über ihren angespannten Körper. Die klaren Tropfen vermischten sich mit ihren Gedanken, und für einen Moment schien sie alles zu vergessen.

Nachdem sie das Wasser abgedreht hatte, umhüllte sie sich mit einem flauschigen Handtuch und trat aus der Dusche. Im Spiegel vor ihr erkannte Rahel das stumme Flehen nach einer Antwort. Ohne zu wissen, ob es die richtige Entscheidung war, bereitete sie sich auf einen Abend mit Alex vor.

Zur vereinbarten Zeit schloss Rahel, mit einem tiefen Seufzer, die Zimmertür und ließ den Schlüssel in ihre Handtasche gleiten. Sie entschied sich, den Abend wie die vorangehenden zu genießen. Warum auch nicht? Es gab keinen

Grund, besorgt zu sein. Mit festen Schritt trat sie aus dem Aufzug und vernichtete ihre wirren Gedanken mit einem kurzen Räuspern.

Alex nippte an einem Drink, wie sie zu ihm an die Theke trat.

«Hallo hübsche Lady», er erhob sich und begrüßte Rahel wie gewohnt mit einem Kuss auf jede Wange, «Auch gerne noch was kühles?»

Nachdem Rahel dem Kellner hinter dem Tresen ihre Bestellung bekannt gab, setzte sie sich auf den Barhocker neben Alex. Er schlug vor, heute das Tanzparkett zu erobern, da er sich wünschte, die restliche Zeit mit Tanzen zu verbringen.

Das sanfte Licht der Bar versetzte die beiden in vertraute Stimmung. Rahel stellte ihr leeres Glas neben das von Alex. Er legte das Geld für die Drinks samt großzügigem Trinkgeld daneben und verabschiedete sich vom Kellner, der mit einem dankbaren Nicken reagierte.

Im Dancing entschieden sie sich, gleich zur Tanzfläche zu gehen. Mit gekonnten Schritten bewegten sie sich nach den Rhythmen der Band. Wie ein langsamer Song angekündigt wurde, legte Rahel den Kopf auf Alex's Brust. Ihn störte das nicht. Nein er streifte mit der Hand über ihr Haar und wiegte sie zur Melodie. Beide genossen die Klänge der Musik.

Wie Rahel nach einigen Minuten aufschaute, drückte er sanft seine Lippen auf ihre. Darauf nicht vorbereitet, stieß Rahel ihn erschrocken von sich. Sekunden standen beide stumm da. Sie begriff nicht, was grade geschah. Alex war von sich selbst verwundert.

«Verzeih mir! Ich hatte schon die ganzen Tage das Bedürfnis dazu», er legte seine Hand auf Rahels Schulter. Sie konnte im Moment weder antworten, noch sich von der Tanzfläche entfernen. Sie räusperte und strich sich übers Haar.

«Ich glaube es ist besser, ich verabschiede mich für heute. Es ist eh schon spät. Tschüss Alex» verwirrt verließ Rahel das Lokal, Alex sah ihr regungslos nach.

*

Lange lag Rahel mit verworrenen Gedanken im Bett. Wieder und wieder die Szene von vorhin vor Augen. Wälzte sich von einer auf die andere Seite. Nach einer Stunde erfolglosem Versuch, stand sie erschöpft auf und holte sich ein Glas Wasser. Schweigend trat sie zum Fenster. Am Glas nippend schaute sie in die dunkle Nacht hinaus. Chaotische Gedanken spukten in ihrem Kopf. Das war das Letzte, was sie brauchte!

«Mädchen, was machst du da! Komm zur Besinnung», kopfschüttelnd stellte sie das leere Glas auf den Tisch und legte sich zurück ins Bett.

Dieser Vorfall wurde von beiden in den restlichen Tagen nicht wieder erwähnt. Der Urlaub verging schnell. – Zu schnell nach Rahels Meinung. Sie bereute es, nur diese eine Woche gebucht zu haben. Wusste jedoch, dass es Zeit war, zurück zukehren. Am Abend vor ihrem Rückflug lud Alex sie erneut ins Lokal am Strand ein. Obwohl sie erst nicht zustimmen wollte, lachten sie und amüsierten sich. Genossen Steaks vom Grill mit leckerem Salat. Alex entschuldigte sich wiederholt bei Rahel für sein Verhalten im Dancing. Sie winkte hastig ab und meinte, dass sie die Sache bereits vergessen habe.

«Dann genießen wir den Abend als ‹gute Freunde› ok?» Alex hob sein Weinglas und prostete Rahel zu.

«Gute Idee. Zum Wohl und danke für die tolle Zeit. – Echt!»

Gemeinsam hielt man Rückschau auf die vergangenen Tage. Alex war in der erfreulichen Lage, eine weitere Woche mit seinem Bruder auf der Insel zu verbringen.

Rahel vergnügte sich an ihre kurzfristige Auszeit. Sie schweifte nur die ersten Tage mit ihren Gedanken zu Chris und Daniel oder den Problemen mit Oliver ab. Dies schaffte sie dank Tanjas

Gesellschaft. Genauso trug die gemeinsame Zeit mit Alex bei. Ja, sie genoss die Abende mit ihm, wie man am Strand den Sonnenuntergang beobachtete, schweigend durch die Straßen flanieren und dabei Soft-Ice leckte. Die Tage beendete sie oft an der Hotel-Bar, wo Tanja oder Alex mit ihr den Tag ausklingen ließen.

Heute begleitete er sie zu Rahels Zimmer und wünschte ihr eine angenehme Heimreise. Sanft drückte er ihr Küsse auf ihre Wangen. Schmunzelnd bestand Alex darauf, weiter in Kontakt zu bleiben. Darum legte er einen Zettel mit seiner Handy-Nummer in Rahels Hand.

«Tschüss, Alex. Danke nochmals für die tolle Woche. Und genieß deine zweite nun noch mit deinem Bruder. – Er wird erfreut sein, geh ich jetzt nach Hause.» Amüsiert reichte Alex ihr die Hand und zwinkerte ihr lachend zu.

Im Zimmer zurück, packte Rahel ihren Koffer und legte Kleider für den morgigen Flug bereit. Sie bemerkte eine Nervosität.

Diese Nacht träumte sie von der Hochzeit. Gemeinsam mit ihrem Bräutigam stand sie in einer mit Blumen geschmückten Kirche vor dem Priester. Wie sie ihrem Auserwählten in die Augen sehen wollte, riss ein Hupen vor dem Hotel eine verstörte Rahel aus dem Schlaf.

Müde stieg sie aus dem Bett und beugte sich

aus dem Fenster. Ein spärlich gekleideter Dreikäsehoch verschwand um die nächste Häuserecke. Der Autolenker ließ den Motor seines Wagens wieder aufheulen und fuhr, mit einer Hand
fuchtelnd weiter die Straße entlang.

«Oh schon 07:00 Uhr! – Na dann auf geht's!»
Rahel spülte die Müdigkeit dank der kühlen
Dusche vom Körper und schlüpfte später in das
Sommerkleid, welches sie sich auf dem Markt,
den sie mit Tanja besuchte, gekauft hatte. Später
traf sie sich zum letzten Mal im gemütlich aus-
gestatteten Speisesaal.

«Werde das leckere Frühstück vermissen»,
Rahel biss in ein backfrisches Brötchen. Tanja
schmunzelte und führte die Tasse an den Mund.

«Ich seh schon, dass ich mit einigen Pfunden
mehr aus dem Urlaub nachhause gehe.» Bestätigte ihr die Rentnerin

«Gut habe ich keine Waage zuhause», Rahel
trank ihre Tasse leer und faltete die Serviette zusammen. «Na dann, ich sollte mal los.» Beide er-
hoben sich vom Tisch und traten zur Eingangshalle.

«Dann wünsch ich dir noch einen prima Rest-
urlaub. Geniess es auch noch für mich.» Rahel
legte ihre Arme um die ältere Frau. Tanja bedankte sich für die Zeit, die sie gemeinsam verbrachten.

«Versprich mir, dass Du Dich mal bei mir meldest. Ja? Und komm doch mit deinem Freund einmal bei mir vorbei. Wenn ihr mögt, gerne übers Wochenende. Habe ja genügend Platz in dem großen Haus.» Den letzten Satz sprach sie leicht geknickt. Denn, wie sie Rahel in der Woche wissen ließ, sei das Haus für sie alleine zu geräumig. Doch sie schaffe es nicht, sich davon trennen.

«Ja», versicherte ihr Rahel, «das werden wir bestimmt. – So nun sollte ich aber das Gepäck holen.» Sie verabschiedete sich nochmals herzlich von Tanja. Im Zimmer hob sie den Koffer auf das Tischchen neben dem Wandspiegel. Von dort lächelte ihr eine ausgeglichen Frau entgegen.

‹Was er wohl sagen wird, wenn ich wieder zurück bin? – Was soll nur mit Dir geschehen. Ich wollte Dich bestimmt nicht enttäuschen. Oh nein, einer von beiden wird mich hassen. – Liebling ich komme! Zufrieden und verunsichert zugleich schmunzelte sie dem Spiegelbild zu. Da Zeit blieb, bis der Bus sie zum Flughafen brachte, verstaute sie das Gepäck in dem Raum wo auch die anderen Abreisenden die Koffer einstellten.

Mit Wehmut schlenderte Rahel nochmals durch die Gassen. In einem der zahlreichen Souvenir-Shops besorgte sie Mitbringsel für ihre Eltern. Ein spezielles sollte es für ihren Auserwählten sein.

‹Oh, ich muss mich beeilen, wenn ich den Bus nicht verpassen will!› Hastig legte Rahel das Geld auf die Ablage, verließ das Geschäft mit der Tragetasche in der Hand und eilte zurück zum Hotel. Mit Schrecken erkannte sie eine größere Anzahl Touristen, die den Reise-Bus bestiegen. Deshalb rannte sie das letzte Stück über die Straße, wo sie beinahe einen Radfahrer rammte. Dieser sprang fluchend vom Sattel. Rahel trat unbeirrt zum Chauffeur, der sich neben seinem Gefährt mit einigen Mitreisenden unterhielt. Beschämt bat sie ihn, auf sie zu warten. Der Fahrer lächelte sie beruhigend an und versicherte, dass genügend Zeit blieb.

«So, und jetzt nur noch nachhause.» Aufgeregt sah Rahel auf die Häuser, die zu Punkten schrumpften. Die endlose Sicht lenkten ihre Gedanken auf die nahe Zukunft, die hier oben schwebt.

‹Wenn ich das nächste Mal fliege, wird hoffentlich der Grund unsere Flitterwochen sein. – Bestimmt freust du dich über meinen Entschluss.› – «Wann sind wir denn nur endlich zu Hause?!» Eine Stewardess, die den Passagieren rechts und links Kaffee in die Tassen nachfüllte, wandte sich zu Rahel.

«Keine Angst, wird nicht mehr lange dauern. – Wie wär's? Noch einen Kaffee? – Vielleicht ein Stück Kuchen dazu?» Zum Kaffee blätterte Rahel in der Zeitschrift, welche sie sich beim Flughafen-Kiosk besorgte. Nebenbei entspannte sie sich mit Musik aus dem Walkman. Die Zeit verstrich unbemerkt. Eine der Stewardessen forderte die Passagiere auf, sich anzuschnallen. Rahel sah erstaunt auf die Uhr.

*

«... sie hatten einen angenehmen Flug und wir dürfen Sie bald wieder bei uns an Bord willkommen heißen.»

Rahel folgte der Aufforderung und schloss die Gurtschnalle. Gespannt wandte sie ihren Blick dem runden Fenster zu. Der gewaltige Vogel setzte wenig später geschickt auf dem Boden auf. Zum Zeichen der Wertschätzung klatschten die Passagiere zum Danke für die Crew, wie die Maschine still stand.

Mit Vorfreude auf die Heimkehr stellte Rahel ihren Koffer auf die Ablage, hinter der ein Zöllner wartete. Der Beamte verschloss das Gepäck nach gründlicher Durchsicht. Hilfsbereit hob er den Koffer auf den Roller neben Rahel.

«Alles Ok. – Gute Heimreise.»

Nach einem scheuen «Danke und schönen Tag noch.» Wandte sich Rahel erleichtert ab. Über die Rolltreppe erreichte sie die unterirdische Bahnstation. Sie hatte Glück, denn Minuten später bestieg sie die Bahn, welche sie nach Hause brachte.

Sie hatte keine Lust, mit jemandem zu reden. Darum suchte sie sich erschöpft eine freie Bank und lehnte ihre Stirn gegen das Fenster. Um sich zu entspannen, schloss sie ihre Augen. Gedanken an die Kanaren tauchten auf. Die Sonne, der Strand, die Freiheit und an ihren, wie es Tanja ausdrückte ‹Urlaubsflirt›. Verwirrt schreckte sie auf. Mit dem Entschluss, alle Erinnerung an Alex zu vergessen, trank sie die Büchse mit Eistee leer. Erneutes seufzte. Rahel wusste, dass es erforderlich war, sowie Chris wie Daniel gegenüberzutreten. Sie hatte Angst, wie sie reagieren werden. Hatte Sie doch beide verletzt.

Kapitel 13

‹Tja, da bin ich wieder.› Tief ein- und ausatmend sah sie Gedanken verloren aus dem Zugfenster. Die Gebäude und Landschaft, die an ihr vorbeizogen, beachtete sie nicht. Was wartet auf sie zu Hause? Angespannt verzehrte sie den Schokoriegel, den sie aus ihrer Reisetasche holte.

Verwirrt wie sie in Kloten in die Bahn stieg, verließ sie im heimischen Bahnhof diese. Widerwillig trat sie zu einem der Taxis auf dem Bahnhofsplatz. Auf der Rückbank sitzend, gab sie mit erschöpftem Lächeln dem Fahrer die Adresse der Zahnarztpraxis bekannt. Sie wünschte, es hinter sich zu bringen. – Und sie hatte den Wunsch, ihren Prinzen wieder zu sehen.

Abwesend sah sie aus dem Fenster. Der Motor heulte auf und steuerte gleich in den Verkehr ein.

«Na, waren Sie im Urlaub? – An ihrer Bräune im Gesicht?» Der Fahrer grinste in den Rückspiegel.

«Ja, war ich», entgegnete Rahel und kramte in ihrer Tasche.

«OK», murmelte der Mann hinter dem Steuer.

Er merkte, dass ein Gespräch nicht erwünscht
war. Darum konzentrierte er sich auf die Fahrbahn und lauschte der Musik aus dem Radio.
Rahel sah abwesend aus dem Fenster. Unver-
sehens stoppte das Taxi bald am Ziel.

«So, da sind wir.» nach einer kurzen Fahrt
parkte er sein Taxi auf dem Platz. Rahel reichte
ihm dankend das nötige Geld und stieg aus.
Flink trat der Fahrer zum Kofferraum und hob
ihr Gepäck heraus.

«Noch einen schönen Tag wünsch ich», Rahel
griff nach ihrem Reisegepäck und nickte dem
Fahrer zu.

«Wünsch ich ihnen ebenso.» Wieder hinter
dem Steuer grinste er ihr durchs offene Auto-
fenster zu. «Tschüss.»

Mit jedem Schritt scheint ihre Nervosität zu
wachsen. Wie sie den Türgriff in der Hand
hielt, zögert sie. Ihre Gedanken rasten. Was es
die richtige Entscheidung? Für einen Moment
bleibt sie stehen, atmet tief durch und sammelt
ihren Mut. Langsam öffnet sie die Haustür und
trat ein. Bereit, sich Chris und Daniel zu stellen
und über ihren Entschluss zu sprechen.

«Na dann», sie atmete tief ein, ihr Herz schlug
schneller und schneller. Zum wiederholten Mal
zupfte sie ihre Haare zurecht und strich über ihr
Kleid. Angespannt betrat sie die Praxis.

Regina, die hinter der Theke Schreib-Arbeiten erledigte, sprang sofort auf um sie in die Arme zu schließen.

«Ach, Rahel! – Ich freu mich so, du bist wieder daheim! – Chris wird über Deine Rückkehr begeistert sein», Chris' Schwester trat einen Schritt zurück und sah mit festem Blick zu Rahel. «Du bist doch wegen ihm hier, oder?»

Durch die Stimmen aufmerksam geworden, schritt Clara aus dem Büro und begrüßte Rahel voll Freude. Sie eilte zu ihr und schloss sie in ihre Arme.

«Schön bist du wieder hier, Rahel. Wie geht's dir? Wo warst du?»

Rahel löste sich behutsam von der Umarmung und sah zu Regina.

«Wo ist Daniel?» Mit festem Blick wartete sie auf die Antwort. Regina räusperte kurz.

«Na, weißt du, das war so ... » Sie erzählte von der unüberhörbaren Aussprache der zwei Rivalen im Büro ihres Bruders. Und davon, dass Daniel Tage später die Praxis mit all seinen persönlichen Sachen mit unbekanntem Ziel verlassen habe. «... Ach, Du kannst Dir nicht vorstellen, wie Chris sich freuen wird, Dich zu sehen! – Na, worauf wartest du? – Geh schon zu ihm! – Er hat keine Termine mehr für heute.»

Rahel schauderte, wie sie sich die Szene vorzustellen versuchte. Bestürzt griff sie nach Reginas Arm und sah besorgt zu Chris's Büro.

«Wie geht's ihm denn?»

«Naja», Regina drehte den Stift in ihrer Hand. «Auf jeden Fall besser als an jenem Tag. – War schrecklich die zwei zu hören. Und das mit vollem Wartezimmer! – Aber hey, geh schon zu ihm!» Entzückt gab sie Rahel einen Stups.

Angespannt schritt sie den Flur entlang zu seinem Büro. Unverhofft öffnete sich die Tür und Chris sah fragend Richtung Empfang.

«Gibts noch ein Notf ... ?» Bevor Rahel die Möglichkeit hatte, etwas zu sagen, schloss Chris sie sanft in die Arme und schenkte ihr zur Begrüßung einen innigen Kuss.

«Hey, warum hast du nicht Bescheid gegeben, ich hätte dich am Flughafen abgeholt.- Wie ich mich freue! – Schön bist du wieder hier mein Engel!» Langsam führte Chris Rahel in sein Büro und stieß die Tür hinter sich zu. Was folgte, blieb für die Anwesenden ein Geheimnis.

Regina und die Auszubildende sorgten gemeinsam dafür, dass die Praxis am Ende des Tages gereinigt war. Chris' Schwester arrangierte die Stühle im Warteraum ordentlich an die Wand oder um den Tisch in der Mitte. Clara kümmerte sich darum, die Zeitschriften zurück ins Regal einzuordnen. Hörten sie ein Lachen aus dem Büro, warfen sie sich schmunzelnd Blicke zu. Wie alle Arbeiten beendet waren, verliessen die zwei, ohne sich von Chris und Rahel zu verabschieden, diskret die Praxis.

*

Es war weit nach Mitternacht, wie Chris und Rahel nach Hause fuhren.

Die Eltern lagen längst im Bett. Daher schlichen beide in Rahels Zimmer, wo sie bald von der gemeinsamen Zukunft träumten. Chris wachte später nochmals auf und lächelte zu seinem Engel. Sie schien in einen erfreulichen Traum vertieft zu sein, ja sie wirkte entspannt wie lange nicht mehr. Behutsam strich er ihr eine Haarsträhne aus dem Gesicht. Wie war er froh, sie wieder in seiner Nähe zu wissen. Rahel rieb sich die Nase. Chris stieg aus dem Bett. Langsam zog er die Decke über ihre Schulter, bevor er das Zimmer verließ, um in der Küche etwas zu trinken. Er saß schon einige Minuten am Küchentisch, wie sich die Tür öffnete.

«Ah, hier bist du? – Dachte schon, du hättest es dir anders überlegt.»

«Anders überlegt? – Aber ich doch nicht mein Engel.» Chris trat zu Rahel an die Tür, schloss sie

222

schweigend in seine Arme und küsste sie innig. Beide sassen mit einem Glas Mineralwasser am Tisch, bis Chris gähnend zur Tür zeigte.

«Na, kuscheln wir uns nochmals ins Bett? Hab keine Lust, um 04:00 Uhr schon aufzustehen.» Rahel rieb sich verschlafen die Augen, ergriff zustimmend seine ausgestreckte Hand und begleitete ihn zur Treppe. Dort hob Chris seinen Engel auf die Arme und brachte sie ins Zimmer zurück.

«Scheinbar gut gegessen auf den Kanaren, wie?» Neckisch grinsend legte er Rahel auf das Bett.

«Hey, gut bin ich wieder zuhause», sie stützte sich seitlich auf den Arm. «Wird Zeit dass man dir Manieren beibringt.» Chris konnte es nicht verkneifen und kitzelte Rahel lachend an der Seite. Strampelnd versuchte sie sich zu lösen. Kichernd schlang sie die Arme um ihren Prinzen und drückte ihm einen Kuss auf seine Lippen.

«Pssst leise mein Süsser.»

«So lass ich mir den Mund gern verbieten.» Nach einem weiteren Kuss lagen beide entspannt unter der Decke. «Träum was schönes.»

«Ja, von der letzten Woche», Rahel drehte sich lachend zur Seite.

«Hexe»,Chris kniff sie amüsiert in die Wange. Gemeinsam sanken sie ins Traumland ein und erwachten erst, wie die Sonne bereits Stunden vom Himmel strahlte.

Die Eltern begrüßten ihre jüngere Tochter, die mit Chris in die Küche trat, mit grosser Freude.

«Hallo Kleines», Frau Seiler schloss Rahel vergnügt in die Arme. «Seit wann bist du denn wieder hier? – Ich freu mich so. – Wie ich sehe gehts dir wieder gut. Wie wars so alleine? – Wo warst du nun denn überhaupt?»

Rahel wurde mit Fragen überhäuft. Ob ihr diese Auszeit das brachte, was sie sich erhoffte. – Ob sie sich entschieden habe. – Ob es passend war, alleine dort zu sein. Ihre Eltern wünschten Antworten. Wollten wissen, wie es weitergeht. Ihre Mutter war erleichtert und aufgeregt zugleich.

«Die Woche habe ich auf den Kanaren verbracht. – Es war herrlich. Genau das, was ich brauchte.»

«Aber war's nicht langweilig so alleine? – Was hast du denn den ganzen Tag gemacht? – Bestimmt am Strand die Sonne genossen wie?» Chris legte den Arm um seine Liebste und drückte ihr einen Kuss auf die Wange.

«Ich war nicht alleine.» Reflexartig zog Chris den Arm zurück. Sie hatte ihm von der Woche erzählt. Doch davon hörte er zum ersten Mal. Die Eltern sahen verstört auf ihre Tochter.

«Meine ‹Urlaubsbekanntschaft› war eine sympathische Rentnerin aus Luzern. Gemeinsam erkundeten wir die Umgebung. Auch genoss ich Zeit am Pool oder Strand. Zusammen suchten wir Souveniers in den verschiedenen Shops aus. – Übrigens, sie hat uns eingeladen. – Tanja wohnt direkt am See in einer Villa.» Rahel blieb ihrem Vorsatz treu, Alex nicht zu erwähnen.

Chris legte beruhigt seinen Arm um ihre Schulter und drückte ihr einen Kuss auf ihre Wange.

«Aber schön bin ich wieder zuhause. Hab euch vermisst! – Ah ja, Suveniers. Moment kurz.» Rahel erhob sich vom Stuhl und holte die Mitbringsel aus der Reisetasche.

Für Chris und ihren Vater brachte sie Honig-Rum mit. Eine getöpferte, handbemalte Vase wählte sie für ihre Mutter. Alle drei waren über diese Aufmerksamkeit begeistert. Das Familienoberhaupt ließ es sich nicht nehmen und holte Gläser aus dem Schrank im Wohnzimmer um sich und den anderen vom Honigrum einzugießen. Ihre Mutter stellte die von Kinderhand, mit bunten Blüten verzierte Vase auf das Buffet neben dem Tisch und betrachtete sie mit glänzenden Augen. «Faszinierend!» Erleichtert trat sie zu ihrer Tochter und drückte sie liebevoll, «Schön bist du gesund zurück. – Danke dir für das schöne Mitbringsel.» Frau Seiler bestaunte die kunstvoll handgefertigte Schale wieder und wieder. Rahel genoss es, zurück bei ihren Lieben zu sein.

«Vorzügliche Wahl! Danke dir Liebes. – Zum Wohl!» Herr Seiler trat mit zwei Gläser um den Tisch und reichte eins davon seiner Tochter. Chris, der sich aus seiner Flasche eingoss, setzte diese ab und schloss Rahel in die Arme.

«Danke mein Engel. Vorzüglich! – Schön bist du wieder hier», ohne auf die Eltern zu achten, küsste er sie zärtlich auf den Mund. Herr Seiler legte zufrieden den Arm um seine Frau. Beide strahlten entzückt zum jungen Paar.

Wie Ruhe einkehrte, holte Rahel ihr Handy aus der Tasche und zeigte die Fotos, welche sie über die ganze Woche knipste. Sie erzählte von Erlebnissen, die sie am Strand sowie Pool erlebte. Oder von gemeinsamen Unternehmungen mit Tanja.

«Das Frühstücksbuffet war echt vielseitig. Und das Essen am Abend war klasse», Rahel zeigte das Bild, das sie von ihrem gedeckten Tisch und dem reichhaltigen Buffet knipste, «das wär genau nach deinem Geschmack.» Chris lachte über diesen an ihn gerichteten Hinweis.

«Einmal war ich im Fitness-Center im Hotel. – Doch irgendwie war mir bei dem herrlichen Klima nicht nach ‹In-Door-Sport› zumute. Dafür hab ich einige Strecken im Pool oder im Meer geschwommen. – Hätte gerne zwei Wochen dort verbracht.» Sie bemerkte Chris' Blick. «Aber da war die Sehnsucht nach dir ...», glücklich drückte sie ihm einen zärtlichen Kuss auf seine Lippen. Alle amüsierten sich an Rahels Bemerkung.

«Da bin ich beruhigt,» grinsend strich er ihr über die Wange. Sie war zu Hause bei Chris. Und das fühlte sich richtig an.

*

Kaum in der Praxis stürzte sich Rahel wieder in die Arbeit. Doktor Keller erteilte ihr den Auftrag, einen Text für die Zeitung zu verfassen. Ihr Chef wünschte, dem Publikum *Die offizielle Übergabe der Zahnarzt-Praxis an Dr. Christian Keller*, auf diese Art bekannt gegeben. Fotos vom Team und ein Kurzbericht ergänzte ihr Schreiben an die Presse. Clara gestaltete nach Chris's Anweisung neue Info-Broschüren und brachte diese zur Post.

Rahel rief den Party-Dienst im Ort an, um Einzelheiten zum Fest zu besprechen. Einer der Aufträge setzte sie auf den Schluss ihrer ‹To-do-Liste›.

Ein letzter Schluck aus dem Glas, ein tiefer Seufzer. Nach kurzem Zögern griff sie zum Telefonhörer und tippte, die ihr vertraute Nummer ein. Wie oft wählte sie diese, um mit Oli-

ver Wichtiges zu klären. In den Wochen, bevor
sie sich trennten, war das die einzige Kontakt-
möglichkeit, die ihnen blieb. Eine ihr bekannte
weibliche Stimme meldete sich. Rahel begrüßte
sie kurz und berichtete ihr Anliegen.

«Hallo Rahel, klar gib mir die genauen Daten
und ich werde es weiterleiten. Ein freier Reporter wird sich dann bei euch melden. Er, plus ein
Fotograf wird dann zur gewünschten Zeit vor
Ort sein. – Na und sonst, wie gehts dir denn
so? – Lange nichts mehr gehört.»

Rahel befürchtete, dass diese Frage kommen
würde. Da sie dieses Thema beendet sah, wich
sie aus.

«Danke, mir gehts gut soweit. – Stress bei der
Arbeit, aber was solls? Ist ok. – Sorry aber ich
sollte weitermachen. Danke dir. – Tschüss.»

Wie sie erkannte, hatte sie alles Wichtige erledigt. Darum erlaubte sie sich, eine Pause einzulegen. Wie sie in Gedanken vor der Espresso-
Maschine auf den Kaffee wartete, betrat Chris
den Raum.

«Prima Idee. – Den brauche ich auch grade.»
Entspannt trat er zu Rahel.

«Na, auch Zeit für eine Pause? – Hier nimm
glich diese Tasse.» Sie holte eine neue aus dem
Schrank und drückte erneut auf die Taste der
Esspresso-Maschine.

«Ja, wir haben es geschafft. Der nächste kommt etwas später. – Und du? Konntest du schon einiges von der Liste streichen?»

Rahel nippte kurz an ihrer Tasse, bevor sie die Frage mit einem erleichterten «Ja. Doch. Soweit alles erledigt», beantwortete. Chris schmunzelte und strich seiner Liebsten sanft über die Wange.

«Nach dem großen ‹Trara› wird's dann wieder ruhiger. – Versprochen.»

Am Tisch sitzend, genossen beide die kurze Pause, bevor man die letzten zwei Stunden mit neuem Elan anpackte. Sie schwelgten in Vorfreude an die gemeinsame Zukunft. Denn jetzt wo Rahel sich für Chris entschieden hatte, stand diesem Entschluss nichts mehr im Wege.

*

«... und so wünsche ich nun meinem Neffen und seinem Team eine erfolgreiche Zukunft. – Mit einem lächelnden und einem weinenden Auge übergebe ich dir, Christian, nun den Praxis-Schlüssel als Zeichen der offiziellen Übergabe.» Doktor Keller wandte sich vor den geladenen Gästen dem Neffen zu. Legte seinen Arm um Chris' Schulter. Seine Augen glänzten, wie er feierlich den Schlüssel überreichte. Ein Lächeln huschte über sein Gesicht. Seine Stimme zitterte. Der beauftragte Fotograf knipste jede Bewegung, die er von dem abtretenden Zahnarzt, dessen Nachfolger und dem Rest des Praxis-Teams vor die Linse brachte.

«... Christian, ich wünsch dir eine prima Zeit mit DEINER Praxis. – Jetzt genug geredet. – Lasst uns auf einen guten Start von Doktor Christian Keller anstoßen.» Die linke Hand auf Chris' Schulter, hob sein Onkel das Weinglas und prostete ihm und den geladenen Gästen zu.

«Bevor sich die Meute auf dich stürzt und ich dich nicht mehr zu Gesicht bekomme, möchte auch ich noch mit dir anstoßen.» Rahel stellte sich Chris, der von der speziell für diesen Anlass aufgebauten Bühne heruntertrat, in den Weg. Er schloss seinen Engel freudestrahlend in die Arme.

«Ich hoffe, dass mit der Praxis dein innigster Wunsch in Erfüllung gegangen ist und du hier wieder glücklich wirst. – Zum Wohl mein Liebling.»

«Mein größter Wunsch wird sich in einigen Monaten erfüllen. Wenn ich mit meinem Engel vor dem Priester stehe!» Lächelnd ließ er sein Glas erneut an ihrem erklingen. Vom Tisch zwei Reihen entfernt rief Doktor Keller Chris zu sich, um ihn seinen Tischgenossen vorzustellen.

«Tja, dann stürze ich mich mal hinein in meine Pflichten. – Bis später mein Engel.» Spitzbübisch grinsend, wandte er sich ab.

«Es ist DEIN Tag. Genieß ihn.» Rahel entschied zu prüfen, ob alles nach Wunsch ablief.

Ihre Eltern waren in ein Gespräch mit anderen
Gästen vertieft. Mit einem Getränk setzte sie sich
später neben ihre Mutter. Chris eilte zwischen
den Wortwechseln mit Berufskollegen und der
Presse hin und her. Fand er eine Gelegenheit,
wandte er sich ihr zu, um einen nur von ihr erkennbaren Kuss durch die Luft zu schicken.
    Später kam er persönlich an den Tisch, um
nach dem Rechten zu sehen.
    «Es hat noch genügend auf dem Grill. Greift
zu. – Soll ich dir nochmals ein Getränk besorgen?»
    Rahels Mutter verneinte dankend Chris'
Frage. Der Nachmittag verlief nach seinen Vor-
stellungen. Herr Seiler setzte sich mit einem neu
gefüllten Weinglas an den Tisch zurück.

Wie Chris sich wieder seinen Pflichten widmete,
trat ein Reporter der Presse zu Rahel und bat
sie um Erlaubnis, sich zu ihr zu setzen. Ohne
Bedenken stimmte sie zu. Zuerst sprach man
über die Veranstaltung heute, sowie der neuen
alten Praxis.
    «... Sie waren ja bereits als Azubi in dieser Pra-
xis. Danach Dental-Assistentin bei Dr. Anton
Keller, der nun in den Ruhestand tritt», Minuten

später bereute sie ihren Entschluss. «... Wie denken Sie, wird die Arbeit mit dem neuen Zahnarzt, dem Neffen Doktor Kellers, werden? Wie ich vernahm, sind sie auch privat eng verbunden. Könnte das nicht zu Konflikten führen? – Was meint denn Ihr Ex-Freund Oliver Maurer, der im Moment in U-Haft steckt dazu? – Haben sie noch Kontakt zu ihm? Was wissen Sie über den Fall? Wurde auch an Sie Fragen gerichtet, welche den Fall betreffen?» Rahel sah erschrocken zum Reporter. Sie schaffte es nicht, zu antworten.

«Kann ich helfen», Chris stand unverhofft hinter Rahel, legte seine rechte Hand auf ihre Schulter und fixierte den Reporter mit starrem Blick.

«Verzeihung, ich wollte nur ... Ich wollte nur mit Frau Seiler über die Sache ‹Oliver Maurer› sprechen.» Stift und Notizblock fest im Griff, sah dieser zwischen Rahel und Chris hin und her.

«Ich glaube nicht, dass das Thema hier irgendwen interessiert. – Ich denke Sie gehen jetzt lieber?!» Chris ließ seinen Blick nicht vom ungebetenen Gast. Dieser räusperte sich hektisch, sprang auf und verließ, ohne zurückzublicken, das Gelände.

«Ob er den vermissen wird?» Rahel hob den Stift vom Boden. Chris setzte sich zu ihr. Beide beobachteten stumm, wie ein Fahrzeug davonbrauste.

«Da kam ich wohl grade zur rechten Zeit.» Schützend legte er seinen Arm um Rahel.

«Was war das denn für ein Clown?» Herr Seiler kehrte nach einigen Gespräch mit Freunden, gemeinsam mit seiner Gattin zum Tisch zurück.

«Nichts von Bedeutung. – Ich hol uns mal Kaffee und Kuchen, ja?» Chris zwinkerte zu Rahel und trat zum Dessert-Buffet zwei Tische weiter.

«Sah mir aber nicht ganz so aus! – Was war den nun?»

«Nur wieder einer der sich in Sachen mischt die ihn nix angehen», Rahel sah zu ihrer Mutter. «Ein ‹Zeitungs-Heini› der was wegen Oli wissen wollte. Zum Glück war Chris sofort da.»

«Hier mal Kaffe für alle», zufrieden stellte Chris kurz später ein Tablett auf den Tisch und servierte jedem eine Tasse. «Kuchen kommt auch gleich.» Schon wandte er sich ab. Rahels Mutter schmunzelte ihm hinterher.

«... Stimmts Mutti?» Rahel stupste die ältere Dame amüsiert in die Seite.

«Oh, ähm was meinst du Liebes?»

«Dass der Anlass prima läuft.» Rahel wusste, dass es ihrer Mutter eine Freude war, Chris bald als Schwiegersohn in der Familie willkommen zu heißen. Zufrieden drückte sie einen Kuss auf ihre Wange.

«Ja Liebes, Christian scheint die richtige Entscheidung getroffen zu haben. Ich freu mich für euch zwei.»

Sooft es Rahel und Chris möglich war, genossen sie gemeinsam Zeit auf der Tanzfläche. Bis Doktor Keller seinen Neffen zu sich rief, um ihn mit Berufskollegen bekannt zu machen.

«Chris, kannst du dich kurz zu uns setzen?» Lachend winkte er zum Tanzpaar, welches soeben von der Bühne herunterkam.

«Klar, bin gleich bei euch. – Tja mein Engel», den Arm um Rahels Taille gelegt verabschiedete er sich mit einem zärtlichen Kuss bei Rahel. «Bin bald wieder bei dir.»

«Wie gesagt», Rahel strich mit ihrer Hand über seine Wange, «Es ist dein Tag. Bis nachher.»

Chris gesellte sich zu seinem Onkel und den anderen Zahnärzten. Rahel kehrte zu ihren Eltern zurück und setzte sich neben Susi. Mit Freude erkannte sie, dass jeder das Fest genoss.

Kurz vor Mitternacht verabschiedeten sich beide müde von Doktor Keller und Rahels Eltern. Diese tranken vergnügt ein letztes Glas Wein.

«Für uns wirds Zeit, im Gegensatz zu dir», Chris klopfte seinem Onkel grinsend auf die Schulter, «müssen wir früh aus den Federn! – Genießt es noch, wir sind mal weg.» Gut gelaunt fuhren sie nach Hause, wo sie sich kurz später gemeinsam müde unter die Decke kuschelten.

«Dann träum was schönes mein Engel.» Chris küsste Rahel, die sich wohlig in seinen Arm schmiegte.

«Bestimmt! Nach diesem tollen Tag», mit geschlossenen Augen schmunzelte sie und sank bald in tiefen Schlaf.

Kapitel 14

Kaum eingeschlafen, ließ der Radiosprecher die beiden wissen, dass es Zeit zum Aufstehen war. Chris beugte sich über seine Braut und begrüßte sie zärtlich. Daraufhin zog er sich ins Badezimmer zurück. Rahel stieg in den Hausdress und betrat die Küche, wo sie ihre Eltern antraf. Ihr Vater sass mit einer Tasse Kaffe am Tisch und las in der Zeitung.

«Guten Morgen ihr zwei. Und steht was spannendes drin?» Sekunden später bereute sie diese Frage.

«Tja, wenn du das meinst was ich grade lese.» Stirnrunzelnd blieb sein Blick auf einen Artikel in der Zeitung gerichtet. «Da steht was über die Sache wegen Oliver drinn. Scheinbar hat der noch mehr auf dem Kerbholz als bis jetzt bekannt war.»

Rahel setzte sich ihrem Vater gegenüber. Er schob ihr die Zeitung entgegen und deutete auf den Bericht. Ohne Regung las sie die Zeilen.

«Scheinbar werden ihm weitere Delikte angehängt. – In Verbindung mit den gleichen

Typen», fasste Herr Seiler den Text in der Zeitung zusammen.

«Hmm», kam es von Rahel auf den Artikel konzentriert. «Guten Morgen Paul. Von was für Delikten sprichst du so früh am Tag schon?» Chris beugte sich zu Rahel und drückte ihr einen Kuss auf die Stirn. «Was liest du den da spannendes, Liebling?»

«Naja,- Oliver scheint da mehr drinn verwickelt zu sein als bisher vermutet.» Rahel schob Chris die Zeitung zu. «Hier, das scheint man noch abgeklärt zu haben.» Sie stand auf und ließ Kaffee in die Tasse fließen.

«Du kannst von Glück reden, hast du den Kontakt zu diesem Kerl beendet! – Wahnsinn wie der es schaffte, bis jetzt unerkannt zu bleiben. Versprich mir aber eins, mein Engel. Lass dich von der Sache nicht runterziehen. Das ist nicht dein Thema. Ok?» Rahel nickte stumm und reichte ihm die Tasse.

«Ich habe vor einiger Zeit beschlossen, dass er nicht mehr zu meinem Leben gehört. – Und das soll so bleiben.»

«Gut so», meinte Chris erleichtert und leerte die Tasse in einem Zug. «Jetzt sollten wir aber los, der Chef sollte an seinem ersten Arbeitstag nicht zu spät erscheinen.» Lachend verliessen beide das Haus in Richtung Praxis.

In den nächsten Wochen versuchte Rahel, nicht an die polizeilichen Recherchen zu denken. Sie wünschte, dass die Hochzeit der schönste Tag ihres Lebens sein würde. Bis dahin waren ihre Tage mit Arbeit gefüllt.

«So, Feierabend. – Lust mal wieder lecker essen zu gehen?» Chris trocknete sich die gereinigten Hände mit einem Frottee-Tuch, welches er durch den Schlitz neben dem Waschbecken schob.

«Tja, daraus wird wohl nix», Rahel sah stirnrunzelnd vom Schreibtisch auf. «Hab noch Bürokram zu erledigen. Wird bestimmt noch ein, zwei Stunden dauern. – Sorry.»

«Hm, dann werde ich wohl auch noch ins Büro verschwinden. Hier, kannst du sicher gebrauchen.» Chris stellte eine Tasse frischen Kaffee neben Rahels Laptop und legte sanft seine Hand auf ihre Schulter.

«Mach nicht mehr zu lange, ja?»

Rahel lächelte ihm dankbar zu und griff nach der Tasse. Trank einem kräftigen Schluck und stellte diese auf den Tisch zurück, um gleich wieder E-Mails zu beantworten und Rechnungen zu schreiben.

«Werd's versuchen.» Müde sah sie zu Chris. Dieser trat in sein Büro und ließ die Tür geöffnet. Denn so hatte er direkten Blick zu seinem Engel.

Zwei Stunden vergingen unbemerkt. Wie Rahel den letzten Brief in einen Umschlag schob und mit einer Marke versah, war es kurz vor 20.00 Uhr.

«Na, was meinst du, wollen wir nicht langsam nach Hause gehen?»

«Auf diese Frage gibt es nur eine Antwort!» Chris ergriff lächelnd seinen Autoschlüssel und sie verließen gemeinsam die Praxis.

«Bin froh, wenn's bald mal wieder ruhiger wird.» Rahel setzte sich ins Auto. Chris ließ den Motor aufheulen, um auf direktem Weg nach Hause zu fahren.

«Nach den Flitterwochen wird sich das ändern. Versprochen. Wir werden wieder eine Schreibkraft einstellen das ist sicher. – Sorry mein Liebes.» Chris legte seine Hand auf Rahels Oberschenkel.

«Flitterwochen. Wooow», sie sah aus dem Fenster, «Kommt mir alles noch wie ein Traum vor! Aber ja, er wird war werden.» Beide versanken in Gedanken an IHREN Tag, bis Chris den Wagen vor dem Haus parkte.

*

«Oh Liebes du siehts traumhaft aus!» Rahels Mutter trat freudestrahlend zu ihren Töchtern. Diese stylten sich für den großen Tag. Susanne zupfte sorgfältig Rahels Haar zurecht und sprayte mit Haarspray darüber. Zum Schluss half sie ihr beim Anziehen des Brautkleides. Wie Rahel vor den Spiegel trat, herrschte Ruhe im Zimmer. Frau Seiler sah mit feuchten Augen auf ihre jüngere Tochter. Susanne fasste überwältigt nach der Hand ihrer Mutter.

«Wooow, Mutti hat recht. Du siehst aus wie eine Prinzessin. Ein bezauberndes Kleid. – Bin auf Chris' Reaktion gespannt.» Zum Abschluss befestigte Susanne den hüftlangen Schleier mit Spangen behutsam in Rahels Haar. Es klopfte an der Tür. Frau Seiler öffnete einen Spalt und erkannte ihren Gatten grinsend davor.

«Und, wie steht's? Seid ihr soweit?» Um die Spannung nicht zu durchbrechen, trat sie aus dem Zimmer.

«Ja, sie sind gleich fertig. – Och Paul, unser Baby sieht bezaubernd aus. Ich bin so glücklich.» Herr Seiler schloss seine Frau sanft in die Arme.

«Das wundert mich nicht, mein Liebling. – Ich fahr mit Tom, und den anderen dann mal los. Bis gleich in der Kirche.» Er umarmte seine Frau und strahlte vor Freude. «Die Brautmutter sieht übrigens auch bezaubernd aus.»

Nach einem letzten Kuss stieg er die Treppe hinunter. Die Tür zu Rahels Zimmer öffnete sich und Susanne streckte den Kopf hinaus.

«Ist er weg? Wir sind fertig. – Kannst kommen Prinzessin.» Überwältigt hielt Frau Seiler die

Hände an ihre Wangen. Wie die Braut vor sie trat, fielen sich beide in die Arme.

«Achtung Kleines, pass aufs Make-up auf», Susanne stupste grinsend ihre Schwester an der Schulter. Rahel zupfte wiederholt an ihrem Kleid. Legte erneut den Schleier zurecht.

«Alles in Ordnung Liebes!» Frau Seiler strahlte mit ihren Töchtern um die Wette. «Lasst uns nun losfahren.»

«Na Schwesterchen, bist du bereit?» Susanne schaffte es nicht ihren Blick von der Braut lassen.

«Ja. Bin ich.» Rahel atmete tief durch und strahlte mit den beiden um die Wette.

«Du siehst einfach traumhaft aus mein Liebes.» Mit den Tränen kämpfend strich ihre Mutter ihre Hand über Rahels Wange.

«Danke, Mama.» Rahel drückte ihre Mutter behutsam. Beide halfen aufgeregt der Braut ins Auto, um kurz darauf zur Kirche zu fahren.

«So gleich sind wir da», Susanne setzte den Blinker und schwenkte kurz später auf den Parkplatz ein. «Wie ich weiß, wird Vati beim Haupteingang auf dich warten. Mutti und ich nehmen den Seiteneingang. – Na wie gehts dir mein Schwesterherzchen?»

«Phu tja. Langsam werde ich doch nervös.» Rahel zwinkerte in den Rückspiegel. Mit Unterstützung ihrer Mutter stieg sie aus dem Fahrzeug.

Auf dem Platz stehend, sortierte Susanne mit Sorgfalt den Stoff rund um Rahels schmale Taille. Beide lächelten sich entgegen, wie sie ihren Vater vor der Treppe hin- und hergehen sahen.

«Na Vati, bereit?» Rahel erkannte, dass die Sonne in voller Pracht vom Himmel schien. Die Vögel zwitscherten von den Bäumen. Ja, der größte Stress war vorbei. Sie durfte den Tag genießen.

«Bin ich, wenns du auch bist?» Behutsam strich der Vater mit dem Handrücken über Rahels rechte Wange. Nach einem tiefen Seufzer ergriff sie lächelnd die ausgestreckte Hand ihres Vaters und ließ sich von ihm zum Eingang der Kirche führen. «Na dann, los gehts.»

Der Pfarrer wartete oben vor der Tür und lächelte, wie der Brautvater mit seiner Tochter die Treppe hinauf kam.

Susanne trat durch die Seitentür und setzte sich mit ihrer Mutter neben Tom. Jeder in der Kirche wandte sich gespannt zum Eingang.

Sobald der Pfarrer zum Altar trat, stimmte die Orgel mit leisen Tönen ein. Rahel ließ sich von ihrem Vater durch die imposante Kirchentür führen. Mit gemächlichem Schritt trat Herr Seiler gemeinsam mit seiner jüngeren Tochter zwischen den Kirchenbänken zum Altar. Chris, in einen schwarzen Smoking gekleidet, wartete vorne hinter zwei Stühlen auf seine Braut. Den Tränen nahe beobachtete er, wie sein Engel langsam zu ihm schritt. Rahel lächelte voll Freude. Überwältigt erkannte sie die Menschen in der Kirche. Neben den geladenen Gästen sah sie Patienten aus der Praxis.

Schmunzelnd hielt Susanne ihrer Schwester ein weisses Taschentuch entgegen. Dankbar griff Rahel beim Vorbeischreiten danach und tupfte sich die Wangen trocken. Zur Sicherheit schob sie das Tuch in die zierliche Tasche, welche sie über ihre Schulter trug.

Außerstande zu sprechen, reichte Chris seiner Braut die Hand und half ihr, sich auf den Stuhl neben seinem zu setzen. Er schaffte es nicht, den Blick von Rahel abzuwenden.

«Du siehst bezaubernd aus mein Engel.» Überwältigt schenkte er ihr einen zärtlichen Kuss auf die Hand. Susanne kümmerte sich darum, den weiten Rock faltenlos zu ordnen. Wie das Orgelspiel verstummte, schritt der Pfarrer hinter dem Altar hervor. Er nickte dem Brautpaar lächelnd zu.

«Da ich das Brautpaar schon seit deren Kindertagen kenne», er schmunzelte zu Chris und legte seine Hand auf Rahels Schulter, «erlaube ich mir,

ein Paar persönliche Worte an euch zu richten ...
» Er sprach, was den Gästen ein Lächeln auf die
Gesichter zauberten. «... Und jetzt wünsche ich
Euch zwei, eine von Gott behütete gemeinsame
Zeit. Und hoffe,» er kniff die Augen zusammen,
«bald auch euren Nachwuchs in die christliche
Gemeinde aufnehmen zu dürfen.» Ein leises La-
chen huschte durch die Kirche. Rahel und Chris
schenkten sich zärtliche Blicke.

«Die Zukunft wird's zeigen», flüsterte er und
strich lächelnd über ihre Wange.

«Ich kanns immer noch nicht glauben. Unser
Baby ist verheiratet.» Die Brautmutter griff vergnügt nach der Hand ihres Gatten. Herr Seiler
räusperte und wischte schmunzelnd eine Träne
von den Augen.

«Geht mir doch genau so. Aber ja, jetzt ist
auch unser Kleines ‹unter der Haube›.» Zärtlich
küsste der Brautvater die Hand seiner Frau. Susanne, neben ihrer Mutter sitzend, schmunzelte
entzückt über die Geste.

Nach der Lesung und gemeinsam gesungenen
Liedern trat der Pfarrer erneut vor das Brautpaar. Mit einem vereinbarten Zeichen deutete
er den zwei an, von ihren Plätzen aufzustehen.
Susanne erhob sich flink, um Rahel mit dem
weiten Brautkleid behilflich zu sein. Chris ergriff
die Hand seiner Prinzessin und hauchte einen

Kuss darauf. Der Pfarrer beobachtete die Geste mit einem Lächeln und legte daraufhin die seine über die des Paares.

Frau Seiler sah entzückt zu ihrem Gatten. Mit Tränen in den Augen erkannte sie, wie sich das Brautpaar ihr Eheversprechen vor dem Priester und den Gästen gab. Sie hoffte, dass es ihrer jüngeren Tochter vergönnt war, eine ebenso sorgenlose Ehe, wie sie es lebte, erleben.

Nach den Worten des Pfarrers stimmte die Orgel letzte Klänge an und die Bänke leerten sich langsam. Zum Schluss traten Chris und Rahel unter dem Beifall der Gäste aus der Kirche. Der Vorplatz hatte sich in der Zwischenzeit mit mehr Menschen gefüllt. Viele Patienten der Praxis und befreundete Personen kamen vorbei, um den beiden Glück zu wünschen.

*

«… dann bleibt mir als Braut-Vater nur noch allen einen guten Appetit und einen geselligen Abend zu wünschen.» Herr Seiler stand aufgewühlt bei Rahel, welche neben ihm sass und von einem Gast zum nächsten lächelte und ihrem Vater zuhörte.

«Gerne möchte ich Euch die 3-Mann-Band vorstellen, welche uns später bis zum Schluss einen vergnügten Abend mit prima Musik bietet», mit seiner rechten Hand wies er auf drei Herren am Tisch neben der Bühne.

«Besten Dank, Paul. – Ich hoffe wir werden für prima Stimmung sorgen, bis später.» Der Gitarrist stand kurz auf und nickte Herrn Seiler zu.

Mit Applaus bedankten sich alle beim Brautvater, der zum Schluss sein Weinglas hob und allen zuprostete.

«Dann sag ich mal, lasst es euch schmecken», Chris hob sein Glas und prostete seinen Gästen vergnügt gestimmt zu. In der nächsten halben Stunde beruhigte sich die Stimmung im Raum. Der eine oder andere lobte das vorzüglich zubereitete Festmahl. Zwischendurch erkundigte sich der Gastwirt persönlich dem Brautpaar, ob das Essen gelungen sei.

«Ich würde behaupten, in ihrer Küche arbeiten nur die besten Köche», Chris unterstrich mit einem ‹Daumen hoch›, seine Worte. «Lassen sie das Küchenteam bitte herzlich grüßen.»

«Werde ich doch gerne ausrichten. – Euch noch weiter einen angenehmen Abend.» Mit einem dankbaren Händedruck verabschiedete sich der Chef persönlich von Chris und Rahel und betrat voller Achtung die Küche.

Rahel sah zu ihren Gästen. Sie konnte ihr Glück nicht fassen. War sie wirklich verheiratet? Sass sie mit Familie und Freunden in dem teuren Lokal und genoss ihr Festessen? Sie hoffte, nicht aus diesem Traum aufzuwachen.

«Einfach prima Essen, stimmts?»

«Oh, was hast du gesagt?» Rahel sah zu Chris, der sie von Glück erfüllt anlächelte.

«Mein Liebes. Glaub mir, es geht mir wie dir, auch ich kanns noch nicht fassen. Aber es ist wirklich so!» Sanften drückte er einen Kuss auf Rahels Wange. «Wir sind jetzt offiziell verheiratet. Du träumst das nicht. – Frau Keller.»

Sie lächelte, denn wieder erkannte Chris ihre Gedanken. Ohne auf die anderen zu achten, drückte sie ihrem Gatten einen zärtlichen Kuss auf den Mund. Worauf Beifall durch den Raum hallte.

«Keine Sorge», grinste Herr Seiler zu dem Brautpaar, «Jetzt dürft ihr das offiziell.» Erneuter Applaus mit. Ein ausgelassener Abend nahm seinen Lauf.

«Na dann, was meist du mein Engel. Alle haben gegessen. Sollen wir den berühmt berüchtigten Tanz hinter uns bringen?» Chris stand neben Rahel und reichte ihr schmunzelnd die Hand. Wie die Band diesen geheimen Wink hörte, spielte diese gleich mit einem eingeübten Walzer auf.

«Dann zeigen wir den Leuten mal, was ich in den vergangenen Wochen gebüffelt habe.» Rahel lachte amüsiert über Chris' Bemerkung und ließ sich von ihm zur Tanzfläche führen. Das Brautpaar eröffnete, zur Freude aller, den letzten Teil des bedeutsamen Tages.

«Wusste gar nicht, dass mein Schwesterchen Walzer tanzen kann.» Susanne beobachtete fasziniert das ausgelassene Hochzeitspaar, wie sie sich geschickt zum Takt der Musik bewegten. Rahel ließ sich gewandt von Chris führen. Ja, beide hatten riesen Spaß an ihrem gemeinsamen Hobby. Nach dem Brauttanz forderte der Band-Leader die Gäste ebenso zum Tanzen auf. Alle genossen den Abend in vollen Zügen. Rahel und Chris tanzten fröhlich weiter und ließen sich vom Takt mitreißen. Sie unterhielten sich und lachten, während sie sich im Rhythmus der Musik bewegten. Die Stimmung war ausgelassen und die Gäste hatten ihre Freude an der Feier.

Wie die Band eine Pause ankündigte, schob jemand vom Service-Personal die 4-stöckige Hochzeitstorte in den Saal. Alle klatschten Beifall. Rahel und Christian standen mit Begeisterung auf. Die Angestellte holte das Messer aus dem Fach.

«Das Anschneiden der Hochzeitstorte überlasse ich euch zwei.» Die Service-Angestellte reichte dem Bräutigam feierlich lächelnd das Tor- tenmesser.

Der Fotograf hielt den Moment fest, wo Rahel und Chris gemeinsam den ersten Schnitt in der Torte ausführten. Der Abend verlief nach Ansicht des Brautpaars wunschgemäß. Alle hatten Spaß an der Band, welche mit prima Musik zur Stimmung beitrug. Kurz vor Mitternacht verliessen die ersten Gäste das Fest.

«So, ich denke, für mich wird's auch Zeit.» Doktor Keller trat zum Brautpaar und schloss beide in die Arme. «Genießt den Anlass noch weiter, für mich wird's Zeit.» Dankend klopfte er dem Brautvater auf den Rücken und verließ mit einem Lächeln den Saal.

*

Die Sonnenstrahlen drangen durch die Jalousien und kitzelten Rahel sanft im Gesicht. Gähnend sah sie zur Seite. Chris war nicht mehr im Bett. Langsam drehte sie sich um und sah zum Wecker neben ihr.

«Was? Schon 08.00 Uhr?» Flink hüpfte sie heraus und legte sich den seidenen Morgenmantel um. Wie sie aus dem Zimmer trat, stieg ihr ein erfreulicher Duft in die Nase. Chris bereitete für sich und seine Braut ein leckeres Frühstück vor.

«Hallo mein Engel, kommst gerade richtig.» Zärtlich schloss er seine Frau in die Arme und begrüßte sie mit einem innigen Kuss.

«Oh ja Kaffee. – Genau das Richtige nach so einer kurzen Nacht wie dieser. Aber unvergesslich schön war's gestern.» Rahel setzte sich an den reichhaltig gedeckten Tisch. Genüsslich schob sie sich ein Stück Schinken in den Mund.

«Falls du statt Fleisch, lieber dies wünschst», Chris stellte eine Glasschale mit Bananen, Trauben Orangen und Apfelschnitze neben die Fleischplatte. «Hier bitte.»

«Wahnsinn. Ich danke dir mein Liebling.» Mit glänzenden Augen bestaunte sie den gedeckten Tisch. Genüsslich ließ sie sich eine Traube schmecken. Beim gemeinsamen Frühstück hielt man nochmals Rückschau auf IHREN Tag. Sie lachten über das eine oder andere Erlebnis. Chris fasste sanft nach Rahels Hand.

«Ich kann's noch gar nicht fassen.» Er lächelte und sah auf die zwei identischen Ringe, die beide trugen.

Vor einigen Monaten bezogen sie ihr erstes gemeinsames Heim. Rahel hielt es weiter für einen Traum. Lächelnd schaute sie sich in der offenen Küche um. Oder schritt, wenn sie alleine war, stumm die einzelnen Räume ab. Eines davon blieb vorerst leer. Denn da, so der Entschluss von beiden, würde in naher Zukunft der Nachwuchs sein Zuhause finden.

Nach einem Blick auf die Wand-Uhr hinter

ihm holte Chris mit einem Zwinkern Rahel in die Gegenwart zurück.

«Was meinst du ‹Frau Keller›? Du räumst die Küche auf und ich bringe das Gepäck schon mal ins Auto. Danach legen wir uns nochmals kurz ins Bett?» Rahel stimmte diesem Vorschlag zu. Beide waren zu aufgeregt. An Schlaf war nicht zu denken. In Vorfreude und vom Reisefieber erfüllt, fuhren sie bald zum Flughafen.

«So da wären wir.» Chris stapelte das Gepäck auf einen Gepäcktransporter und schob diesen neben Rahel zum Aufzug. Dort löste er ein Parkticket und verstaute dieses in seiner Brieftasche. Nach einem prüfenden Blick durch die Halle eine Etage höher, zeigte er in die Richtung, wo sie das Reisegepäck auf die Ablage stellten.

Der Zöllner sah den Inhalt vom Gepäck durch und legte die Koffer auf das Fließband. Rahel beobachtete entzückt, wie ihrer hinter der Wand verschwand.

«Jetzt brauche ich was kühles zu trinken. Du doch bestimmt auch?» Chris legte seinen Arm über Rahels Taille.

«Doch, ja. Zeit haben wir jetzt ja noch genug», schmunzeln stieß sie ihn in die Seite. «Jetzt entspann dich Liebling. Das Gepäck ist aufgegeben. Wir sind bald auf dem Weg in die Flitterwochen.»

Erleichtert schloss Chris Rahel in die Arme und hauchte einen Kuss auf ihren Mund.

«Lass uns dort noch was trinken», er deutete auf das eine der unzähligen Lokale auf dem Areal. Rahel amüsierte sich, wie sie durch die Glastür trat. Unterschiedliche Sprachen waren zu hören. Am ersten Tisch diskutiert man italienisch. Dort erzählte ein Mädchen schwedisch den Eltern scheinbar eine amüsante Geschichte. Denn die Frau lachte auf und küsste die Kleine auf die Stirn. Neben ihnen aßen chinesische Touristen mit Stäbchen aus Schalen. Ein Kellner trat mit Notizblock zu seinen neuen Gästen und begrüßte sie.

«Gerne zwei Cappuccini und zwei von den leckeren Schwarzwälder-Törtchen dort aus der Vitrine.» Chris deutete zur Theke.

«Bringen ich sofort.» Der Kellner notierte die Bestellung flink auf seinem handlichen Notizblock und verschwand hinter die Bar. Kurz darauf kehrte er mit der Süßspeise und zwei dampfenden Cappuccinos zurück und servierte sie auf den Tisch.

«Na dann, lass es dir schmecken, mein Engel.» Chris hob die Tasse an seinen Mund und trank genüsslich vom aromatischen Getränk.

«Phuu in knapp zwei Stunden gehts los. Ich freu mich riesig. Sonne, Strand und keine Sekunde arbeiten. Einfach nur genießen. – Herrlich!» Rahel beobachtete Flieger aus den unterschiedlichsten Ländern, die landeten und andere die sich für den Start vorbereiteten. Beim Kaffee und Kuchen träumten sie von den nächsten zwei Wochen. Schmiedeten Pläne, nahmen sich vor, die paradiesische Insel zu erkunden und nicht nur am Strand zu liegen.

Kapitel 15

«... und nun wünscht das ganze Team einen angenehmen Flug.» Beendete die Stimme der Stewardess die Durchsage.

«Na dann, auf in die Flitterwochen.» Rahel ergriff aufgeregt Chris' Hand. Beide beobachteten, wie draußen Menschen, Autos, Bäume und zuletzt die größten Gebäude zu stecknadelgroßen Punkten schrumpfte. «Das letzte Mal wo ich hier oben war, konnte ich mir nicht vorstellen, schon so bald wieder in einem Flieger zu sitzen. – Vor allem glaubte ich nicht daran, dass der Grund dazu unsere Flitterwochen sind.» Rahel lehnte ihren Kopf an Chris' Schulter und lauschte entspannt der Musik aus den Ohrstöpseln. Die Reise in einen neuen Lebensabschnitt begann.

«Es ist real mein Engel. Wir sind auf dem Weg in die Flitterwochen.»

Rahel sah gedankenverloren aus dem Fenster neben ihr. Ab und zu schwebten sie über eine Wolke. Rahel erkannte entfernt, ab und zu eine andere Maschine. Im Glück schwelgend nippte sie an ihrem Kaffee.

«Einfach traumhaft! Ich kann es kaum erwarten, die Insel zu erkunden.» Rahel blätterte in einem Prospekt über die Seychellen. Das Meer, der Strand, die Umgebung und die Bewohner. Auf all das war Rahel gespannt.

«Geht mir genauso. Ich freu mich auf die Zeit dort. – Nur mit meinem Engel.» In Vorfreude beugte sich Chris zu ihr, um sie zu küssen. Beide schwelgten gemeinsamen in den Wochen, die vor ihnen lagen. Sie tauschten ihre Erwartungen aus.

«Bin gespannt wie es dort in Wirklichkeit aussieht. Nach dem Prospekt hier, ist es eine tolle Ferienanlage.» Chris studierte die Broschüre in seiner Hand wieder und wieder.

«Ich denke es wird wundervoll werden.» Rahel sah auf ‹Ihr Bungalow›, welches sie bald beziehen. Eine Stewardess trat zu ihnen

«Darf ich das Mittagessen servieren?»

«Oh, ja klar.» Chris schob das Tablett heraus und klappte es in die Waagerechte. «Mh, sieht lecker aus. Danke.»

Die Stewardess reichte den ersten Teller mit einem Lächeln Chris, den zweiten an Rahel.

«Hier ihr gewähltes Gericht. Gefüllte Hühnerbrust mit Kartoffelpüree und Rosenkohl», bestätigt sie. «Ich wünsche guten Appetit. – Mein Kollege wird gleich den Wein servieren.»

«Na dann, lass es dir schmecken, Liebling»

Rahel schob sich eine Gabel vom Hühnchen in den Mund. «Sieht nicht nur lecker aus. – Ist es auch.» Mit Genuss widmeten sich beide dem Essen. Ab und zu schenkten sie sich verliebte Blicke oder lobten das schmackhafte Gericht.

«So ich bin satt und müde», Rahel legte zufrieden das Besteck auf den Teller. Die Stewardess räumte kurz darauf die Tabletts ab. «Werde nun ein Nickerchen machen.» Rahel stellte die Rückenlehne schräg und schloss amüsiert die Augen.

«Na dann schlaf schön», Chris griff stattdessen zum Kopfhörer, «Ich werd mal sehn was das TV zu bieten hat.» So versuchten sie die Zeit, die sie näher zu den Seychellen brachte entspannt zu nutzen.

*

Nach einigen Stunden setzte das Flugzeug zur Landung an. Rahel bestaunte stumm die Landschaft, die unter ihr näher kam. Wie sie die Halle betraten, erschrak sie kurz. Denn überall patrouillierten Soldaten.

«Tja das ist hier so, da brauchst du dich aber nicht zu fürchten», Chris legte seinen Arm um Rahel und begleitete sie sicher weiter zum Ausgang. «Jetzt sehen wir uns mal nach einem freien Taxi um.»

Chris winkte einem Chauffeure, der neben seinem Wagen auf Kundschaft wartete. Dieser eilte herbei und griff hilfsbereit nach dem Gepäck seiner Gäste. Rahel nickte ihm dankend zu und trat zum Taxi.

«Ich setz mich mal neben den Fahrer.» Chris öffnete die hintere Tür für Rahel und setzte sich auf den Beifahrersitz. Wie er in den Rückspiegel sah, erkannte er ihre leuchtenden Augen.

Der Chauffeur verstaute das Gepäck geschickt im Kofferraum und setzte sich lächelnd hinter das Steuer. Nachdem Chris ihm in englischer Sprache das gewünschte Ziel genannt hatte, lenkte er den Wagen auf die Straße. Rahel bestaunte die faszinierende Landschaften, die sich vor ihr ausbreitete. Der Weg führte sie erst durch bewohntes Gebiet. Sie beobachtete eine Handvoll Kinder, die herumtobten und eine Gruppe Frauen, die an einem Tisch saßen und lachten. Beiden gefiel die Unbekümmertheit, welche die Menschen hier ausstrahlten.

Die Ferienanlage, wenige Schritte vom Meer entfernt, strahlte eine paradiesische Ruhe aus.

«Wooow ich denke wir werden unsere Entscheidung hier die Flitterwochen zu verbringen, nicht bereuhen. – Sieh dich um! Traumhaft!»
Rahel stimmte Chris mit Begeisterung zu.

Sie blieb stehen und sah zum mit Palmen umschlossenen Hotel. Die Bungalows, welche zusätzlich für die Gäste gebaut waren, säumten den Swimmingpool ein.

«Eins davon wird für die nächsten zwei Wochen unser Zuhause sein.» Chris legte zärtlich seinen Arm um Rahel. Ein tiefer Atemzug unterstrich seine Freude. Gemeinsam näherten sie sich staunend dem Gebäude vor ihnen. Die Sonne tauchte den Himmel in ein zartes Rosa.

«Das Meer ist wirklich gleich ‹vor der Haustür›», scherzte Chris, «Das Rauschen vom Meer ist jetzt schon zu hören.» Wie er um die Hecke auf den Weg zum Hotel trat, bestätigte sich seine Aussage. Ihre Blicke trafen direkt auf den Strand und das glasklare Meer. Die Bungalows, mit ihren strohgedeckten Dächern erschienen wie Oasen.

«Schau mal, Rahel», flüsterte Chris,»Wie im Paradies.»

«Wirklich atemberaubend. Ein Traum.»

«Dann sehen wir, dass es nicht länger ein Traum bleibt.» Mit Glücksgefühl fasste Chris Rahel an der Hand und führte sie ins Hotel hinein.

Der Rezeptionist trat zum Empfangstresen, wie er die neuen Gäste eintreten sah. Mit einem strahlend weissen Lächeln und einem Nicken hieß er sie willkommen.

«Ich begrüssen sie in unserem Resort. – Darf ich bitten Sie, dieses Formular unterschreiben?»

Chris nickte. «Klar mach ich doch gerne.» Er griff nach dem Stift, den ihm der Mann reichte und setzte seine Unterschrift auf das Dokument.

«Perfekt», flink trat der Angestellte um den Tresen und griff nach ihren Koffern. «Dann ich bringen euch zu Bungalow.»

Chris und Rahel folgten ihm mit staunenden Augen. Vorbei an tropischen Pflanzen und dem Swimmingpool. Rahel sah sprachlos über die Anlage.

«Chris, schau mal», flüsterte sie aufgeregt und deutete auf die einladenden schmucken Häuschen rund um den Pool. «Wie im Paradies.»

«Absolut. Ich freue mich schon auf unser Frühstück vor unserer ‹Burg›» Beide genossen diese Vorstellung. Der Portier führte sie zu einem der Bungalows mit Aussicht zum Pool und hinüber zum Meer.

«Wow, das ist ja traumhaft», Rahel ließ ihren Blick über die idyllische Kulisse schweifen.

«Und wir haben das Glück, hier zu sein.» Chris legte seinen Arm um Rahel und beide träumten von den kommenden Tagen ihrer Flitterwochen. Der Portier überreichte ihnen den Schlüssel.

«Vielen Dank», Rahel lächelte ihm zu. «Das werden wir sicherlich tun. – Danke.»

Er forderte seine Gäste erneut auf, hinein zugehen. Mit Spannung kam Rahel dem nach und staunte, wie sie eintrat. Auf der rechten Seite erkannte sie eine Küchenzeile. Dieser gegenüber stand ein Tisch mit zwei Stühlen, bereit für gemeinsame Mahlzeiten.

«Wirklich echt gemütlich hier. Obwohl ich denke, drinn werden wir wenig Zeit verbringen. – Bei diesem Klima.»

Rahel stimmte lächelnd zu und folgte dem Portier zum nächsten Zimmer. Rückseitig der hölzernen Zwischenwand, die die Küche vom übrigen Raum trennte, stand ein Sofa hinter einem Salontisch. An der Wand war ein rustikales Buffet platziert. Wie der Einheimische die Trennwand beiseiteschob, betrat er das Schlafzimmer. Dort hob er das Gepäck auf die Ablage vor den Betten.

«Wünsche schönen Aufenthalt. – Wenn Sie haben Fragen, Frau bei Reception bei Haupthaus kann geben Antwort.» Lächelnd verabschiedete sich der Portier.

Rahel folgte dem Mann bis zum schmucken Vorplatz, wo sie stehen blieb. War sie wirklich hier?

«Wir müssen nachher unbedingt zum Strand, was meinst du?» Chris trat, nachdem er dem Pagen ein Trinkgeld reichte, mit zwei eisgekühlten Drinks, die er aus dem Kühlschrank holte, zu Rahel. «Lass uns auf den Urlaub anstoßen.» Gemeinsam setzten sie sich an den Tisch auf der Terrasse und genossen die Ruhe. Rahel sah sich staunend um. Ihr Bungalow stand wie weitere um den Swimmingpool. Palmen spendeten Schatten. Ein Taubenschwarm drehte verspielt ihre Kreise. Chris zeigte zu den zwei Yuccapalme rechts von ihm.

«Die werde ich sicher auch benutzen.» Mit einem schelmischen Grinsen deutete er auf die Hängematte, die zwischen den Palmen angebracht war.

«Wunderbar! Und das für die nächsten zwei Wochen – Herrlich!» Chris sah über das ganze Gelände und hob sein Glas in Rahels Richtung. «Zum Wohl mein Engel. Auf zwei Wochen nur du und ich.» Er kniff die Augen zu. «Nur wir zwei!» Entspannt weit weg von zu Hause, sahen beide auf das Meer unweit der Anlage.

Die Fischerboote schaukelten sanft auf den Wellen. Die Sonne stand tief am Horizont.

«Kaum zu fassen, dass wir hier sind», flüsterte Chris. «Es fühlt sich immer noch wie ein Traum an.»

Rahel legte behutsam ihre Hand auf seinen Arm. «Das ist es aber nicht. Wir haben uns diesen Urlaub verdient. – Nach all dem Stress in der letzten Zeit.»

«Wahre Worte.» Chris schmunzelte und verlor sich in Rahels leuchtenden Augen, die sein Herz mit Glück erfüllten. Langsam beugte er sich vor und hauchte ihr einen Kuss auf den Mund. Die Anspannung der letzten Wochen fiel von ihnen ab. Die nächsten Minuten sassen sie stumm da, kosteten die Stimmung aus und lauschten mit geschlossenen Augen dem Rauschen des Meeres.

Nach dem Abendessen, welches man in einem Fischlokal direkt am Hafen genoss, schlug Chris' vor, dem Strand entlang zu schlendern. Rahel stimmte fasziniert zu.

«Klar mein Liebling, den muss ich heut noch sehen. Bin gespannt ob es wirklich so traumhaft ist wie auf den Fotos.»

An der Bucht mit glitzerndem Sand verweilten sie eine längere Zeit, mit Blick über das weite türkisblaue Meer. Die Brandung plätscherte sanft gegen die Küste. Eine salzige Brise wehte ihnen entgegen. Rahel sass mit geschlossenen Augen auf dem Sand.

«Wär schön, wenn diese Wochen nie zu Ende gingen.»

«Mein Engel, jetzt sind wir erst mal hier. Und ich schlag vor, wir genießen jeden Tag. – Ok?» Chris legte seine Arme um Rahels Rücken und drückte sie zärtlich.

*

Die ersten zwei Tage verbrachten Rahel und Chris an der paradiesischen Küste. Sie schwammen im glasklaren Wasser, um staunend über das Gebiet zu schauen. Der weite Strand und das Meer, welches sich bis zum Horizont erstreckte, zog beide in den Bann. Nach einer längeren Strecke kehrten sie wieder zum Ufer zurück.

Die Sonne strahlte vom azurblauen Himmel und tauchte die Szenerie in ein goldenes Licht. Der Sand glänzte unter ihren Füßen, wie sie aus dem Wasser stiegen.

Aus ihrer Tasche holte Rahel Eistee und reichte Chris eins davon.

«Hast bestimmt auch durst.»

Dankend griff er nach dem kühlen Getränk. Entspannt trank er und beobachtete dabei das Treiben am Strand. Auf der Liege lehnten sie sich zurück und genossen die Aussicht auf das Meer, welches sich vor ihnen ausbreitete.

«Ist es nicht traumhaft hier?» Rahel sah sich um. – Wo sie hinsah, ausgelassene Menschen. Eine Gruppe Kinder bauten Sandburgen. Weitere spielten mit dem Ball. Erwachsene genossen ihren Urlaub beim Relaxen auf der Liege oder waren mit anderen in ein Gespräch vertieft. Rahel und Chris legten sich auf die Liegestühle unter dem Schirm. Das sanfte Rauschen der Wellen ließ sie tief entspannen. Chris lauschte mit geschlossenen Augen der leisen Musik vom Handy.

Rahel war auf die Zeilen in ihrem Buch vertieft und genoss die wärmenden Sonnenstrahlen auf ihrer mit Creme geschützten Haut. Sie drehte sich auf die Seite. Schenkte Chris ein zärtliches Lächeln.

«Ich bin so froh, dass wir uns für diese Insel als unser Flitterwochenziel entschieden haben. Es ist wirklich die perfekte Wahl.»

«Ja, es ist wirklich ein Traum. Gut hat mir Tom diesen Tipp gegeben.» Chris stimmte Rahels Begeisterung zu und strich sanft über ihre Hand.

«Denke ich auch mein Schatz.- Ich liebe dich.» Flüsterte Rahel. Chris lächelte und zog Rahel näher zu sich.

«Hier, an diesem magischen Ort, können wir Zeit für uns nehmen und hier zählt nur was du und ich wollen. – Keiner wird uns darann stören. Das versprech ich dir.» Rahel nickte zustimmend und legte ihren Kopf auf seine Schulter. Beide verbrachten den Nachmittag damit, Pläne für ihre gemeinsamen Tage auf den Seychellen zu schmieden.

Am dritten Tag erkundeten sie das Dorf und entdeckten den Markt. Selbst gebaute Wellblechdächer boten den Standbetreibern Schutz vor der glühenden Hitze. Mit Eifer priesen diese Früchte und Gemüse aus eigenem Anbau.

Rahel und Chris blieben da und dort stehen, um das reichhaltige Angebot zu bestaunen. Sie rochen den Duft von frischem Obst und hörten das Rauschen von Blättern, wie der Wind durch die Stände wehte.

«Toll, wie die Menschen hier mit wenigen Hilfsmitteln prima zurechtkommen. – Da könnte ‹Unser-eins› noch `was lernen.» Chris schenkte dem Handwerker am nächsten Stand ein wertschätzendes Lächeln und ein ‹Daumen hoch›.

Der Insulaner reparierte geschickt kleinere Geräte, die ihm die Besucher anvertrauten. Mit einem scheuen Nicken bedankte er sich. Mit glänzenden Augen legte das Guthaben, mit dem Trinkgeld in die Box. Diese bewahrte er bei sich in der Tasche auf.

In englischer Sprache erkundigte sich Chris mit Interesse, wie er sich denn diese Fähigkeit zu eigen machte. Der Eingeborene legte sein Werkzeug zur Seite und trat zu ihm. Er habe dies von seinem Vater gelernt. Wie dieser es wie jede vorhergehende Generation, von dessen Familienoberhaupt lernte. Chris erkannte, wie der Mann mit Wertgefühl berichtete. Bewundernd klopfte er ihm auf die Schulter.

«Prima Arbeit, echt!» Mit einem Augenzwinkern verabschiedete sich Chris und wandte sich mit Rahel vom Stand weiter durch den Markt.

Beim nächsten pries eine Marktfrau erfolgreich ihre selbst genähten Kleider an. Beide sahen sich aufmerksam um. Rahel fand Gefallen an den Kleidchen und Hosen für die Kleinsten. Mode für Damen wurden ebenso präsentiert.

«Na, was meinst du? Willst du nicht eins davon kaufen? – Das hier zum Beispiel.» Chris griff nach einem dezent mit Blumen verzierten, schulterfreien Kleid. «Das würde dir doch bestimmt prima stehen.»

Rahel war einmalmehr fasziniert, wie Chris sie kannte. Ohne auf ihre Antwort zu warten, trat er zur Marktfrau hinter der Theke und reichte ihr das Geld. Das Rückgeld wies er augenzwinkernd zurück. «Schon ok, behalten sie's für sich.» Obwohl sie seine Sprache nicht verstand, lächelte die Frau und steckte den Gewinn in ihre Tasche.

Am nächsten Stand bemühte sich ein aufstrebender Künstler, die Passanten von der harmonischen Ruhe seiner gemalten Ölbilder zu überzeugen, die jedes Zuhause bereichern würden.

Auf der anderen Seite entdeckte Rahel einen Stand, an dem ein Verkäufer und sein Nachwuchs, die mit Lehm gefertigten Kreationen verkauften. Die Kinder waren mit Begeisterung dabei und boten die selbst gemachten Figuren und Gefäße in verschiedenen Größen an. Rahel war von den bunt bemalten Fruchtschalen fasziniert. Sie lächelte zu Chris, der ihre Gedanken erkannte. Wertschätzend deutete sie auf die gewählte Schale und nickte der Frau vor ihr zu. Das Geld plus Trinkgeld legte sie in die ausgestreckte Hand des Knaben. Wie seine Mutter sich bei Rahel herzlich bedankte, sah der Kleine scheu grinsend auf den Boden.

«Hast du wirklich toll gemacht.» Mit der freien Hand strich Rahel über den Kopf des Jungen, verabschiedete sich und begleitete Chris weiter durch die Menschenmenge.

«Oh hörst du das?» Chris blieb stehen und schaute sich um. Rahel zeigte zum Platz weiter vorne.

«Könnte von dort her kommen. – Tönt mir nach einheimischer Musik.»

Mitten im Markt war eine Bühne aufgebaut. Eine hiesige Band sorgte gemeinsam mit ihrem Interpreten beim Publikum für ausgelassene Stimmung. Sie präsentierten heimische Klänge und zogen die Zuhörer in ihren Bann. Die Insulaner sangen in bester Laune mit. Die Songs erzählten von der Schönheit der Natur und der Bedeutung von Freundschaft und Zusammenhalt.

«Ja, das ist wirklich toller Sound. – Und diese Kreativität und Handwerkskunst – bemerkenswert.» Die Anwesenden um sie herum tanzen weiter und klatschen im Takt. Rahel lachte und genoss die Stimmung, welche die Menschen verbreiteten.

«Ich kann nicht widerstehen!» Sie zog Chris mit. «Lass uns mitmachen! Das sieht nach so viel Spaß aus! – Ich möchte tanzen.» Er amüsierte sich an Rahels Begeisterung.

«Na dann. – Warum nicht? Wenn mein Engel tanzen möchte? Dann lass uns loslegen.» Sie versuchten sofort, sich dem Rhythmus der anderen anzuschließen. Ausgelassen tanzten sie in einer Gruppe mit.

«Das klingt ja toll! – Und schau dir mal die Instrumente an. Hörst du wie sie diese gekonnt spielen?» Rahel war fasziniert. Chris nickte und führte Rahel sanft näher zur Bühne, wo die Insulaner Frage der beeindruckten Touristen beantworteten.

Bald waren sie sich einig, eine Pause einzulegen. Sie setzten sich in entspannter Stimmung an einen der Tische auf dem Markt-Platz. Dort genossen sie einen kühlenden Drink und ließen ihre bisherigen Erlebnisse auf sich wirken.

«Wie findest du den Markt bisher?» Chris lächelte zu Rahel. Sie lehnte sich zurück und betrachtete zufrieden die bunte Szene um sie herum.

«Ich finde es einfach großartig. Das Angebot von den Menschen hier ist faszinierend. Und diese fröhliche Atmosphäre steckt wirklich an.»

«Und das Essen! – Ich hätte nie gedacht, dass ich so viel verschiedene exotische Snacks ausprobieren würde. Dieser Markt ist wirklich ein kulinarisches Abenteuer.» Chris biss genüsslich in eins der Snacks, die eine Einheimische am Stand gleich daneben anbot.

Der sanfte Abendwind strich durch die Bäume, begleitet von leisem Zirpen der Vögel, die sich auf die Nacht vorbereiteten. Die Atmosphäre entspannte sich. Viele Markt-Besucher traten den Heimweg an. Andere genossen die letzten Momente des Tages in einem der Lokale.

«Die sind wirklich köstlich. Nur schade, kenn› ich das Rezept nicht.» Rahel griff wiederholt in die Schale und biss in den knusprigen Snack.

Chris schmunzelte vielsagend und trat zum Herrn hinter dem Marktstand. Rahel beobachtete, wie er ihn ansprach. Darauf lachend sein Notizbuch aus der Bauchtasche holte und scheinbar das gehörte notierte.

«Dann freu ich mich auf einen Fisch-Snack zuhause.- Thank you. Bye.»

Zurück bei Rahel, hielt er ihr die Notiz entgegen. Sie lachte erstaunt.

«Na du bist mir einer. – Was musstest du für das Geheimrezept den locker machen?»

«Ich hab mit meinen blauen Augen geklimpert. – Das war genug.» Chris grinste und drückte Rahel amüsiert. Hand in Hand schlenderten sie kurz später zum Hotel zurück.

Die Sonne war hinter den Hügeln verschwunden. Beide traten vor ihr Bungalow. Chris legte seinen Arm um ihre Hüfte. Der salzige Duft des Meeres wehte sanft herüber. Das Rauschen der Wellen ließ sie lächelnd aufhorchen. Auf der Terrasse genossen sie die abendliche kühle Brise. Chris servierte Rahel aus der eigenen Bar einen letzten Drink und prostete ihr zu.

«Obschon ich mir ein Leben ohne unseren üblichen ‹Luxus› nicht vorstellen könnte. – Aber es würde vielen bestimmt nicht schaden einmal nur eine Woche so zu leben wie die Bewohner auf dieser Insel.» Rahel stimmte ihm zu. Sie war von den paradiesischen Pflanzen- und der Tierwelt fasziniert. Diese kannte sie bisher nur aus Büchern.

Ein weiterer Tag voller Eindrücke beuge sich dem Ende zu. Darum waren sie sich einig, bald zu schlafen. Denn morgen warteten wieder neue Erlebnisse darauf, entdeckt zu werden.

Die tropische Temperatur hinderte daran, lange im Bett zu verbringen. Bevor die Sonne den Tag erhellte, standen beide fit für den Tag auf. Es war eine Freude, auf der eigenen Veranda ein leckeres Frühstück zu genießen.

Heute entschieden sie sich, zu erkunden wie die Menschen auf dieser Insel leben.

«Sieh dir das an, Chris,» murmelte Rahel und zeigte auf ein gepflegtes altes Gebäude. «Man kann sich wirklich vorstellen, wie das Leben hier früher gewesen sein muss.»

Chris lächelte und nickte zustimmend.

«Ja, es ist faszinierend, wie diese Häuser gebaut sind. – Schon krass dieser Unterschied. – Hier dieses», er zeigte auf ein armseliges ‹Etwas›, «und einige Meter nebenan die modernste Villa.» Beeindruckt schlenderten beide weiter und ließen ihre Blicke von den Hausfassaden, zu den azurblauen Wellen des Ozeans schweiften. Rahel schloss entzückt die Augen und genoss mit einem zufriedenen Seufzer die wärmenden Sonnenstrahlen auf ihrer Haut.

«Kannst du glauben, dass wir wirklich hier sind», flüsterte sie. Chris zog sie sanft näher und legte einen Arm um ihre Hüfte.

«Es fühlt sich noch surreal an, aber es ist unsere Zeit. – Unsere Flitterwochen. – Ich könnte mir keinen anderen Ort vorstellen, um diesen neuen Lebensabschnitt zu starten. – Wirklich paradiesisch hier.»

«Du sagst es.» Rahel lächelte gedankenverloren.

«Wir haben noch so viel zu erkunden.»

«Absolut. – Und ich freue mich darauf, jeden

Moment davon mit dir zu erleben.» Zärtlich küsste sie Chris. Ja, seit sie verheiratet waren, schien das Leben wieder in die richtige Richtung zu steuern. Beide genossen die Zeit auf dieser Insel. Die Probleme ließen sie entschieden zu Hause.

Um die Umgebung der Seychellen auf eigene Faust zu erkunden, mietete Chris zu Hause im Reisebüro einen Jeep. Heute fuhren sie damit zu einer Anhöhe im Zentrum der Insel.

«So, der Rucksack ist gepackt, die Kamera bereit alles einzufangen. Wenn du fertig bist kanns von mir aus losgehen.» Chris legte seine Sonnenbrille auf und öffnete die Tür nach draußen. Rahel setzte keck ihren Sonnenhut auf und folgte ihm.

«Klar, ich freu mich schon auf unseren Trip. Und du weißt wirklich wie wir dorthin kommen?» Sie sah verunsichert zu Chris, der sich durchs Haar fuhr und grinsend die Sonnenbrille zurechtrückte.

«Ja. Der Typ an der Reception hat mir eine gute Route beschrieben.» Er hob eine Land-Karte aus der Bauchtasche, «Und sollten wir den Heimweg nicht finden ... »

Erst fuhren sie im Jeep auf einer geteerten Straße durch die Gegend. Wie sie mehr auf das offene

Land kamen, gestaltete sich der Untergrund zu einem Kiesweg. Der steinige Pfad führte sie durch duftende Blumenwiesen und dichte Wälder. Wie sie die Anhöhe erreichten, bot sich ihnen ein einmaliger Ausblick. Rahel sah stumm um sich, sie kosteten diesen Moment der Stille mit jedem Atemzug aus. Chris holte die Decke aus dem Wagen und breitete sie auf der Wiese aus. Rahel stellte die Box mit den Brötchen und dem Getränk darauf. Weit vom touristischen Treiben genossen beide die Ruhe. An einer öffentlichen Feuerstelle ließen sie die mitgebrachten Würste brutzeln. Später erkundeten sie die unbekannte Umgebung. Sie bestaunten die bunte Vielfalt an verschiedenen Pflanzen. Weit draußen auf dem offenen Meer erkannten sie Fischerboote.

«Was meinst du? Es wird dunkel. Sollen wir langsam aufbrechen?» Rahel stimmte Chris' Vorschlag zu. Gemeinsam verstauten sie alles im Wagen.

Nochmals genossen beide den Blick in die Weite. Die Fischer-Boote hatten die Lichter eingeschaltet und bereiteten sich auf eine erfolgreiche Nacht vor.

«Schön wars hier. Aber wenn wir uns nicht verirren wollen müssen wir langsam los.» Chris schmunzelte über Rahel Bemerkung. Er zeigte ihr amüsiert die Karte in seiner Hand, die er einsetzen werde, sollten sie vom Weg abkommen.

«Was ich aber nicht denke. Der Weg nach hier oben war ja eigentlich gut ausgeschildert.» Rahel gab Chris einen sanften Kuss und schlenderte beruhigt an seiner Seite zum Wagen zurück.

Wieder im Bungalow, trat Chris mit zwei Gläser gefüllt mit Wein auf die Terrasse und setzte sich an den Tisch.

«Zum Wohl mein Engel.» Chris hob sein Glas und beide stießen auf einen weiteren, erlebnisreichen Tag an.

*

Die zweite Woche genossen sie täglich am schönsten Sandstrand, den sie kannten. Rahel fand Gefallen am Schwimmen im glasklaren Meer. Obschon sie bis zu den Achseln im Wasser stand, sah sie ihre Füße ohne Probleme. Sie beobachtete Krabben auf dem Meeresboden oder Seepferdchen, die an ihr vorbeihuschten.

«Ich werde mich morgen erkundigen, wo man einen Schnorchel-Trip buchen kann. Hab davon gelesen. – Werde morgen an der Reception gleich mal fragen.»

«Wenn ich da nicht mitkommen muss?» Rahel lachte und griff nach ihrem Getränk. «Ich könnte mich ja mal im Fitness- Studio umseh'n.»

Den nächsten Tag genossen sie wieder am Meer. Auf den Liegen entspannend, atmeten sie die salzige Meeresbrise ein. Der Schirm über ihnen schützte sie vor der Sonne, welche ihre Körper aufheizten. Beide hatten Spaß, im Meer zu schwimmen. Rahel fand es amüsant weit entfernt vom Strand, wieder Boden unter den Füssen zu bemerken. Sie wies zum Strand auf einen Mann und die Jungs hin.

«Solche Sandburgen habe ich früher mit meinem Vater und Susanne auch immer gebaut», schwärmte sie.

Chris schmunzelte bei der Vorstellung des ‹entzückenden Burgfräuleins› Rahel.

«Na wer weiss, vielleicht kannst du mit deinen Kidis auch bald solche Kunststücke bauen.» Rahel beugte sich zu Chris und hauchte ihm einen Kuss auf seine Wange. Dies nutzte er und schlang die Arme um seinen Engel. Ohne darauf zu achten, ob es jemand sah, küsste sie sich sanft.

Eine ältere Dame, die an ihnen vorbeischwamm, blieb entzückt stehen.

«I wish you a happy life.»

Beide bedankten sich bei ihr mit einem scheuen Lächeln. Langsam schwammen sie nebeneinander zum Strand zurück. Rahel holte aus der Tasche zwei gekühlte Getränke. Eins davon reichte sie Chris. Dieser griff nach der Zeitung. Sie las im Roman weiter.

Die Zeit verging zu rasch. Rahel bedauerte, dass der letzte Tag angebrochen war. Die Erinnerung an die Sorgen zu Hause kamen wieder hoch. Mit einem Schluck Kaffee versuchte sie diese Gedanken wegzuspülen. Über die vergangenen zwei Wochen schweifte sie anfangs ein- zweimal zu ihren Eltern oder die Probleme. Durch die ereignisreichen Tage gelang es ihr, den Urlaub zu genießen. Bald würde sie wieder im Flugzeug Richtung Heimat sitzen.

«Jetzt lassen wir uns erst einmal das leckere Frühstück schmecken. OK?» Chris erahnte, was Rahel nicht aussprach. Er ließ sich ein frisches Rührei mit Speck munden. Sie holte sich vom Buffet ein 3-Minuten-Ei und ein Glas O-Saft. Ja, beide sahen mit positiven Erinnerungen auf zwei unvergesslichen Wochen zurück. Sobald sie ihre Tasse leer getrunken hatte, würde Rahel nicht, wie die vergangenen Tage ans Meer gehen. Nein, die gepackten Koffer standen im Zimmer bereit. In einer Stunde brachte sie der Reisebus zum Flughafen.

«Na wie gehts dir, mein Engel? – Du hast ja fast nix gegessen.»

«Ich find's schade, dass diese Wochen schon um sind.» Rahel schob sich das letzte Stück Brot in den Mund und trank den restlichen Orangensaft aus dem Glas.

Chris stand auf und griff nach seiner und Rahels
Tasse.

«Ich hol uns nomals Kaffee. Zeit haben wir ja
noch genug.» Kurz darauf servierte er Rahel heißen, aromatischen Kaffee. «Danke mein Liebling.» Wieder lächelnd genoss sie bewusst jeden
Schluck des aromatischen Getränks.

Kapitel 16

An der Gepäckaufgabe warteten die ersten Passagiere. Rahel beobachtete wie eine Frau ihren zappeligen Kindern aus einem Buch vorlas. Gleich daneben waren sich zwei Teenies scheinbar nicht einer Meinung, welche Boy-Band die erfolgreichere war. Eine hitzige Diskussion entstand. Der Vater versuchte, die Wogen zu glätten, was ihm nach einigen Minuten gelang. Wie der Mann am Kinn reibend zu Rahel sah, grinste er ihr beschämt zu und zuckte mit den Schultern. Verständnisvoll winkte sie ab.

Chris beobachtete ein älteres Ehepaar, das sich scheinbar in der Halle verirrt hatte. Hilfsbereit trat er zu ihnen und erkundigte sich erst in englischer Spra- che, wechselte jedoch lachend in die eigene um.

«Ah. – Ich zeige ihnen gerne wo sie den kleinen Shop finden. – Und ein Stück dahinter finden Sie die Toiletten.» Er wies in besagte Richtung und die Rentnerin legte dankend ihre Hand auf seinen Arm.

«Vielen Dank junger Mann.» Sanft griff sie

nach dem Arm ihres um Jahre älteren Gatten und führte ihn zu den WCs.

«Ein niedliches Ehepaar, nicht?» Chris drückte Rahel entzückt. «Hoffen wir, dass wir auch so lange glücklich sein dürfen?» Ein inniger Kuss war Rahels Antwort.

Die tropische Atmosphäre von draußen zeigte sich in der Halle wieder. Palmen säumten die Wände und andere Pflanzen in Töpfen vermittelten eine entspannte Stimmung.

Rahel lehnte sich in ihrem Sitz zurück und ließ ihren Blick schweifen. Schloss sie die Augen, empfand sie erneut den Sand zwischen ihren Zehen und hörte das Rauschen der Wellen im Hintergrund. Neben ihr saß Chris, der ein trauriges Lächeln auf dem Gesicht trug.

«Kannst du glauben, dass unsere Flitterwochen vorbei sind?»

«Es fühlt sich an, als wären wir gestern erst angekommen. Die Zeit ist wirklich zu schnell vergangen.» In Rahels Augen erschien ein wehmütiger Ausdruck.

«Diese Insel hat definitiv einen bleibenden Platz in mir erobert. – Die Strände, das klare Wasser, die Landschaft, die umgänglichen Menschen – all das werde ich bestimmt noch lange vermissen.»

Wie sie nochmals in Erinnerungen schwelgten, gesellte sich eine ältere Dame zu ihnen. Sie lächelte herzlich und schob ihre Sonnenbrille auf den Kopf.

«Entschuldigen Sie die Störung. Aber ich konnte nicht verhindern, euer Gespräch über die Seychellen zu hören. Es ist wirklich ein Paradies, nicht wahr?»

Beide sahen zu der Frau. «Absolut», antwortete Rahel. «Wir hatten hier eine unvergessliche Zeit.»

Die Dame seufzte betroffen. «Ich erinnere mich noch an meinen ersten Besuch vor einigen Jahren, gemeinsam mit meinem Mann. – Leider ist er nicht mehr unter uns. – Diese Schönheit lässt einen einfach nicht los, stimmts?.»

Die Information aus dem Lautsprecher unterbrach das Gespräch: «Alle Passagiere von Flug LX308 werden gebeten, sich zum Gate zu begeben.»

Rahel und Chris tauschten Blicke aus und standen langsam auf. Die ältere Dame lächelte wieder.

«Dann wünsche ich euch eine angenehme Heimreise. Möge eure Zeit auf den Seychellen immer einen besonderen Platz in euren Herzen haben.»

«Vielen Dank», erwiderte Rahel herzlich. «Das wird sie definitiv.» Sie drückte die Hand der Dame zum Abschied sanft.

«Noch eine schöne Zeit. – Dann gehen wir mal.» Chris legte seinen Arm um Rahel. Entspannt durchschritten beide das Portal, welche sie vom Flugzeug trennte.

*

Der Flug verlief ohne Probleme. Wie Rahel und Chris zurück in Kloten waren, luden sie die Koffer erschöpft ins Auto und fuhren gleich los. Zuhause entdeckte Rahel ein Zettel auf der Küchenablage: «Morgen Frühstück bei uns – Mutti».

«Oh», Rahel deutete auf das Geschriebene, «das ist aber lieb. – Sieh nur.» Chris bestätigte mit einem Augenzwinkern die Nachricht. Fürs Erste sehnten sie sich auf ihr eigenes Bett. Die Koffer aufgeklappt und sich im Bad für die Nacht vorbereitet, schlüpften beide müde unter die Decke.

«Egal wie schön die Unterkunft war, das eigene Bett bleibt trotzdem das gemütlichste», Chris küsste Rahel auf die Stirn. «Schlaf schön, mein Engel.»

«Werde ich bestimmt. – Schlaf auch gut, mein Liebling.» Nach einem zärtlichen Kuss kuschelte sich Rahel an Chris, der seinen Arm um sie legte, und beide schwebten bald ins Traumland.

Am nächsten Tag um 11:00 Uhr trafen sie bei Rahels Eltern zum Brunch ein. Es gab frische Brötchen, Aufschnitt, hart gekochte Eier und Käse, Kaffee und Orangensaft. In der Mitte stellte die Mutter Platten gefüllt mit verschiedenen Früchten hin.

Mit Spannung hörten Herr und Frau Seiler den Erzählungen von Rahel und Chris zu. Sie waren erleichtert, die beiden gesund wieder bei sich zu wissen. Doch sie ahnten, dass die Probleme ihre jüngere Tochter bald einholten. Die Eltern waren sich einig, dass die Kinder erst zuhause ankommen sollten. Darum genossen sie die vergnügte Stimmung. Rahel schwärmte von den langen Spaziergängen an der Küste.

«Es war traumhaft. Wir sassen früh morgens unter einer der vielen Palmen am Strand», Rahel lachte und schenkte Chris einen mitleidigen Blick. «Bis plötzlich eine Kokussnuss wenige cm vor Chris hinunterknallte.»

«Uiii nein! – Ich hoff sie traf dich nicht.» Frau Seiler stellte sich die Szene bildlich vor und sah erschrocken zu ihrem Schwiegersohn.

Chris grinste. «Nein, keine Angst. Sie landete mit genügend abstand neben mir. – Darum konnte ich am nächsten Tag meine ersten ‹Gehversuche› auf einem Surf-Brett starten. – Auf Einzelheiten verzichte ich aber lieber.» Amüsiert legte er seinen Arm um Rahel und beide lachten.

«Es klingt so wunderbar», bestätigte die Mutter, «bin froh, dass ihr die Zeit genießen konntet.»

«Ich wäre gerne noch länger geblieben.» Rahel griff nach ihrer Tasse und trank vom aromatischen Kaffee. Genehmigte sich ein backfrisches Croissant aus dem Körbchen in der Tischmitte. «Doch das leckere Frühstück ist Grund genug wieder zuhause zu sein.»

«Wie wahr», Chris biss mit Genuss in eins der knusprigen Brötchen, welches er mit einer Schinkenscheibe, Salami und einer dünnen Scheibe Käse belegte. «Danke nochmals Therese. Wirklich eine prima Überraschung.»

Rahel goss sich frischgepressten Orangensaft ins Glas. Es fest in beiden Händen haltend, verlor sie sich in Gedanken.

«Na, mein Engel. Tja wir sind wieder zuhause.» Mit dem Handrücken strich Chris zärtlich über ihre Wange.

«Sorry, was meinst du?» Ohne auf Antwort zu warten trank sie das Glas zur Hälfte leer.

«Auch ich hoffe die Erinnerungen bleiben uns noch lange erhaltenl.» Chris schaffte nicht, es zu vermeiden, und schenkte seinem Engel einen zärtlichen Kuss. Die Eltern sahen voller Freude auf das junge Paar. Herr Seiler legte beglückt die Hand auf die seiner Frau.

Nach dem Essen räumten Rahel und ihre Mutter den Tisch ab und spülten das Geschirr. Chris blieb bei seinem Schwiegervater und eröffnete eine Unterhaltung. Verhalten erkundigte er sich, ob es Neues von Oliver gab. Hoffte, dass alles in Ordnung war. Wie die Frauen aus der Küche zurückkehrten, verstummten Chris und sein Vater. Obschon Rahel und ihre Mutter erst verwundert zu den beiden Herren sahen, fragte keine nach.

«Na was meint ihr. – Lust auf einen kurzen Spaziergang?» Frau Seiler holte ihre Handtasche. Chris stimmte begeister zu und trat zu Rahel. Ihr Vater drückte stumm seine Zigarre aus. Nickte Chris erleichtert zu. Denn er hatte nicht vor, die Rückkehr mit diesem Thema zu belasten. Darum vergnügte man sich bei einem kurzen Spaziergang durch das Quartier.

Wieder zurück setzte man sich ins Wohnzimmer. Chris holte seine Kamera aus der Tasche und zeigte den Eltern die Fotos.

«Hier das gefällt mir am besten.» Lachend deutete er auf ein Bild mit Rahel, die sich auf der Liege am Strand sonnte.

«Was jetzt? – Die Badenixe oder die prima Landschaft mit den Palmen und exotischen Pflanzen dahinter?» Herr Seiler grinste, «Nein versteh'. – Echt schön diese Landschaft! In Echt bestimmt noch um einiges schöner.»

«So ist es», bestätigte Rahel. Die Eltern hörten gespannt zu, wie ihre Tochter von Erlebnissen berichteten. Chris zeigte die Fotos, die er auf seiner Kamera hatte. Zwischendurch trank man Wein.

Zu später Stunde verabschiedeten sich beide dankend bei den Eltern und fuhren zurück in ihre Wohnung. Dort legten sie sich müde ins Bett.

«Wenn ich daran denke, dass wir vor einem Tag noch am Strand lagen ... » Chris grinste wehmütig.

«Ich weiß», bedauerte Rahel schmunzelnd, «Aber jetzt sind wir wieder daheim – Tja der Alltag hat uns wieder.»

«Ja, aber wir können ja trotzdem versuchen, das Urlaubsgefühl ein bisschen länger zu behalten.» Chris küsste Rahel, die sich an ihn kuschelte, auf die Stirn.

«Wie wäre ein Strandfoto auf dem Desktop des Computers. Zur Erinnerung an diese herrlichen Wochen?»

«Und vielleicht könnten wir auch mal wieder surfen gehen.»

«Ja, das wär toll!» Rahel schloss die Augen und lächelte.

Die Müdigkeit gewann gegen die stumme Sehnsucht nach Strand, Meer, Leichtigkeit. Bald sanken beide in einen tiefen Schlaf.

*

Der Wecker holte beide in den frühen Morgenstunden unsanft aus dem Schlaf. Rahel drehte sich gähnend zur Wand und kniff ihre Augen jammernd zu. Chris streckte grinsend seinen Arm aus und drückte am Radiowecker auf ‹Off›.

«Tut mir leid mein Engel, aber der Alltag hat uns wieder.» Nach einem sanften Kuss auf ihre Stirn trat Chris neben das Bett. «Ich kümmre mich mal um's Frühstück.»

«Nur noch fünf Minuten.» Rahel zog die Decke über den

Kopf. Gefühlt gleichzeitig kehrte Chris ins Schlafzimmer zurück und hielt ihr die Tasse nahe an ihr Gesicht.

«Du bist fies.» Mit einem Lächeln setzte sie sich auf und griff nach dem Kaffee. «Der entschädigt für jede verpasste Minute Schlaf.» Im Halbschlaf trank sie das aromatischen Getränk. Überreichte die leere Tasse Chris und bedankte sich mit einem sanften Kuss. «Dann bin ich mal im Bad.» Lächelnd hüpfte sie aus dem Bett.

Zwei Stunden später betraten beide die Praxis. Clara sprang erfreut vom Schreibtisch auf und trat zu Rahel. Begrüßte sie erst herzlich, bevor sie, nach kurzem Räuspern, eine aktuelle Mitteilung überbrachte.

«Herrn Hauser von einer Anwaltskanzlei hat sich vorhin nach dir erkundigt. Sobald du hier seist, sollst du ihn bitte zurückrufen.» Clara reichte ihr stirnrunzelnd den Zettel mit der Telefonnummer. Rahel sah fragend zu Chris.

«Patrick? – OK. Dann ruf ihn doch gleich zurück, Rahel. Clara und ich schaffen das mit dem ersten Patienten auch alleine. – Stimmt's Clara?» Die Auszubildende lächelte scheu und stimmte ihrem Lehrmeister zu.

«Wenn du meinst», Rahel hätte zwar lieber bis zum Feierabend gewartet.

Sie ließ erst einen Kaffee in die Tasse fließen. In Gedanken versunken stand sie vor der Espresso-Maschine und nahm den aromatischen Duft auf, der ihr in die Nase stieg. Auf dem Tisch in der Ecke erkannte sie die von Clara spendierten leckeren Kekse. Schmunzelnd erlaubte sie sich, drei davon aus der Verpackung zu holen. Mit dem Kaffee und dem Süßgebäck kehrte sie wieder in den Büroraum zurück.

Um ungestört zu sprechen, stieß sie leicht mit dem Fuß an die Tür. Widerwillig setzte sie sich an den Schreibtisch. Nahm erst einen kräftigen Schluck aus der Tasse und tippte verunsichert die betreffende Nummer in die Telefontastatur. Nach drei Klingeltöne meldete sich eine Frauenstimme.

«Guten Morgen, Seiler mein Name. Herr Hauser wartet auf meinen Rückruf? – Hat er vielleicht grade Zeit?»

«Guten Tag, Frau Seiler. – Einen Moment.» Die Sekretärin wandte sich der Gegensprechanlage zu und teilte ihrem Chef den Anruf von Rahel mit. – Kurze Pause.

«Hallo Rahel. – Danke für deinen Rückruf. – Wäre es dir vielleicht machbar, in den nächsten Tagen vorbei zu kommen? – Wenn möglich schon gestern.»

«Hallo Patrick. Oh, ok.» Rahel räusperte kurz. «Gibts denn was neues?»

«Es gibt einiges zu besprechen. – Geht aber besser im Büro.» Eine kurze Pause folgte.

«Ok. – Sorry wir sind erst seit heute wieder am arbeiten. Gehts in Ordnung, wenn ich mich später nochmals melde?» Rahel spielte verunsichert mit dem Kugelschreiber in ihrer Hand.

«Ja, klar. – Nur wärs wichtig wenns dir diese Woche noch ginge.»

«Werd alles versuchen. Ich melde mich spätestens morgen früh. – Tschüss Patrick.» Rahel atmete schwer und legte den Hörer wieder auf das Gerät zurück. Was mochte er mit ihr besprechen? Ein ungutes Gefühl stieg in ihr auf.

Gedanken verloren sass sie am Schreibtisch und sah ins Leere. Sie wünschte, dass diese Angelegenheit bald ein Ende finden würde.

«Na, gibt's Neuigkeiten?» Chris trat besorgt ins Büro. Rahel griff erst nach ihrer Tasse, um einen

Schluck zu genießen, bevor sie ihm vom kurzen Gespräch berichtete.

«... – Er lässt dich übrigens grüßen.»

«Hoffen wir das Ende davon ist bald erreicht.» Fürsorglich legte Chris die Hand auf ihre Schulter. «Möchtest du nicht heute Nachmittag was mit ihm vereinbaren? Und dich jetzt um das Administrative kümmern? Clara macht prima Arbeit. Den Tag schaffen wir auch mal alleine.» Bevor Chris sich wieder der Arbeit zuwandte, hauchte er seinem Engel einen Kuss auf die Lippen. Rahel wusste warum sie ihn so liebte.

Mittags verabschiedete sich Clara vom wenige Jahre älteren Patienten und reichte ihm das Kärtchen mit dem neuen Termin «Tschüss bis nächste Woche.»

Am Schreibtisch sitzend, beobachtete Rahel die Szene amüsiert. «Na Clara, dann wünsch ich auch dir eine schöne Mittagspause.» Wie sie auf die Uhr sah, entschied sie sich, ihre Büroarbeit ebenso zu beenden.

Aus der Kühltasche im privaten Raum holte sie die vorbereitete Mahlzeit für sich und Chris. Sorgfältig verteilte sie je ein Schnitzel, gedämpfte Karotten und Nudeln auf zwei mit Rosen verzierten Tellern. Zum Schluss goss sie die Soße über die Teigwaren und wärmte alles in der Mikrowelle auf. Der verlockende Geschmack lockte Chris in den Raum.

«Riecht ja wieder köstlich.» Mit einem Tuch in der Hand wartete er, bis die Mahlzeiten genug erwärmt waren. Vorsichtig setzte er die heißen Teller auf den Tisch. Rahel legte das Besteck dazu und füllte Mineralwasser in die Gläser.

«Na dann, lass es dir schmecken mein Engel.» Chris schob die Gabel Gemüse in den Mund.

«Danke guten Appetit mein Liebling.»

Beide genossen die kurzen Momente, wo die Praxis geschlossen war. Oft sprach man über eine der Behandlungen oder priv el ein Lächeln ins Gesicht zu zaubern. Sie schien es nicht gehört zu haben. Stattdessen führte sie ihr Glas an den Mund, um es kurz später erneut mit der Gabel zu tauschen.

«Hey mein Engel, mach dir wegen heute Nachmittag keine Sorgen. Ich vertraue Patrick. Er wird dich da rausholen. – Bestimmt.» Besorgt streifte er seinen Handrücken über Rahels Wange. «Ich hol uns Kaffee.» Mit den leeren Tellern betrat er die kleine Praxis-Küche. Mit zwei Tassen heissem Kaffee kehrte er bald zu ihr zurück.

«Vielleicht noch Kekse dazu?» Mit Freude deutete er auf die von Clara gebackene Süßspeise. Wieder lächelnd, stimmte Rahel zu.

«Habe schon davon versucht. Und ja sie schmecken lecker.» Entzückt bediente sie sich an der Süßigkeit. Beide genossen diesen Moment der Ruhe und Zweisamkeit. Sie schwelgten in Erinnerung an die Flitterwochen. Chris schaffte es damit, Rahel von den Sorgen abzulenken.

Wie er später auf die Uhr sah, fiel es ihm schwer, sie an ihren Termin zu erinnern.

«Tja, wie ich sehe ist die Mittagszeit schon wieder vorbei, mein Engel. Und für dich wird's Zeit.» Zärtlich schloss er Rahel in die Arme. «Lass es mal auf dich zukommen und hör was Patrick dir rät. – Grüß ihn von mir, ja?»

Mit einem schweren Seufzer trat Rahel zur Spüle und reinigte das Geschirr, um es wieder in den Schrank zu räumen. Bevor sie in Patricks Kanzlei fuhr, widmete sie sich mit Geschick ihrem Gesicht. Mit dem Spiegelbild zufrieden verabschiedete sie sich leise von Chris und Clara, die in eine Behandlung vertieft waren.

«Melde dich wenn du's überstanden hast, ja?» Lächelte er ihr aufmunternd zu.

«Mach ich. Tschüss ihr zwei.» Mit mulmigem Gefühl im Bauch beobachtete Rahel wie die Praxistür ins Schloss glitt. Schweigend und mit wirren Gedanken, begab sie sich auf den Weg zu Patricks Anwaltskanzlei.

Kapitel 17

Mit einem Räuspern öffnete Rahel die Tür zum Vorraum der Kanzlei. Das leise Tippen der Tastatur und das gleichmäßige Summen der Klimaanlage begrüßten sie. Patrick, tief in seine Arbeit vertieft, bemerkte sie nicht sofort. Seine Sekretärin, die Akten in den Schrank einsortierte, warf einen kurzen Blick zum Eingang. Die polierten Holzmöbel flimmerten im Licht der Deckenlampen. Erst wie Rahel die Glasschiebetür hinter sich schloss, hob Patrick den Kopf.

«Hallo Rahel, gut konntst du es schon heute einrichten. Ich hoff das bringt keine Probleme in der Praxis?» Er bat seine Klientin in sein Büro und trat zum Schreibtisch. «Setz dich.» Freundlich schob er einen der Stühle zurück und deutete darauf.

«Danke. Grüß dich Patrick.» Rahel setzte sich abwartend. Verunsichert strich sie ihre feuchten Hände über die Hosen. Gespannt, was er ihr gleich mitteilen würde.

«Ich danke dir nochmals für deine Hilfe. – Die Vorwürfe gegen mich sind absurd. Ich weiß nicht, wie ich damit umgehen soll. – Was gibts denn neues?»

Patrick setzte sich auf den ledernen Sessel. Konzentrierte sich erst stumm auf die Unterlagen vor ihm. Klärte Rahel über den aktuellen Stand auf. «... Alice hat mir erzählt, wie ihr zwei am Telefon den Film diskutiert habt, den ihr im Fernsehen gesehen habt. Sie erinnerte sich sogar an die Szene, bei der ihr beide lachen musstet.»

«Und – Hast du herausgefunden, um was für ein Tuch es sich handelt? Und was das mit mir zu tun haben soll? – Wie es in die Apotheke kam?» Rahels Atem beschleunigte sich minütlich.

Patrick blätterte in seinen Unterlagen.

«Darauf komm ich jetzt.» Kurzes Räuspern bevor er weitersprach, «Ja, ich weiss wem es gehört und wie es dort hin kam.» Er legte ein Foto vor Rahel auf den Tisch. «Das ist das Tuch mit dem gestickten Blumenmotiv und deinem Namen.»

«Das – Das ist jenes Tuch welches ich Oliver einmal geschenkt habe! – Blut? – Warum ist es voll Blut? – Von wem?» Rahel sah erschrocken auf.

«Das fragte ich mich genauso. Ich ließ es überprüfen. – Und jetzt das wichtigste. Ich besuchte Oliver Maurer. Hab mit ihm gesprochen. Wollte seine Sicht hören. Dabei ist mir etwas wichtiges aufgefallen. – Oh, Sorry. Möchtest du auch?»

Patrick griff nach dem Krug und füllte frisches Mineral-Wasser in zwei Gläser, die er von der Vitrine hinter ihm holte. Das Erste schob er über den Tisch, das zweite führte er an seinen Mund und leerte es bis zur Hälfte. Rahel bedankte sich und trank irritiert einen Schluck davon.

«Und? – Was ist dir denn nun aufgefallen?»

«Während des Gesprächs mit Oliver Maurer fiel mir eine Wunde an seiner rechte Hand auf. Auf meine Frage, woher die stammt, meinte er, dass er zuhause ein Gerät repariert hätte und sich dabei verletzte. – Darum suchte ich weiter nach Beweisen. Ich besuchte noch die Apotheke und befragte die Angestellten dort. – Und wirklich, sie zeigten mir Fotos vom betreffenden Medikamenten-Schrank. – Auf dem auch Blutspuren zu erkennen waren. Zudem sah ich Aufnahmen der Cams vor und im Lokal.» Wieder suchte er im Ordner nach einer Akte. Die geöffnet auf den Schreibtisch zwischen ihnen lag. «Die Blutspuren in der Apotheke sind auch Teil der Untersuchung.»

Rahel sah auf die Testergebnisse, die Patrick ihr zeigte. Die Zahlen und Diagramme verschwammen vor ihren Augen.

«Hier erkennst du von allen Auswertungen die Resultate», er zeigte auf eine Tabelle. «Sämtliche Werte identisch mit der Blut-Gruppe auf dem Tuch.» Nach einer kurzen Pause klappte Patrick die Ordner und Mappen mit den Akten zu und lächelte mitleidig zu Rahel.

«Ich denke mal, für heute war's genug. – Lass das alles erst mal sacken. Ich werde mich wieder bei dir melden, wenns was neues gibt. Ich denke wir sind erst am Anfang. Da kommt bestimmt noch mehr.» Der Anwalt erhob sich.

«Ich danke dir, dass du dich so `reinhängst Patrick. – Wirklich!»

Grinsend begleitete er Rahel zur Tür.

«Dafür bin ich da. – Grüss Chris von mir und geniesst jetzt euren Feierabend.» Freundschaftlich legte er seinen Arm um Rahel und verabschiedete sich freundschaftlich von ihr.

Zurück auf dem Gehweg holte Rahel erst tief Luft. Erleichtert, den Termin überstanden zu haben. Die Uhr zeigte 17:10. Chris war um diese Zeit schwer zu erreichen.

Da ihr bekannt war, dass Alice heute ihren freien Tag hatte und Steffy Feierabend, tippte sie Alices Nummer in ihr Handy.

«Hallo Liebes. Na was treibst du so? Lust im *Pic* was zu trinken?» Da die Freundin zustimmte, vereinbarten sie, sich später in ihrem Stammlokal zu treffen. Steffy schickte sie eine Textnachricht.

*

Mit einem Augenzwinkern begrüßte Sven seine Stammgäste.

«Hey, sieht man euch auch mal wieder? Hoffe, euch geht's gut? – Was darf's denn sein?», fragte er und wischte routiniert ein Glas trocken.

«Grüß dich, Sven», antwortete Rahel. «Naja, einiges los im Moment. – Kannst du mir einen Martini Soda bringen? Den hab ich mir jetzt wohl verdient.» Erleichtert ließ sie sich auf einem der Barhocker nieder.

Alice und Steffy die neben Rahel auf die Hocker hüpften, nickten zustimmend. «Uns dasselbe», bestätigte Alice. «Erzähl. – Wie war's? Was hat er denn in der Zwischenzeit herausgefunden?»

Rahel versuchte, das Erfahrene und das Gespräch mit Patrick zu ordnen.

«Es ist erschreckend, was mein Anwalt alles ans Licht brachte», erzählte sie in gedämpftem Ton. «Ich hoffe, dass er damit beweisen kann, dass ich seit der Trennung keinen Kontakt mehr zu Oli hatte. Und, dass ich mit dieser Sache nichts zu schaffen hab.» Sie hob ihr Glas und prostete Alice und Steffy zu, nachdem Sven ihr den Drink reichte. «Zum Wohl erst mal.»

Rahel nippte an ihrem Getränk.

. «Tja, bin gespannt, wie's vor Gericht dann aussieht. Ich hoff ich übersteh das.» Und wieder führte sie das Getränk zum Mund.

«Hey Liebes», versuchte Steffy sie zu be-

ruhigen, «Denk daran, nicht du bist die Angeklagte. – Nicht dir droht der Knast. – Das hat
ein ganz anderer Kerl verdient.»

Im ersten Moment erschrak Rahel an Steffys
harschem Tonfall. Doch sie erkannte, dass sie
die Wahrheit sagte. Oli war nicht mehr Teil ihres
Lebens. Und wieder ermahnte sie sich, dies zu
akzeptieren.

«Hast ja recht.» Schmunzelnd hob sie ihr Glas,
«Und darum trinken wir um diese Uhrzeit schon
Alk.» Alle drei lachten amüsiert auf. Der Knoten
war geplatzt. Die Freundinnen plauderten vergnügt weiter.

Die Zeit verstrich unbemerkt, bis Rahels Handy
vibrierte. Chris rief an, und seine besorgte
Stimme drang aus dem Lautsprecher.

«Rahel, wo steckst du?. Alles OK? Ich mache
mir Sorgen.»

Sie lächelte entzückt. «Chris, ich bin hier im
‹Pic› mit Alice und Steffy. – Ja, alles ist in Ordnung.»

«Du warst nicht da als ich nachhause kam.
Aber ok, geniess es und grüss die beiden von
mir. – Ich liebe dich.»

«Ich dich auch mein Liebling. Komm be-
stimmt bald nachhause.» Rahel schickte einen
Kuss durch das Handy und legte es wieder in die
Tasche. Alice lächelte entzückt.

«Das muss Liebe sein. Hey mach dir wegen Oli keine Gedanken, ja? Geniess die Zeit jetzt mit deinem Mann und Herzensmenschen Chris. – Versprochen?» Rahel schmunzelte glückstrahlend und griff darauf nach ihrer Geldbörse.

«Stimmt Alice. Und darum werde ich jetzt bezahlen und geh nachhause. Wo ich hingehöre. – Sven?» Rahel hob ihren Geldbeutel und zwinkerte dem Barkeeper zu. «Lass es Alice, ich lad' euch ein.» Sie hinderte ihre Freundin daran, ihre Geldbörse aus der Tasche zu holen. «Hier, der Rest ist für dich. – Tschüss Sven.»

«Oh, danke Rahel. Und kommt bald wieder.» Sven legte das Geld in die Kasse und bedankte sich für das großzügige Trinkgeld. Augenzwinkernd winkte er den Freundinnen zum Abschied zu.

*

Wie Rahel die Wohnungstür öffnete, trat Chris aus dem Wohnzimmer und hieß sie herzlich willkommen.

«Schön bist du wieder da», sanft legte er seine Arme um Rahel und küsste sie zärtlich auf den Mund. «Komm. Ich hab was Kleines vorbereitet.» Langsam ergriff Chris ihre Hand und führte sie ins Wohnzimmer. «Setz dich.»

Ein Strauß roter Rosen in der Tisch-Mitte ließ ihr

Herz schneller schlagen. Auf der Servierplatte davor waren Schinken, Salami, Lachs und Käse schmackhaft angerichtet. In der Schale daneben erkannte sie verschiedene Früchte. Rahel, die stumm über den Tisch sah, setzte sich nach Chris' wiederholter Aufforderung auf den Stuhl. Er verließ den Raum und kehrte kurz darauf mit zwei kleinen Schalen zurück und servierte den bunt gemischten Salat.

«Wooow das sieht ja alles lecker aus. Ich danke dir mein Liebling. – Und das nach der Arbeit!? – Ich liebe dich.»

Chris lächelte, hob sein Weinglas und hielt es in Rahels Richtung.

«Zum Wohl mein Engel. Und jetzt lass es dir schmecken. – Hab dich lieb.» Nach einem Schluck wünschte er, alles von der Besprechung mit Patrick zu erfahren.

«... Und jetzt heisst es abwarten wie es dann vor Gericht laufen wird. – Aber das kann noch Wochen dauern. In der Zwischenzeit werde er weiter darann arbeiten.»

«Ich vertraue Patrick. Er wird dich da gut beraten. Wie es aussieht, hat er ja schon einiges in Gang gesetzt.»

«Aber was, wenn die Vermutung, dass ich da ‹mitgemischt› habe, als wahr angesehen wird. – Ich möchte nicht für etwas was Oli gemacht hat bestraft werden.» Rahel hob ihr Glas verwirrt an den Mund.

Besorgt langte Chris über den Tisch. Griff nach Rahels freie Hand.

«Liebling, das wird sich klären. Vertrau Patrick. – Genieß doch gleich nachher ein Schaumbad. Ich werde in der Zeit die Küche aufräumen.»

«Ein Schaumbad. – Das ist eine prima Idee.»

Beide genossen das Beisammensein. Um nicht weiter darüber zu besprechen, lenkte er vom Thema ab. Wie sie satt waren, stand Chris auf und trat zu Rahel um den Tisch.

«Na hat's dir geschmeckt?» Fürsorglich legte er die Hand auf ihre Schulter. «Noch Hunger?»

Rahel trank ihr Glas leer und lächelte Chris entgegen. «Das war lecker. Ich hab genug gegessen. Danke dir nochmals.» Ihre Augen strahlten, wie sie ihre Arme um ihn legte und zärtlich küsste.

Chris nickte zufrieden und klopfte sich den Bauch. «Ja, wie ich. Definitiv. Ich bin pappsatt. – So ich wünsch dir tolles Entspannen.» Er stapelte lächelnd das leere Geschirr, Weingläser und Servierplatten aufs Tablett und trat pfeifend Richtung Küche.

«Na dann. Bis später.» In Vorfreude betrat Rahel das Badezimmer. Chris sah ihr glücklich nach.

Wie Rahel den Badezusatz behutsam in den Wasserstrahl beifügte, verbreitete sich ein betörender Duft von Lavendel und frischer Minze im Raum. Sanft glitt sie in das Schaumbad. Die wohltuende Wärme entspannte ihre Muskeln und ihre Psyche. Das Herz pulsierte. Sie versuchte, die Angst zu unterdrücken, wie sie sich vorstellte, im Gerichtssaal den Fragen von Richter und Gegenanwalt ausgesetzt zu sein. Für diese schien klar, dass sie damit in Verbindung stand.

Diese Vorstellung war für Rahel nicht zu ertragen. Im Moment war die Musik ihr einziger Ankerpunkt, der ihr half, sich zumindest für einen Augenblick aus der Situation zu entziehen. Für Minuten schloss sie die Augen und genoss die Ruhe. Versuchte, die Sorgen zu vergessen. Langsam sog sie die Luft ein. Hoffte, ihre wirren Gedanken würden dadurch aufgelöst. Den Entschluss, ihre Unschuld zu beweisen, verstärkte sich. Sie würde kämpfen. Gemeinsam mit Patricks Unterstützung dafür sorgen, dass die Wahrheit ans Licht kommt.

Jetzt genoss sie ihr Schaumbad. Lauschte Musik aus dem Player. Denn zum Lesen war sie nicht in Stimmung. Nach wenigen Zeilen, die sie nicht wirklich aufnahm, legte Rahel das Buch auf die Ablage neben der Wanne. Stattdessen trank sie aus dem Glas, welches sie mit frischgepresstem Fruchtsaft gefüllt hatte. Das erfrischende Getränk spülte ihre Gedanken weg. Sie hörte, wie Chris von der Küche am Badezimmer vorbei, ins Wohnzimmer trat und den TV einschaltete. Wie war sie dankbar, ihn an ihrer Seite zu wissen.

Sie hoffte, Chris nie zu verlieren. Denn mit ihm wünschte sie, alt zu werden.

Wie sie ihre müden Augen wieder öffnete, stellte sie verwundert fest, dass das Badewasser nur noch lauwarm war. Mit einem entspannten Lächeln stieg sie aus der Wanne. Hüllte sich in ein frisches, flauschiges Badetuch, das über dem Haken hing. Diese Auszeit war ihr Ritual, das sie sich ein- oder zweimal pro Woche gönnte. So schaffte sie es, den stressigen Alltag hinter sich zu lassen und in einen Moment der Ruhe einzutauchen. Kurz später gesellte sie sich erfrischt im Schlafanzug zu Chris.

«Na, mein Engel, was meinst du? – Wein zum Feierabend?» Er brachte zwei Gläser, gefüllt mit Rotwein. «Zum Wohl», schmunzelnd stieß er leicht mit seinem Glas an Rahels.

«Da sag’ ich nicht nein. Danke. – Zum Wohl.» Nach einem genüsslichen Schluck stellte sie es auf das Tischchen vor ihr und kuschelte sich in Chris’ Armbeuge.

Den Abend genossen sie bei einem spannenden Film im TV.

*

Die folgenden Tage und Wochen lasteten wie Blei auf Rahel. Mit Mühe schaffte sie es, bei der Arbeit konzentriert zu bleiben.

«Sorry Rahel», Chris versuchte, so leise wie möglich zu sprechen. «Heute steht bei Herrn Sanders diese Behandlung auf dem Programm.» Chris deutete auf die Patientenkarte.

«Oh! Entschuldige.» Mit Schrecken tauschte Rahel hastig die Instrumente, die Chris für den jetzigen Termin benötigte. Chris zwinkerte ihr verständnisvoll zu.

«Schon ok. – Lass dich nicht stressen.»

Dass sie sich in den kommenden Tagen bei Fragen besser an ihren Chef wenden würde, erkannte auch Clara. Entschlossen bot sie ihrer Vorgesetzten an, heute alleine am Patienten zu assistieren. Rahel nahm den Vorschlag ohne Zögern dankend an und zog sich ins Büro zurück.

Kaum sass sie am PC, klingelte das Telefon. Nach einem kurzen Räuspern nahm sie das Gespräch mit freundlichem Ton entgegen.

«Guten Tag Frau Kaiser. – Oh, ja ich hab die Rechnungen verschickt das ist richtig.- Ach wirklich! Oh, dann ist mir ein Fehler unterlaufen. Das sollte nicht vorkommen. – Ich entschuldige mich dafür. Werde ihnen gleich eine korrigierte ausstellen und gleich zur Post bringen. Entschuldigen sie nochmals und noch einen angenehmen Tag. Ade Frau Kaiser. – Danke schön.»

Verstört legte Rahel den Hörer wieder zurück auf das Gerät. Ohne zu zögern öffnete sie die Patienten Karte von Lara Kaiser und prüfte die Eingaben.

«Oh, Mist!» Mit Schrecken erkannte Rahel ihren Fehler. Wie Frau Kaiser ihr erklärte, hatte sie ihr eine falsche Rechnung zugestellt. Ohne zu zögern, öffnete sie den Akten-Schrank und holte die Patienten-Karten heraus. Wachsam überprüfte sie jede der letzten berechneten Beträge, welche sie den Personen in Forderung stellte. «Ach nein! Mädchen das darf nicht passieren!» Mahnte sie sich selbst. Sie hatte zwei Rechnungen vertauscht und Frau Kaiser eine um rund 100.- höhere ausgestellt. Einem anderen Patienten somit diesen Betrag zu niedrig. Nach einem tiefen Seufzer stand Rahel vom Schreibtisch auf und trat in die Praxis-Küche. Sie brauchte jetzt erst einen Kaffee. Aus dem Behandlungsraum hörte sie Chris und Clara lachen. Sie schaute kurz in Richtung Tür und schmunzelte leicht neidisch. Wie gerne würde sie so locker, bei ihm assistieren. – Ein tiefer Seufzer folgte.

Mit der Tasse in der Hand setzte sie sich erneut an den Schreibtisch. Bevor sie den nächsten Anruf tätigte, trank sie einen kräftigen Schluck des aromatischen Getränks.

«Guten Tag Frau Eber. Hier spricht Seiler von der Zahnarztpraxis Dr. Keller. Haben Sie einen Moment Zeit?

«Ja, natürlich», die Stimme am anderen Ende tönte verunsichert. «Was gibt's denn?»

«Vielen Dank. Ich rufe an, weil uns ein Fehler bei der Buchhaltung unterlaufen ist», Rahel räusperte beschämt. «Leider haben wir Ihnen eine falsche Rechnung zugestellt.»

«Oh, das ist unangenehm. – Was ist denn passiert?»

«Es tut mir leid, Frau Eber. Wir haben versehentlich zwei Rechnungen vertauscht, und Sie haben somit eine erhalten, die nicht korrekt ist. Die neue, richtige, wird etwa 100 Franken höher sein. Ich möchte mich aufrichtig für dieses Missgeschick entschuldigen.» Rahel bemerkte an der Reaktion, dass diese Mitteilung nicht willkommen war.

«Was? Das ist nicht wirklich schön zu hören. Warum ist die den plötzlich höher?»

«Ich verstehe sie, Frau Ebner. Es war ein Fehler unsererseits, und ich entschuldige mich nochmals dafür. – Ihre Rechnung wurde leider mit der eines anderen Patienten verwechselt», Rahel hoffte, diese Erklärung reichte für die Klarstellung des Fehlers, «Wir werden Ihnen in den nächsten Tagen die korrekte Rechnung zukommen lassen.»

Für Sekunden hörte Rahel nichts mehr. Bis Frau Ebner sich räusperte.

«Das ist wirklich unangenehm. Ich hoffe, dass so etwas nicht wieder vorkommt.»

«Ich verstehe Ihre Empörung. Ich kann Ihnen versichern, dass so etwas nicht wieder vorkommen wird. Sollten Sie die Rechnung bereits beglichen haben, werde ich Ihnen nur noch den Restbetrag in Rechnung stellen. Damit Sie die Aufstellung der Behandlungen nochmals kontrollieren können, werde ich diese dem Schreiben erneut beifügen.» Rahel hatte Verständnis für die Reaktion der Patientin. Hoffte trotzdem auf ihre Nachsicht.

«Na gut. – Bin ja ansonsten sehr zufrieden mit der Leistung von Doktor Keller. – Und natürlich auch von Ihnen Frau Seiler. – Ehrlich. Und ich denke, dass es sich dabei wirklich um eine Verwechslung handelt. Ich bedanke mich für ihren Anruf und die Klärung. – Wünsche ihnen jetzt noch eine schöne Zeit. Tschüss.»

«Vielen Dank für Ihr Verständnis, Frau Enber. – Falls Sie noch Fragen haben, können Sie sich gerne jederzeit bei uns melden.»

«Jetzt ist es ja geklärt. Und machen sie sich keine Gedanken. Das kann's mal geben. – Ich meinte es vorhin nicht böse. – Grüßen Sie mir Doktor Keller noch von mir. Tschüss Frau Seiler.»

Mit einem erleichterten Aufatmen beendete Rahel den Anruf. Ein Blick auf die Wanduhr zeigte ihr, dass Chris und Clara gleich eine Auszeit hatten. Darum setzte sie den Computer in den Stand-by-Modus und bereitete alles für eine gemütliche Kaffee-Pause zu.

«So, diese Arbeit war jetzt anstrengend ... Weisheitszahn», Chris sah nachdenklich zu Rahel. Doch der Blick an den gedeckten Tisch mit frischem Kaffee und leckerem Kuchen ließ ihn lächeln.

«Oh, wirklich? Nach deinem Gesicht zu deuten, wieder eine Prozedur für den Patienten. – Na setzt euch, das wird euch umstimmen.» Rahel reichte erst Chris, dann Clara, die den Raum betrat, den Kaffee, bevor sie eine weitere Tasse unter die Espresso-Maschine stellte und erneut auf den Knopf drückte.

So genossen die drei gemeinsam eine kurze Pause vor den letzten zwei Terminen.

Kapitel 18

Da Rahel in Gedanke nicht optimal bei der Arbeit war, sprach sie nach Zustimmung von Chris, mit Clara. Sie nutzte die Zeit am Morgen, bevor der erste Patient eintraf.

«Hallo Clara. Darf ich dich mal was fragen?» Verunsichert begrüßte sie die Auszubildende und nippte an ihrer Tasse.

«Grüß dich. Na klar, was gibts denn?» Mit besorgtem Blick sah sie zu Rahel und legte die Jacke ab.

«Ich hab auch mit Chris schon gesprochen. Er würde zustimmen, wenns für dich genauso ok ist. – Folgendes: Du weißt, dass die letzten Wochen für mich nicht gerade leicht waren. Die kommenden werden nicht ruhiger sein», Rahel räusperte und trank die Tasse leer. «Jetzt wollte ich dich fragen, ob du die Arbeit am Patienten übernehmen könntest. Natürlich werde ich für dich immer anwesend und ansprechbar sein. Nur wär ich froh, könnte ich mich um die Büroarbeit kümmern. – Was meinst du?»

«Na, wenn Doktor Keller nichts einzuwenden hat ... Klar mach ich. – Kein Problem.»

Dankend legte Rahel ihre Arme um Clara.

«Dann bin ich mal im Büro. – Wenn was ist, ruf mich einfach. OK?»

Clara nickte mit einem Lächeln und bat den ersten Patienten ins Sprechzimmer. Chris unterbrach das Lesen der Patientenakte und reichte Herrn Brenner die Hand. Clara schloss wie üblich die Tür. Zwinkerte zuvor ermutigend Richtung Büro.

Beruhigt öffnete Rahel den Aktenschrank und zog die Patientenkarten aus dem Fach «Rechnung schreiben». Heute überprüfte sie jede Eingabe mehrmals sorgfältig, bevor der Drucker die ausgefüllten Formulare ausspuckte. Hinterher widmete sie sich den Anrufen, die sie pflichtbewusst erledigte. Zum Schluss beantwortete sie die neuen E-Mails. Bei einer Nachricht stieg, wie oft in letzter Zeit, ihr Puls höher. Ihr Anwalt teilte ihr den Termin für die Verhandlung in der Sache «Oliver Maurer» mit.

«Oh, in zwei Wochen schon!?» Für einen Moment kam alles wieder hoch. Gespannt las sie die Worte, die Patrick ihr schrieb. Erst standen formell die nötigen Angaben und was vorher von seiner Seite zu erledigen sei. Der letzte Teil ließ sie lächeln. Denn er versuchte sie aufzumuntern.

Da er aus seiner Sicht alles hatte, um sie da ‹raus-zuholen›. Ihre Unschuld zu beweisen.

«Das hoff ich auch!» Meinte sie mit gedämmter Stimme mehr zu sich. Mit einem tiefen Seufzer öffnete sie die nächste Mail.

«Was hoffst du?» Chris sah besorgt vom Tür-spalt zu Rahel.

«Oh, schon fertig. – Tja der Gerichtstermin. – Das Datum steht fest. In zwei Wochen hab’ ich’s hoffentlich überstanden.»

«Du kennst meine Meinung. – Mach dir bitte keine Sorgen. Ja?» Chris trat zu Rahel an den Schreibtisch und hauchte ihr zärtlich einen Kuss auf die Stirn. «Jetzt beende auch du die Arbeit. Dann fahren wir nach Hause.»

Chris wechselte seine weiße Hose gegen seine Jeans und stülpte das T-Shirt über den Kopf. Rahel beobachtete mit einem Lächeln, wie er zum Schluss die Knöpfe seines Hemdes ins passende Loch schob. Sie verstaute alle Unter-lagen in die vorgesehenen Ordner und stapelte diese auf das Gestell hinter ihr. Daraufhin hängte sie erleichtert den weißen Kittel an den Hacken.

«Na dann mach ich doch auch Schluss.» Ge-meinsam verliessen alle drei die Praxis.

«Wieder mal einen ‹Absacker› im Pic?» Chris drehte den Schlüssel und die Autotüren öffneten sich mit einem leisen ‹Klick›.

«Klar, warum nicht. Zuhause denke ich nur wieder an das Thema. Doch, ja. – Gehen wir ins ‹Pic›.»

Beide genossen eine entspannte Zeit im vertrauten Lokal. Um Rahel vor lästigen Fragen zu schützen, setzten sie sich an einen Tisch in der Ecke.

«Hallo ihr zwei», Sven begrüßte seine Stammkunden erfreut. «Wie gehts euch? Was darf's denn sein?»

«Hallo Alex. Naja, Gut soweit. Vom anderen möchte ich lieber nicht sprechen, OK?. – Mir bitte einen ‹Pic-Lemon›» der Kellner vermutete, wovon Rahel sprach. Darum vermied er weitere Fragen. Stattdessen trat er hinter die Theke, nachdem Chris' mit «Mir gerne ein kühles Bier.», antwortete.

Bald servierte er jedem sein Getränk und stellte eine Schale mit Salzgebäck und Chips in die Tischmitte.

«Hier noch was zu knabbern.»

Rahel lächelte und schob sich gleich genüsslich eine Salzstange in den Mund. Chris versuchte sie von ihren düsteren Gedanken abzulenken.

«Gerade erinnere ich mich an unsere Abende

in der Strandbar. Kannst du dich noch an den beschwipsten Kerl erinnern?»

«Oh, ja. Ich hatte solche Angst», Rahel strich sich lachend eine Strähne aus dem Gesicht. «Er war sowas von nahe am Steg.»

Chris griff nach seinem Glas, kniff die Augen zu, sah kurz über den Rand und genoss einen tiefen Schluck.

«Zum Glück kam dann sein Bekannter dazu und brachte ihn weg. – In noch trockenen Kleidern.» Beide lachte bei der Erinnerung daran. Sie plauderten lange über diese unvergessliche Flitterwochen-Zeit. Chris war erleichtert, wie er erkannte, dass Rahel wieder entspannt lächelte. Erst zu später Stunde verliessen sie das Lokal.

*

Erstaunt erkannte Chris am Morgen, dass das Bett neben ihm leer war. Durch drücken auf die Off-Taste, verstummte der Song im Radio-Wecker. Mit den Kleidern über dem Arm trat er aus dem Zimmer. Verwundert bemerkte er Licht in der Küche.

«Na mein Engel, schon lange wach?» Besorgt hauchte er Rahel, die am Tisch sitzend, an ihrem Kaffe nippte, einen Kuss auf die Stirn.

«Dann wohl schon zwei Stunden. – Hatte eine

miese Nacht.» Mit einem schweren Seufzer erhob sie sich und ließ einen weiteren Kaffee, aus der Maschine fließen. «Tasse Nummer drei.»

«Hey Liebes ich versteh dich ja. Aber mach dich nicht verrückt. Du hast da nichts zu befürchten. – Glaub mir.»

Chris schloss Rahel in die Arme. Hielt sie fest an sich gedrückt. «Komm, frühstücken wir erst mal.» Darauf holte er zwei kleine Schalen aus dem Schrank, füllte sie mit Cornflakes und gab Milch dazu. «Hier du musst was essen, ok?» Mit einer Tasse Kaffee setzt er sich Rahel gegenüber.

«Ich hoff ich sag nix Falsches. – Wie kann ich sicher sein, dass ich unbewusst Oliver die nötigen Infos, wie auch immer doch gegeben habe?»

Er merkte, dass er es nicht schaffte, Rahel auf andere Gedanken zu bringen. Darum ass er stumm sein Frühstück. Strich ab und zu zärtlich ihre Wangen. Oder schenkte ihr ein Lächeln. Wie er den letzten Schluck Kaffee getrunken hatte, verstaute er die Tasse im Spüler und trat langsam zu Rahel.

«So schwer es mir fällt, aber ich sollte jetzt los. Möchtest du mit mir fahren? Ich bring dich noch zum Gericht.»

Rahel griff nach ihrer Tasse und stellte sie zum anderen Geschirr in der Spüle.

«Nein, lass nur. Ich räume noch kurz die Küche

auf und geh dann zufuss hin. Brauch noch einen Moment für mich.»

Darum legte er seine Arme um Rahel, küsste sie zärtlich und sprach ihr nochmals Mut zu, bevor er sich von ihr verabschiedete.

«Ruf an oder schreib mir wenns vorbei ist. Ok? Natürlich nur wenn du magst. Sonst sehen wir uns am Abend wieder hier. – Tschüss bis später. Und Kopf hoch.»

Der Weg zum Gericht war kurz, Rahel entschied sich für einen Umweg durch den Park. Sie brauchte Zeit, um sich zu beruhigen und darüber nachzudenken, wie sie auf Fragen reagieren würde. Welche Fragen? Abrupt blieb sie stehen. Verwirrt kramte sie in ihrer Tasche und holte ein Bonbon heraus.

Heute nahm sie die Umgebung des sonst beliebten Parks nicht wahr. Ehe sie sich versah, vor dem Eingang des Gerichtsgebäudes.

«Na, dann! – Hinein und es hinter mich bringen!» Sich nochmals Mut zusprechend, betrat sie die Lokalität, wo sie eine der Sekretärinnen begrüßte.

«Guten Tag. Seiler mein Name.» Meldete sich Rahel kurz an.

Die Frau hinter der Glasscheibe wies sie an, im Warteraum rechts zu warten.

Langsam ließ sich Rahel auf den Stuhl neben
dem Fernster nieder. Ihr verunsicherter Blick traf
auf zwei Grünpflanzen, welche sich bemühten,
Ruhe in den Raum zu bringen. Bilder mit geo-
metrischen Formen verzierten die Wände. Doch
Rahel hatte kein Interesse, weder diese oder
den blühenden Garten vor dem Fenster zu bestaunen. Die Gedanken schrien in ihrem Kopf.
Sie sah sich im Geiste vor dem Richter. Die Tür
öffnete sich und Patrick trat zu ihr.

«Hallo, na wie geht's dir?» Ohne auf eine Antwort zu warten, legte er die Arme um ihre Schulter und begrüßte sie freundschaftlich.

«Hallo Patrick. – Naja, ich sag jetzt lieber nix.»
Der Anwalt teilte Rahel kurz mit, dass er sie
holen werde, sobald alle beteiligten anwesend
seien. Im selben Moment hörte sie aus dem Flur
eine ihr vertraute Stimme.

«Dann werden wir ja gleich sehen, wer die
Schuld trägt. Wie kommt wohl das Tuch mit
ihrem Namen dorthin? Das ist doch Beweis
genug. – Oder etwa nicht?!»
Patrick erkannte Rahels Reaktion.

«Hey, lass dich jetzt von dem Geprahle nicht
verunsichern. Wir wissen, dass du keine Schuld
hast. – OK?»
Entgegenkommend forderte er seine Klientin
auf, durch die zweite Tür auf der rechten Seite

zu treten. Dort würde die Verhandlung gleich losgehen.

Rahels und Alices Blicke trafen sich. Ihre Freundin saß auf der linken Seite bei den anderen Zeugen und schien genauso angespannt zu sein wie sie. An der vorderen Wand stand ein länglicher Tisch, an dem sich der Richter und die Gerichtsschreiberin mit einem Laptop niederließen. Rahel und ihr Anwalt setzten sich auf die rechte Seite. Oliver und sein Verteidiger Herr Bucher nahmen am linken Tischende platz. Patrick breitete flink seine mitgebrachten Ordner und die Agenda aus. Ein kurzes Räuspern des Richters war zu vernehmen.

«Guten Morgen, meine Damen und Herren. Ich eröffne die Verhandlung in der Sache ‹Einbruch mit Entwendung von Bargeld, Medikamente und Sachbeschädigung Apotheke Stalder. Beschuldigt sind Oliver Maurer und vier weitere Mitbeteiligte. Als mögliche Mitangeklagte ist Rahel Keller geb. Seiler ebenfalls anwesend», der Richter nickte zu Rahel. Sie wandte ihren Blick betroffen auf die Tischplatte vor ihr. Der Jurist fuhr fort. «Als Zeugen sind folgende Personen anwesend: Alice Bauer, sie spricht für Frau Rahel Keller-Seiler. Dann die Nachbaren von Oliver Maurer, sowie jene von Rahel Keller-Seiler. Zum Schluss der Apotheker Matthias Stalder und seine Angestellte Tamara Konrad. – Danke für das mithelfen, dass diese Angelegenheit heute gelöst werden kann. Herr Bucher, Verteidiger von Herrn Oliver Maurer sie haben das Wort.»

Olivers Anwalt legte seine Unterlagen vor sich auf den Tisch, bevor er sich erhob. «Euer Ehren, mein Mandant, Oliver Maurer, hat mir erklärt, dass die Wunden an seiner Hand von einer Reparatur stammen, die er zuhause durchgeführt habe. Diese Verletzungen sind keineswegs ein Beweis für seine Beteiligung an dem Einbruch. Zudem wurde am Tatort ein Tuch gefunden, auf dem der Name von Rahel Keller- Seiler eingenäht ist. – Dies deutet für mich klar darauf hin, dass Frau Keller-Seiler an diesem Überfall beteiligt gewesen sein muss.»

«Frau Keller, haben Sie dazu eine Erklärung?» Der Richter sah ohne eine erkennbare Mimik zu Rahel.

«Euer Ehren. Ich habe nichts mit dem Überfall zu tun. Glauben sie mir. – Wirklich!» Sie bemühte sich inständig, ihre Fassung zu bewahren. Hilfe suchend sah sie zu Patrick. «An besagtem Abend war ich zuhause.»

«Kann das jemand bestätigen?» Der Richter ließ seinen Kugelschreiber über das Blatt gleiten und richtete seinen Blick sofort wieder auf

Rahel. Anstelle von ihr antwortete Patrick mit fester Stimme.

«Euer Ehren, ich möchte Alice Bauer als Zeugin aufrufen.»

Rahel beobachtete, wie Oliver zu ihr und fragend den Blick zu seinem Anwalt suchte. Für sie war es eine passende Reaktion. Es fiel ihm schwer, einen Zusammenhang mit dem Thema und Rahels Freundin zu erkennen.

«Dann bitte ich Alice Bauer hier Platz zu nehmen.» Der Richter deutete auf den Stuhl ihm gegenüber.

Mit aufgerissenen Augen erhob sie sich. Räusperte kurz und sah zu Rahel. Wie sie sich vor den Richter setzte, sprach dieser weiter.

«Frau Maurer. Sie wissen, warum Sie hier sind? Neben Oliver Maurer ist Rahel Seiler als Täterin in Verdacht. – Was haben Sie dem Gericht mitzuteilen?» Der Richter legte seine Hände auf den Tisch und richtete seinen Blick zu Alice. Die Dame neben ihm wartete mit den Fingern auf der Laptop-Tastatur auf das erste Wort von ihr, um es festzuhalten.

«Ich will Rahle, sorry Frau Seiler helfen, ihre Unschuld zu beweisen. – Frau Keller, sorry.»

«Ihnen ist bekannt, dass Sie vor Gericht die Wahrheit zu sagen verpflichtet sind. Ansonsten bestraft werden können?»

Alice bestätigte kaum hörbar die Frage. Der Richter forderte sie auf zu sprechen.

«Ich kann bestätigen, dass Rahel nicht in der Apotheke war. Zumindest nicht an jenem Tag, oder zur besagten Zeit.»

Die Gerichtsschreiberin tippte das Gehörte flink auf ihrem Laptop, wo sie es präzise festhielt.

«Wie können Sie das beweisen? Waren Sie bei Frau Keller-Seiler?»

«Nein, Euer Ehren. Ich habe mit ihr am Telefon gesprochen. Wir sahen den gleichen Film im TV an. – Und haben zu der Zeit telefoniert. Und wir haben über einige Szenen geredet.»

Patrick erkannte sein Stichwort, erhob sich und trat zum Richterpult. Mit einem beherrschten Ausdruck legte er die Unterlagen und die Aufnahme eines Telefonats vor dem Richter ab.

«Eure Ehre, ich bitte um Erlaubnis, diese Beweise vorzulegen. Ich habe sie direkt vom Telefonanbieter erhalten. Es handelt sich um die Aufzeichnung des Gesprächs zwischen Frau Alice Bauer und Frau Rahel Keller-Seiler.»

Der Richter betrachtete mit Interesse die Beweisstücke. «Danke Herr Hauser. – Noch etwas was die Unschuld ihrer Klientin beweisen könnte?»

Für Sekunden lächelte Patrick zu Rahel.

«Euer Ehren, ja. – Ja, das habe ich», wieder

legte er eine mehrseitige Dokumentation zur Ansicht vor. «Ich habe eine Überprüfung der Blutgruppe auf dem Tresor sowie der Flecken auf dem Tuch veranlasst.» – Ein kurzer Blick zu Rahel. «Folgend damit einen richterlichen Beschluss in Auftrag gegeben, um die Blutgruppe des Beschuldigten zu ermitteln. – Hier das Ergebnis.»

Der Richter warf einen ersten Blick auf all die Unterlagen und das Foto von Olivers Verletzung an der Hand. Wortlos studierte er den Text. Minuten herrschte Stille. Rahel sah zu Alice. Wie würde es weitergehen?

Nach einer längeren Pause wandte der Richter sich an Oliver und dessen Verteidiger.

«Haben Sie oder Ihr Anwalt dazu etwas zu sagen?»

«Ich kann nur wiederholen, dass ich mich zuhause verletzt habe. Möglich dass mir das Tuch aus der Hosentasche fiel … » – «… Als sie in die Apotheke eingebrochen sind. Das Tuch sei übrigens ein Geschenk von meiner Mandantin an sie Herr Maurer!»

«Nein! Ich sagte doch ich war das nicht. Ich meine, als ich tags zuvor dort eine Salbe weger der Verletzung holte. – Ja, genau da muss ich es verloren haben.»

Der letzte Zeuge beendete seine Aussage. Die

Anwälte nutzten ihre Plädoyers, um die Unschuld ihrer Mandanten zu betonen. Beide bemühten sich, überzeugend und sicher zu sprechen. Im Saal herrschte absolute Ruhe. Keiner der Anwesenden wagte es, den Juristen ins Wort zu fallen.

Rahel fasste es nicht, was sie von Olivers Anwalt zu hören bekam.

«Was sagt er den da», sie beugte sich zu Patrick und flüsterte ihm zu, «das sind doch falsch was er da erzählt!»

Patrick legte seine Hand auf Rahels Arm und zwinkerte ihr vertrauensvoll zu.

«Keine Angst, er versucht nur das Unmögliche möglich zu machen.»

Nach weiteren Vernehmungen verkündete der Richter eine Pause.

«Wir werden uns nun zurückziehen, um die Beweise eingehender zu prüfen. Nach sorgfältiger Abwägung ... treffen wir uns heute Nachmittag um 15:00 Uhr wieder hier.» Er warf einen letzte Blick zu Oliver und Rahel, bevor er sich erhob. Rahel beobachtete den Richter, wie er langsam aufstand. Sie stellte sich vor, dass er schon lange Zeit seine Tätigkeit ausüben musste. Ja, er schien erschöpft zu sein. Seine langjährige Erfahrung vermochte er gerecht einzusetzen. Sie erkannte, wie er sich mit einem Nicken zur Protokollführerin und den Geschworenen wandte. Langsam zur Tür des Beratungszimmers trat. Die anderen folgte ihm. Ihre Schritte hallten durch den Raum.

Patrick atmete erleichtert auf und legte freundschaftlich eine Hand auf Rahels Arm.

«Na bis jetzt läufts doch ganz gut. Genieß die kurze Pause. Iss was. – Bis nachher.» Patrick folgte den anderen und schloss die Tür.

Rahel suchte den Blickkontakt zu Alice, welche zwei Reihen hinter ihr sass. Sicherheitsbeamte führten Oliver und seine Freunde über den Flur in ein Neben-Zimmer.

Alices trat zu Rahel und legte schützend den Arm auf ihre Schulter.

«Komm Liebes, lass dich jetzt nicht beirren. – Es sieht doch ganz gut aus, wies läuft.»

Einer der Beamten wandte sich nochmals zu Rahel und den anderen.

«Die Verhandlung wird um 15:00 Uhr wieder fortgesetzt werden. – Bitte um pünktliches Erscheinen. Danke und Mahlzeit.»

«Komm Rahel, gehen wir ins Lokal unten an der Straße.» Alice führte ihre Freundin unter leichtem Druck aus dem düsteren Raum.

«Egal wohin, nur raus hier.» Rahel verließ mit eiligen Schritten den Saal.

Kapitel 19

Zurück auf dem Vorplatz atmete Rahel tief durch. Die drückende Luft im Saal wich der kühlen Brise draußen, und sie merkte, wie die Anspannung langsam nachließ.

«Was haltet ihr davon, wenn wir dort etwas essen gehen?»

Rahel zeigte auf ein Gasthaus auf der anderen Straßenseite. Nach Zustimmung von Alice und Patrick überquerten sie die Straße und betraten das einladend wirkende Lokal. «Das brauche ich jetzt!» Langsam setzte sich Rahel an den Tisch unter der Linde. Alice folgte ihrem Beispiel.

Sofort griff Rahel nach der Speisekarte neben ihr. Entzückt über das reichhaltige Angebot studierte sie jede Seite. Bald zeigte sie auf ihre Wahl. Gedanklich spürte sie den Biss der Gurken und den saftigen Geschmack der Tomaten auf ihrer Zunge. Sie legte die Karte beiseite und bestellte mit einem Lächeln den gemischten Salat.

«Sieht echt lecker aus. Den muss ich haben. – Dazu noch ein Mineralwasser.»

Alice sah zu Rahel und schmunzelte. «Ich

nehme das Gleiche. Sieht wirklich schmackhaft aus.» Sie deutete auf die Speisekarte. Die Angestellte notierte die Bestellungen und verließ den Tisch. Rahel nutzte die Wartezeit, um ihre Eltern anzurufen.

«Hallo Mama. – Ja, jetzt kurze Mittagspause … .» Aufgewühlt berichtete sie ihrer Mutter, was alles besprochen wurde. Wie sie die Verhandlung wahrnahm und wie unermüdlich ihr Patrick zur Seite stand. «… ich werde mich spätestens morgen wieder melden. OK. – Danke dir. Und grüß Papa von mir ja?»

Mit einem Schmunzeln legte Rahel das Handy zurück in ihre Tasche. Denn soeben trat die Service-Angestellte mit zwei appetitlich angerichtete Salatteller an den Tisch. Sie griff nach der Gabel und stach in die knackigen Blätter und schob das erste Stück in den Mund. Ihr Blick folgte den zwitschernden Vögeln, die über ihnen ihre Kreise zogen. Alice akzeptierte, dass ihre Freundin beim Essen nicht zu sprechen wünschte. Ja, sie schien in Gedanken bei den letzten Stunden zu sein. Wie beide Teller leer waren, beendete Alice die Stille.

«Na, erzähl, wie lebt es sich so als ‹Frau Keller›?» Sofort erkannte sie ein scheues Lächeln auf Rahels Gesicht.

«Naja, es ist schon noch komisch, als ‹Frau Keller› angesprochen zu werden. – Und sonst, einfach herrlich», genüsslich schob sie sich eine Tomatenscheibe in den Mund. «Wie heissts so schön? ‹Er trägt mich auf Händen›.»

Die Pause schien für Rahel zu kurz. Gerne wäre sie länger hier im Lokal geblieben. Doch ihr Handy erinnerte sie mit einem Signal, dass es bald wieder weitergehen würde.

Wie sie aus dem Aufzug traten, wartete Patrick auf dem Flur auf seine Mandantin.

«Na, wie gehts dir? – Bald haben wir's überstanden. Kommt gehen wir wieder hinein. – Gleich gehts weiter.»

Alice verabschiedete sich, legte freundschaftlich die Arme um ihrer Freundin und drückte sie. «Bis nachher.»

Fürsorglich den Arm auf Rahels Rücken, führt Patrick sie zurück an ihren Platz.

«Kopf hoch! Optimistisch bleiben.» Mit diesen Worten setzte er sich neben sie und breitete seine Unterlagen vor sich auf den Tisch aus. Rahel wünschte sich, die Zuversicht ihres Anwalts zu haben. Sie wagte noch nicht daran zu glauben.

Mit leisem Knarren öffnete sich die Tür hinter dem Richtertisch. Der Richter, mit ernstem Blick und einem Stapel Akten in der Hand, schritt zurück an seinem Platz. Die Gerichtsschreiberin setzte sich neben ihn. Ein Beamter führt Oliver zu seiner Bank. Stumm und siegessicher trat er zu seinem Anwalt Otto Bucher. Zum Schluss begleitete ein Staatsdiener die anderen Burschen zur Holzbank auf der Seite.

*

Der Richter schob die Brille mit einer entspannten Bewegung über die Nase. Wandte seinen Blick ohne eine Mimik durch den Saal.

«Dann bitte ich um Ruhe und um erneute Aufmerksamkeit. – Danke.» Der Jurist räusperte kurz. Mit fester Stimme erklärte er die Ergebnisse der Beweisanalyse und die Erkenntnisse aus den Ermittlungen. «... So bitte ich nun die Verteidiger zu ihren Schluss-Plädoyers.»

Nach einem Blick zu Patrick erhob sich Olivers Anwalt entschieden. Seine Stimme war fest und sicher, wie er zu sprechen anfing.

«Hohes Gericht, Herr Vorsitzender.» Eine Pause folgte. «Oliver Maurer wird beschuldigt, gemeinsam mit vier weiteren Personen eine Apotheke überfallen und beraubt zu haben. Dabei auch Medikamente und Geld aus dem Tresor entwendet zu haben. Doch ich stehe hier, um Ihnen zu zeigen, dass mein Mandant unschuldig ist.» Herr Bucher, Olivers Anwalt hob die Hand und zeigte auf das Beweismittel, welches vor ihm lag. «Es gibt erhebliche Zweifel an der Beteiligung meines Mandanten an dieser Tat. Das Tuch, das in der Apotheke gefunden wurde, mag zwar Blutspuren enthalten, die mit der Blutgruppe meines Mandanten übereinstimmen, doch dies allein beweist nicht seine Schuld. Dieses Tuch wurde ihm von Rahel Keller geschenkt und könnte auf vielfältige Weise in die Apotheke gelangt sein.» Wieder eine kurze Pause, um die Wirkung seiner Worte zu verstärken.

Rahel sah fragend zu ihrem Anwalt. ‹Was soll das? Was wollte er damit bezwecken?›

Patrick legte beruhigend seine Hand auf ihren Unterarm. Erkannte ihre stummen Fragen. Vertrauensvoll nickte er ihr zu.

«... Die Mitangeklagten standen unter Druck und könnten versucht haben, die Schuld auf meinen Mandanten abzuwälzen, um ihre eigene Strafe zu mildern.» Er senkte die Stimme, um seine Schlussfolgerung zu betonen. «Nach sorgfältiger Prüfung der Beweise und Zeugenaussagen ist klar, dass die Beweislage gegen Herrn Oliver Maurer nicht ausreicht, um seine Schuld zweifelsfrei nachzuweisen. Im Zweifel für den Angeklagten – dieser Grundsatz muss hier Anwendung finden.» Mit einem eindringlichen Appell schloss Anwalt Bucher sein Plädoyer. «Die vorgelegten Beweise reichen nicht aus, um eine Verurteilung zu rechtfertigen. Oliver ist ein junger Mann ohne Vorstrafen, der sich stets gesetzestreu verhalten hat. – Darum plädiere ich das Gericht, auf ‹Nicht Schuldig›.»

Rahel biss sich auf die Lippe. Sie hatte Schwierigkeiten, zu begreifen, was sie von Olivers Anwalt hörte. Sie versuchte, die Worte abprallen zu lassen.

Der Jurist setzte sich mit eiserner Miene neben seinen Mandanten. Oliver nickte ihm dankend zu, legte dem Rechtsanwalt eine Hand auf seinen Arm. Bevor er sich entspannt zurücklehnte. Ein missbilligendes Lächeln huschte über sein Gesicht, wie er zu Rahel sah. – Sicher, den Sieg erreicht zu haben.

Der Richter schrieb indes stumm Notizen auf, bevor er den Kopf hob und Patrick mit einem knappen Nicken zum Sprechen aufforderte.

«Hohes Gericht, meine Damen und Herren. Danke für die Gelegenheit, die Verteidigung meiner Mandantin, Rahel Keller-Seiler, darzulegen. Sie wird in Verbindung mit dem Überfall auf eine Apotheke gebracht. Bei dem Medikamente und Geld aus dem Tresor entwendet wurden. – Es ist jedoch wichtig, zu betonen, dass meine Mandantin zu Unrecht beschuldigt wird. Die vorgelegten Beweise bestätigen eindeutig die Unschuld meiner Mandantin. – Das Tuch, das in der Apotheke gefunden wurde, mag zwar von Frau Keller –Seiler sein, doch es war in Besitz von Oliver Maurer. Es war ein Geschenk von meiner Mandantin an ihn. Doch dies beweist nicht ihre Beteiligung an dem Überfall. Das Tuch könnte leicht von Oliver selbst oder auf andere Weise in die Apotheke gelangt sein.» Patrick hob den Stoff, um es dem Gericht nochmals zu zeigen. «Die Blutspuren auf dem Tuch und dem Tresor stammen eindeutig von Herrn Oliver Maurer. Es gibt keine Hinweise darauf, dass Rahel Keller-Seiler in irgendeiner Weise mit diesen Spuren in Verbindung steht.- Wie die vorgelegten Beweise zeigten, führte Rahel zur Tatzeit ein Telefonat über das Festnetz, mit Frau Alice Bauer», er deutete zu ihr, welche angespannt zu Rahel sah. «Während sie einen Film im Fernsehen schaute. Die Aufnahmen dieses Gesprächs sowie die Übereinstimmung mit der Sendezeit des Films bestätigen ihr Alibi.» Der Richter beugte sich vor und sah über das besagte Dokument. Erneut schrieb er sich Notizen auf.

Patrick fuhr mit fester Stimme fort.

«Die Beweislage zeigt klar, dass Rahel Keller-Seiler zur Tatzeit nicht am Tatort war und keine Verbindung zu den Tatbeständen hat. Die vorgelegten Beweise entlasten sie vollständig und bestätigen ihre Unschuld.» Er senkte die Stimme, um sein Fazit zu betonen. «Ich bitte das

Gericht daher, meine Mandantin freizusprechen. Rahel Keller-Seiler ist eine unbescholtene Bürgerin, die zu Unrecht in diese Angelegenheit verwickelt wurde. – Meine Schlussfolgerung: Meine Mandantin ist unschuldig. – Danke»

Nach diesen Worten setzte sich Patrick wieder und wartete gespannt auf die Reaktion des Richters. Rahel schenkte ihrem Anwalt ein dankbares Lächeln und nickte ihm zu.

«Danke für deine Worte!- Danke.»

«Jetzt hören wir dann ob sie geholfen haben.» Ein kurzes Zwinkern und schon war er wieder ein Anwalt der sich in seine Aufgabe vertiefte.

«... und kamen zu folgendem Schluss.» Der Richter sah über den Brillenrand zu Oliver, bevor er weiter sprach. «Die vorgelegten Beweise und die Aussagen der Zeugen haben nach Absprache ein übereinstimmendes Urteil ergeben.» Erneuter Blick zum Angeklagten. «Oliver Maurer, sie werden wegen Einbruchs, Diebstahl und Sachbeschädigung zu drei Jahren Haft verurteilt. Ihre vier Mittäter», der Richter wandte sich zu seiner Rechten und nannte jeden beim Namen, «... jeweils zwei Jahre Haft, die auf Bewährung ausgesetzt werden. – Jetzt zu ihnen Frau Keller geborene Seiler.»

Wie er Rahels Name aussprach, schreckte sie auf. Verunsichert sah sie zu Patrick. Er lächelte beruhigend.

«Nach Anhörung der Zeugen und vorliegendem Beweis, dass sie zu der fraglichen Zeit nicht vor Ort waren», fuhr der Richter fort, «sind sie freizusprechen.» Zur Absicherung, dass seine Urteilsverkündung verstanden wurde, sah er stumm zu allen Anwesenden und beendete seine Verkündung. «Somit erkläre ich die Verhandlung als abgeschlossen.»

Die letzten Worte hallten in Rahels Ohren wie ein Echo. Patrick beachtete in diesem Moment keine Etikette und schloss seine Mandantin in die Arme. «Na, ich denke das muss gefeiert werden. Was hältst du von einem leckeren Essen? – Gib doch gleich Chris Bescheid.»

Rahel sass da. Vermochte ihr Glück, nicht zu fassen. Obwohl keiner daran zweifelte, hatte sie nichts zu befürchten. Alice stürmte zu ihr und schloss sie jubelnd in die Arme.

«Ich wusste es! Hey es ist vorbei! – Du hast's überstanden. Ich werde gleich Chris anrufen und ihm die tolle Nachricht überbringen.» Ohne auf Rahel zu warten, eilte sie aus dem Raum und holte ihr Handy aus der Tasche.

Kurz später setzten sich Rahel und Alice zu Patrick ins Auto.

«Na dann, lasst uns von hier verschwinden.» Er lächelte zum Beifahrersitz.

«Nichts lieber als das! – Ich hoff jetzt, das war

mein erster und letzter ‹Besuch› in diesem Gebäude.» Rahel sah eingeschüchtert durch die Scheibe zum prunkvollen Bauwerk.

*

Patrick drehte schmunzelnd den Zündschlüssel und fuhr los. Alice lehnte sich erleichtert zurück. Die Anspannung der vergangenen Tage löste sich langsam und sie seufzte entspannt.

«Das haben wir doch großartig gemacht, stimmt's?»

«Ich hoffe ich kann heute Nacht dann endlich wieder schlafen.» Rahel sah weiter stumm aus dem Fenster. Mitleidig sah Patrick zur Seite.

«Hey, Chris wird genau so wie ich stolz auf dich sein. Du hast das wirklich großartige gemacht!»

«Aber ohne eure Unterstützung hätte ich das nie geschafft.» Dankend legte Rahel die Hand auf Patricks Arm. «Danke dir, dass du mich unterstützt hast. Auch dir Alice. Danke nochmals.»

«Wir waren ein gutes Team. – Und jetzt wird gefeiert!» Alice legte ihre Hand auf Rahels Schulter. Alle lachten erleichtert auf.

Patrick schaltete den CD-Player ein, und Musik erfüllte das Fahrzeug. «Auf ins ‹Pic›!», meinte er grinsend und beschleunigte den Wagen. Die Spannung löste sich während der Fahrt bei jedem.

Angespannt wartete Chris vor dem «Picadilli», wie er Patricks Auto auf den Parkplatz einfahren sah.

«Hallo mein Engel. Da bist du ja.» Ohne auf die anderen zu achten, schloss Chris Rahel neben der Beifahrertür herzlich in die Arme. «Bin so froh hast du's jetzt endlich hinter dir. Alice sagte am Telefon, dass er jetzt einige Zeit von der Bildfläche verschwinden wird? – Hoff er lernt was davon.»

«Na mal abwarten.» Rahel genoss es, wieder in Chris' Nähe zu sein. Vergnügt wandte dieser sich zu Alice und Patrick, um sie zu begrüßen.

«Hey Pady, ich werde dir ewig dankbar sein», mit Erleichterung klopfte Chris dem befreundeten Anwalt auf den Rücken, «Auch dir tausend Dank.» Alice schloss er freundschaftlich in die Arme.

Voll Freude hieß Sven die neuen Gäste willkommen und führte sie gleich an einen passenden Tisch abseits des Rummels.

«Bring uns gerne mal die Speisekarte.» Chris lehnte sich zurück, legte seinen Arm um Rahel und lächelte in die Runde.

«Ich denk mal, dann ging der Gerichtstermin gut aus?» Sven hob vier seiner Speisekarten aus dem Regal und reichte jedem eine davon.

«Genau, ja», Rahel nickte Sven lächelnd zu, «Endlich kann ich wieder leben. – Naja, versuch es zumindest.» Auf die Bemerkung drückte Chris ihr einen Kuss auf die Stirn und versprach, ihr dabei gerne zu helfen.

«Zum Trinken bring uns desshalb den besten Wein den du hast.» Gab er grinsend die Getränkebestellung weiter.

«Klar, werde ich gerne servieren.» Sven kritzelte die gewünschten Menüs auf seinen Notizblock und erwiderte schelmisch Chris' Grinsen. «Bin dann gleich wieder bei euch.»

Dezent wies er eine Servicekraft an, den Tisch seiner Gäste vorzubereiten. Diese arrangierte flink glänzende Gläser und poliertes Besteck auf die Sets. Sven eilte über die Treppe in den Weinkeller und wählte eine Flasche seines besten Weins aus.

Wieder hinter der Bar, wischte er flink den Staub mit einem feuchten Tuch weg, bevor er feierlich, den Korken entfernte. Mit Ehrgefühl reichte er Chris ein Glas zur Probe.

«Oh, ja der ist prima. Der schmeckt euch bestimmt genauso», wandte Chris sich kurz an die anderen und stellte dankend das leere Glas vor sich auf den Tisch. «Dann schenk doch gleich allen davon ein. So kann der Abend beginnen.» Wie gewünscht servierte der Gastronom persönlich jedem vom Wein. Der Abend entwickelte sich zu einer entspannten Runde.

«Ein letztes Mal möchte ich mich bei euch drei für die Unterstzung die ich von jedem von euch erhalten habe, bedanken. – Jetzt will ich aber nur noch in die Zukunft blicken. Lasst uns darum darauf anstoßen. – Wie auch immer sie wird», Rahel schmunzelte zu Chris, «Jetzt kann's nur noch aufwärts gehen. – Zum Wohl.» Zustimmend hoben alle ihr Glas. Chris drückte ihr erleichtert einen Kuss auf die Wange.

«Zum Wohl mein Engel. Der heutige Tag war der letzte einer aufreibenden Zeit. – Und darauf trinken wir!» Wieder hob er sein Glas und nippte daran.

Da es Rahels Wunsch war, das Thema zu wechseln, erzählte sie ein Erlebnis aus dem Praxis-Alltag.

«Ich fand diesen kleinen Jungen echt tapfer. – Er war so damit beschäftig nur keine Tränen zu zeigen. – Obschon ich es total verstanden hätte, wenn er geschrien hätte.» Rahel bemerkte wieder dieses Mitleid, das sie mit ihm teilte. «Denn Chris war gezwungen, dem Kleinen einen Zahn zu ziehen. In solchen Situationen bereue ich es fast, diesen Beruf gelernt zu haben. Klar er wusste warum er diesen ‹bösen› Zahn hatte. Aber er tat mir echt leid.»

«Gerade darum liebe ich dich so.» Chris sah zu Rahel. «Ich weiss jetzt schon, dass du bei unserem

Nachwuchs für glückliche Kinder sorgst.» Sanft strich er mit dem Handrücken über ihre Wange.

«Na, davon bin ich überzeugt.» Lachend hob Alice ihr Glas und prostete Rahel zu. «Ich freu mich jetzt schon auf die kleinen Würmchen.» Wie alle auflachten, grinste Sven hinter der Theke zu seinen Stamm-Gästen. Ja er hatte scheinbar nichts einzuwenden, wenn es heute bei ihnen geräuschvoller zuging.

Alice brachte die Gruppe mit Episoden aus der Gasthaus-Küche zum Lachen.

Auf Rahels Frage, ob der Azubi wieder für zu großen Salz-Verbrauch gesorgt habe, lachte die Freundin auf.

«Nein, das passierte zum Glück nicht noch einmal. – Letzte Woche geschah ihm was ganz dummes.» Alice sah kurz zur Decke und runzelte die Stirn. «Nein, diesmal hat er sich die Hand verbrüht. Sah echt krass aus. Die Finger waren fast nicht von den Bratwürsten in der Pfanne zu unterscheiden. Zum Glück hatten wir das nötige wie spez. Verbandszeug und solche Dinge im Notfallkoffer.»

«Und du denkst er ist wirklich der richtige für diesen Job?» Patrick nippte an seinem Glas und war auf Alices Antwort gespannt.

«Ok. Ja mir kamen auch schon Zweifel.- Aber die von ihm gekochten Speisen sind sonst wirklich lecker.»

Die heitere Gruppe plauderte weiter, bis Chris ein leises Gähnen von Rahel vernahm.

«So, ich denke wir bezahlen und fahren langsam nachhause. Was meinst du mein Engel.»

Patrick und Alice fanden es ebenso an der Zeit, den ereignisreichen Tag zu beenden. Beide holten ihren Geldbeutel aus den Taschen. Chris hielt sie abrupt zurück. «Hey steckt euer Geld bitte wieder ein. Selbstverständlich seid ihr eingeladen. So wie ihr euch heute für Rahel eingesetzt habt! – Danke nochmals.»

«Hey, das habe ich doch gerne gemacht. Und es ist auch meine Pflicht», Patrick klopfte Chris auf den Rücken und schmunzelte zu Rahel, «Freu mich hast du es jetzt überstanden. Ich denke, dass du jetzt bestimmt wieder besser schlafen kannst.»

Rahel lächelte erschöpft und bestätigte Patricks Vermutung. «Ja, ich freue mich wirklich auf mein Bett.» Ein breites Gähnen entglitt ihr. Sie stellte sich vor, ohne die Sorgen der vergangenen Wochen, wieder entspannt zu schlafen.

Chris zog seine Brieftasche hervor und legte ein großzügiges Trinkgeld zum geschuldeten Betrag auf den Tisch. «Vielen Dank und ein schönes Wochenende euch», Sven steckte das Guthaben mit einem dankbaren Lächeln in die Geldbörse und schob das geschenkte Geld in das Außenfach. Zufrieden und müde fuhren Chris und Rahel durch die stillen Straßen der Stadt nach Hause.

Zuhause angekommen, bereiteten sich beide rasch für die Nacht vor und lagen bald im Bett. Rahel kuschelte sich entspannt an Chris, der sie in die Arme schloss und zärtlich küsste.

«Schlaf gut mein Engel. Und träum was schönes.» Er drückte Rahel näher zu sich. Zu müde, um zu antworten, hauchte sie ihm dankend einen Kuss auf seine Hand und schmiegte ihren Rücken dichter an Chris' Körper. Bald schwebten beide im Traumland.

*

In den folgenden Tagen fand Rahel langsam ihr Vertrauen ins Leben zurück. Oft schlenderte sie nach der Arbeit alleine durch den Park und setzte sich auf eine Bank. Schweigend beobachtete sie die Vögel, die verspielt über ihr tanzten. Die Hunde, welche sich auf der Wiese vor ihr austobten, zauberten ein Lächeln auf ihr Gesicht.

Ihre neu gewonnene innere Ruhe übertrug sich auf die Patienten. Clara wandte sich ohne Zögern mit offen Fragen zur Ausbildung an sie und suchte wieder vermehrt ihren Rat.

Rahel genoss es, ihr altes Leben zurück zu wissen. Dass dies Chris nicht verborgen blieb, zeigte er, wie er sich bei einer kurzen Arbeitspause, entschuldigte und die Praxis verließ.

Vor der nächst Behandlung kehrte er lächelnd zurück.

«Rahel, kommst du kurz?» Eilig betrat er sein Büro und war erleichtert, war die wartende Patientin mit ihrem Journal beschäftigt. Rahel und Clara warfen sich erstaunte Blicke zu. Denn keine von ihnen hatte eine Idee, was nicht bis Feierabend hätte warten können.

«Ok, dann geh ich mal zu ihm. Bereitest du schon alles für die Patientin vor?» Rahel lächelte zu Clara und schritt über den Flur ins Büro.

Wie sie hinein trat, erkannte sie Chris bei seinem Schreibtisch. Lächelnd stand er vor ihr. Mit einem riesen Strauss duftender roter Rosen und einem Säckchen in der Hand.

«Rahel, mein Engel. Ich wollte dir zeigen, dass ich sehr froh bin, ist für dich alles positiv zuende gegangen. – Was ich übrigens nie bezweifelte! – Darum hier diese Rosen und noch etwas, was dir hoffentlich Freude bereitet.»

Wortlos stand Rahel da. Erstaunt nahm sie das Säckchen entgegen und öffnete es sofort. Ohne zu Atmen holte sie eine Box heraus. Langsam klappte sie den Deckel auf. Bevor sie hineinschaute, sah sie verliebt zu Chris.

«Na, schau nach. – Gefällt es dir?» Gespannt

wartete er auf ihre Meinung. Rahel sah Sekunden wortlos hinein.

«Chris, wie komm' ich dazu? Ein so teures Geschenk? – Wunderschön!» Erstaunt griff sie nach der Kette und hielt sie gleich um den Hals.

«Komm ich schließe sie für dich.» Chris trat hinter Rahel und schloss mit zittrigen Händen den Riegel. Eilig schritt sie vor den Spiegel beim Waschbecken und bestaunte das traumhafte Schmuckstück um ihren Hals. Das Collier war aus feinstem Weißgold gefertigt und strahlte in einem leuchtenden Glanz. Die meisterhaft verarbeitete Kette war mit geschliffenen Diamanten besetzt. Im Zentrum des Schmucks glänzte ein größerer Edelstein in Tropfenform. Der Lichtstrahl, der vom Fenster auf den Anhänger fiel, brach in tausend Farben.

Rahel schloss die Augen und ließ ihre Finger über das Schmuckstück gleiten. Ein sanftes Kribbeln durchzog ihre Haut, wie sie den Edelstein berührte.

«Damit du siehst wie glücklich ich bin, dich wieder lachen zu sehen. Und ich mit dir gemeinsam dein neues Leben genießen darf.» Nach Chris' Worten wandte Rahel sich um und schloss ihn zärtlich in die Arme. Tränen kullerten über die Wangen. Für einen Moment vergaßen sie, dass sie in der Praxis standen und die Arbeit rief.

«Freut mich wenn das Collier dir gefällt.» Chris hauchte zärtlich einen weiteren Kuss auf Rahels Lippen.

«Ein Traum. Ich kann es noch nicht glauben. – Wunderschön!- Ich liebe dich.»

Rahel wischte ihre Tränen hastig weg. Denn soeben betrat der nächste Patient die Praxis. Das Collier legte sie in die Box zurück. Ein Lächeln huschte über Chris' Gesicht, wie er Rahel einen letzten Kuss durch den Raum schickte.

Die vertraute Ruhe, die sie im Umgang mit den Personen, ob Erwachsene oder Kinder auszeichnete, war zurück. Jeder Tag in der Praxis war für Rahel eine Freude. Sie hatte das Vertrauen der Menschen, die täglich kamen, wieder.

«Herr Dolder, ich grüße sie.»

Der junge Mann lächelte und reichte Rahel die Hand. «Guten Tag Frau Keller. Danke dass ich so schnell einen Termin haben konnte», er rieb sich die linke Wange, «hoff die Schmerzen sind bald weg.» Rahel nickte mitleidig.

«Na dann werde ich mich mal um das Problem kümmern. Rahel, kannst du mir bitte ... ?» Chris erkannte, wie sie ihm bereits das nötige Instrument entgegenhielt. Er genoss es, wieder mit seinem Engel zusammen zu arbeiten.

«Danke», flüsterte Chris und zwinkerte ihr entgegen. «Wie in alten Zeiten.- Schön.»

Wie sie später gemeinsam nach Hause fuhren, ergriff Chris ihre Hand und drückte einen zarten Kuss darauf.

«Der Tag lief doch super. Was meinst du?»

«Es tut gut, wieder zurück zu sein und sich auf die Arbeit zu konzentrieren. Hab es wirklich vermisst bei Behandlungen mitzuwirken.»

«Ich bin froh, dass du wieder voll und ganz bei uns bist.» Chris strahlte. Rahel bemerkte, wie sie diese Momente vermisste. Sie war zurück in ihrem Leben.

Heute hatte sie den Wunsch, Alice und Steffy im «Pic» zu sehen. Seit der Hochzeit fanden ihre traditionellen Treffs nicht mehr regelmäßig statt. Das wollte sie ändern. Ohne zögern holte sie ihr Handy aus der Tasche und tippte beiden eine Nachricht.

«Montag Abend im ‹Pic›. Nach 18.00 Uhr?» Minuten später bestätigten sie mit einem «Smile» den Vorschlag.

Kapitel 20

Die Sonne schien durch die Fenster der Praxis, wie beide eintraten. Rahel zog ihre Jacke aus, wechselte ihr Outfit und bereitete sofort, die Instrumente für den ersten Patienten vor. Bevor dieser eintraf, servierte sie für Clara Chris und sich Kaffee.

Die Auszubildende bedankte sich und setzte sich an den Tisch in der Ecke.

«Rahel, was denkst du, wie es dem Patienten von gestern Abend mit dem komplizierten Weisheitszahn wohl geht? Phu, ich hab sogar noch zuhause an die Prozedur gedacht.»

Ja, sie erinnerte sich daran. Da es eine schwierige Behandlung war, assistierte sie, statt wie die letzten Wochen Clara ihrem Chef.

«Ich hoffe, es geht ihm gut. Solche Eingriffe können ziemlich unangenehm sein. Aber er hat es tapfer durchgestanden. Zwar hatte auch ich gestern meine Probleme während des Prozederes.»

«Ja, ich hoffe, dass ich da auch mal assistieren kann, ohne dass es mir dabei übel wird. – Danke, dass du dann trotzdem für mich eingesprungen bist.» Clara lächelte scheu.

«Das ist ganz normal. Das wird sich geben. – Wirst sehen», mit einem Lächeln klopfte Rahel der Auszubildenden auf die Schulter, «Wenn du Fragen hast oder etwas unklar ist, kannst du jederzeit zu mir kommen. – Aber das weißt du ja.»

Entspannt hob sie die Tasse, trank einen Schluck. – Und verzog Sekunden später das Gesicht zu einer Grimasse.

«Bääh, der Kaffee schmeckt heute scheusslich! Komisch, schon der Zuhause schmeckte mir nicht. – Vielleicht sollte ich auf Tee umsteigen.»

Chris kam aus dem Büro und trat eilig zu Rahel.

«Rahel, Liebes. Alles in Ordnung?» Fürsorglich legte er seine Hand auf ihren Rücken.

«Ja, alles gut. Nur ein bisschen müde heute.- Hm ich hol bei nächster Gelegenheit eine neue Kaffee-Marke.» Vor den anderen stellte sie ihr sonst geliebtes Getränk auf den Tisch zurück.

Chris beobachtete, wie sie sich müde am Stuhl abstütze. Bemerkte, wie sie wiederholt über den Bauch strich. Er zögerte kurz, bevor er flüsternd fragte: «Rahel, alles in Ordnung? Clara hat recht. Du siehst wirklich erschöpft aus.»

«Ich sollte nur mal wieder durchschlafen. Aber die letzte Zeit ... Weiss nicht.»

«Wie gesagt, lass dir mal beim Onkel Dok einen Termin geben.»

«Wär vielleicht nicht falsch. Werde gleich anrufen.» Erschöpft betrat sie das Büro. Setzte sich mit dem Tee in der Hand auf den Stuhl. Erst trank sie genüsslich von dem heißen nach Beeren schmeckenden Getränk und tippte in Gedanken, die Nummer ihres Arztes in die Tastatur.

«Und wir arbeiten weiter.» Chris trat entspannt ins Sprechzimmer, wo Clara mit der Patientin ein Gespräch führte.

«Na, angerufen? Was meinte er?» Chris war erleichtert, dass die Konsultation nicht lange dauerte. Bevor er sich um den nächsten Patienten kümmerte, sah er besorgt bei Rahel im Büro vorbei.

«Ja hab ich. Ich soll morgen früh gleich vorbeikommen. – Ich hoff das ist ok?» Wieder legte sie unbewusst eine Hand auf ihren Bauch.

«Klar doch. So weißt du endlich, woran es liegt. Und unsere Auszubildende leistet prima Arbeit.» Chris versuchte, seiner Frau ein Lächeln auf ihr Gesicht zu zaubern. Clara grinste scheu aus dem Sprechzimmer, wo sie alles für die nächste Behandlung vorbereitete.

«Hoffen wir, morgen weiss ich dann mehr.» Besorgt sah Rahel zu Chris.

«So. weiter gehts.» Nachdem er ihr einen Kuss auf Stirn hauchte, folgte er Clara ins Zimmer, welches gegenüber dem Büro lag. Bevor er die Tür schloss, zwinkerte er seiner Frau zu.

Um 18:00 Uhr beendete man den Arbeitstag. Erleichtert wechselte Rahel in die Alltagskleider und legte wie gewohnt ein dezentes Make-up auf.

Zu Hause ließ sie sich ein warmes Bad ein und fügte den Lavendel-Badezusatz hinzu, den Chris ihr schenkte. Schloss kurz die Augen und atmete den beruhigenden Duft ein. Die Anspannung des Tages fiel langsam von ihr ab.

*

«Guten Tag Frau Keller», die Sprechstunden-hilfe reichte Rahel beim Empfang einen Becher. «Gehen sie doch gleich auf die Toilette.»

Scheu lächelnd griff sie nach dem Gefäß und trat zur Tür auf der rechten Seite. Wie gewünscht schob sie zum Schluss den Becher durch das Fenster in der Wand zum Nebenraum. Wieder draußen setzte sie sich vor das Labor am Ende des Flurs. Minuten später trat eine jüngere Praxisangestellte aus dem Raum. Sie bat Rahel, einzutreten, da sie ihr Blut abnehmen müsse.

«So Frau Keller, das wär alles. Warten Sie bitte noch kurz im Wartezimmer. Ich holen Sie sobald Doktor Steiger das Ergebniss vorliegt.»

Im Warteraum blätterte Rahel Gedanken verloren in einer Zeitschrift. Sah aus dem Fenster und fragte sich, was ihr der Arzt gleich mitteilen würde. Chris schickte sie eine Benachrichtigung, dass es sich in die Länge ziehen würde. Eine Frau mit einem Säugling betrat das Wartezimmer. Rahel begrüßte sie und sah zum schlafenden Kind.

«Baby müsste man sein. Schlafen überall wo sie möchten.»

«Tja, nur mit dem Tag-Nacht Rhythmus hat sie's noch nicht so drinn.» Die junge Mutter lächelte, «aber man gewöhnt sich drann.» Rahel bemerkte, wie sie der Frau gerne zuhörte. Kurz später sass sie wieder alleine im Raum. Nach zwei weiteren Patienten öffnete sich erneut die Tür.

«So Frau Keller. Die Ergebnisse sind da und Doktor Steiger hat jetzt Zeit für Sie. – Sorry dass es doch länger dauerte. Aber heute scheint ein Notfall dem nächsten zu folgen.»

«Kein Problem. Bin nur froh wenn ich bald weiss was los ist.» Rahel wunderte sich über das Lächeln der Sprechstundenhilfe. Doktor Steiger stand neben der Tür und begrüßte seine Patientin.

«Frau Keller, ich grüße Sie.- Setzen sie sich doch bitte.»

Wie gewohnt, bat ihr Arzt erst um Informationen. Wie lange sie die Beschwerden habe und weitere Fragen, die sie erstaunten.

Erst wie der Arzt sie mit einem Lächeln ansah und sie die Punkte in Gedanken erneut durchging, erkannte sie, was er ihr gleich mitteilen würde.

«Ich denke Sie ahnen was ihnen ‹fehlt›?» Wieder lächelte er Rahel entgegen. «Um die Diagnose zu verraten. – Frau Keller, ich gratuliere ihnen und ihrem Gatten. – Sie werden bald Eltern sein.

Rahels Herz hüpfte, wie der Arzt die Nachricht verkündete. Ein Kribbeln breitete sich in ihrem ganzen Körper aus. Ein Lächeln erhellte ihr Gesicht, und ihre Augen leuchteten vor Glück.

«Wirklich?», ihre Stimme zitterte. «Ich werde wirklich Mutti?»

Der Arzt nickte bestätigend. «Ja, Frau Keller. Die Tests sind eindeutig. Herzlichen Glückwunsch!»

Rahel bemerkte, die Erleichterung und Freude. Ihre Augen füllten sich mit Tränen, die sie mühsam zurückhielt.

Mit einem Lächeln verließ sie die Praxis. Erst jetzt fiel ihr auf, wie die Sonne vom Himmel strahlte. Sie grüßte jede Person, die ihr auf dem Weg begegnete. Ohne diese zu kennen. Wie sie durch den Park schlenderte, sah sie überall Mütter mit Babys oder Kleinkindern auf dem Spielplatz. Sie hörte nicht auf zu lächeln, bis sie zuhause war.

Rahel bereitete mit Freude eine Überraschung für Chris vor. Aufgeregt stellte sie, die mit Liebe verzierte Box auf den Tisch. Die winzigen samtweichen Babyschuhe, die sie sich gleich nach dem Arztbesuch besorgte, legte sie mit einem entzückten Lächeln auf das bunte mit Herzen bedruckte Seidenpapier in die Box hinein. Mit zitternden Fingern platzierte sie zum Schluss die handgeschriebene Karte dazu. Ihre Augen strahlten, wie sie sich Chris' Reaktion vorstellte. «Junge oder Mädchen?» War in kunstvoll geschriebenen Worten zu lesen. Die Spannung knisterte in der Luft. Rahel versuchte, seine Freude und Überraschung vorzustellen.

Nach Mittag kam Chris nach Hause. In Sorge suchte er Rahel im Haus. Wie er in die Küche schaute, bemerkte er die zierliche Schachtel auf dem Tisch. Was da wohl drin steckt? Kein Absender? Gespannt öffnete Chris den Deckel und sah die winzigen Schuhe. Verwirrt sah er zu

Rahel, die mit Tränen in den Augen und einem Lächeln hinter ihn trat.

«Rahel, mein Engel. Wie wars beim Arzt? Ich hab auf deinen Anruf gewartet. – Was meinte er?»

«In der Box siehst du die Antwort.»

Chris' Augen weiteten sich vor Begeisterung. Er ließ die Karte auf den Tisch fallen und zog Rahel nähr. «Das ist das Beste, was du mir mitteilen kannst! Du bist gesund! – Wir bekommen ein Baby!» Flüsterte er in ihr Ohr. «Ich liebe dich, mein Engel. – Und natürlich dich.» Zärtlich legte er seine Hand auf Rahels Bauch.

«Eigentlich hätte ich es wissen müssen. Diese Anzeichen.- Die sind mehr als typisch.»

Chris bestand darauf, heute Nachmittag mit Clara zu arbeiten. Rahel wies er an, sich auszuruhen. Da sie am Abend mit ihren Freundinnen verabredet war. Lächelnd fügte er hinzu, «Und bestimmt habt ihr einiges zu besprechen.»

«Zu befehl Herr Doktor.» Eilig verschwand sie im Badezimmer.

In ihren Hausdress gekleidet und die Wolldecke um sich gewickelt, kuschelte sie sich auf das Sofa. In Gedanken träumte sie vom Leben mit dem Kleinen. Wird es klappen? Wird sie diese Aufgabe schaffen? Würde sie erkennen, wenn dem Baby was fehlt? Diese Fragen schafften es, dass Rahel müde die Augen schloss und bald einschlief. Bevor Chris nach einem Lunch wieder zur Arbeit fuhr, hauchte er seinem Engel einen Kuss auf die Stirn und zog die Wolldecke über ihre Schulter. Er erkannte, dass sie es bewältigen wird, die letzten Jahr zu vergessen. Mit ihm und dem neuen Erdenbürger gemeinsam in eine erfreuliche Zukunft sehen. Davon war er überzeugt.

Wie Chris abends wieder nach Hause kam, stand Rahel im Bad und bereitete sich für das Treffen mit Steffy und Alice vor.

«Na, mein Engel, wie gehts dir?» Zärtlich hauchte er ihr einen Kuss auf den Mund.

«Mir gehts wieder richtig gut. Und ja», Rahel legte amüsiert die Hand auf den Bauch, «Dem kleinen Wesen da, genau so. – Jetzt wo ich weiss was da in mir wächst, gehts mir wirklich besser.»

«Schön zu hören. Gib auf dich – sorry – euch acht.» Chris legte seine Mappe unter die Garderobe und hängte die Jacke an den Hacken. «Dann seh ich mal, dass der Papa noch was zu futtern bekommt.» Rahel schaute ihm amüsiert nach und strich sanft den Bauch.

*

«Hallo ihr zwei»,Rahel trat durch den Eingang des ‹PICADILLI›. «Mir ein Minerallwasser», bat sie Sven, wie sie an der Bar vorbeikam und setzte sich zu ihren Freundinnen. Alice fiel die prima Stimmung Rahels auf.

«Was ist denn bei dir passiert? So gelöst habe ich dich ja schon länger nicht mehr gesehen.» Steffy hob ihr Weinglas, um anzustoßen, bemerkte, dass nur sie und Alice Wein tranken. Rahel griff dankend nach dem Mineralwasser, welches Sven ihr reichte und stieß lachend mit ihren Freundinnen an.

«Hätte zwar nicht gedacht, dass ich es euch schon so bald erzähle, aber ... » Rahel genoss einen Schluck, «aber ich werde wohl in den nächsten Monaten keinen Alkohol mehr trinken.»

«Oh, warum das denn?» Alice sah besorgt zu ihrer Freundin. «Du bist doch nicht krank?»

«Nein, bin ich nicht.» Rahel amüsierte sich, wie sie in die erstaunten Gesichter sah. Wieder trank sie aus dem Glas. Steffy schrie vor Freude auf.

«Du bist schwanger?!» Alice bemerkte die verwundert Blicke der anderen Gäste und zog erschrocken die Schultern hoch. Sven, hinter der Bar, runzelte die Stirn und hob die Hand, um sie zur Zurückhaltung zu bitten.

«Oh, sorry Sven. – Leute, ich entschuldige mich.» Steffy erhob sich rasch vom Stuhl und legte ihre Arme um Rahel. «Hey, ich freu mich so für euch.»

Nachdem Steffy sich von ihr gelöst hatte, trat Alice vor und umarmte ihre Freundin herzlich. Ihre Augen strahlten vor Freude, wie sie Rahel gratulierte.

«Mein Liebes, das ist ja eine fabelhafte Nachricht. Ich freu mich für euch.»

Steffy und Alice wünschten, von Rahel alles zu wissen. Den Namen des Babys, wann der mögliche Geburtstermin sei und vieles mehr.

«Nein, ich möchte nicht wissen was es sein wird. Ich werde es lieben. Ob Mädchen oder Junge. Ich wünsch mir ein gesundes Kind», unbewusst legte Rahel die Hand auf ihren Bauch und lächelte gedankenverloren. Die Freundinnen plauderten und lachten, bis Sven sie daran erinnerte, dass er bald schließen würde.

«Oha, na dann lasst uns bezahlen.» Rahel holte ihre Geldbörse aus ihrer Tasche. Alice und Steffy folgten ihrem Beispiel und gaben Sven das Guthaben.

Vor dem Lokal drückte Rahel ihre die zwei innig.

«Dann bis zum nächsten Mal. Wünsch euch eine stressfreie Woche.»

«Danke Rahel und dir, sorry, ich mein euch ebenso.» Lachend setzte sich Rahel in ihren VW Golf und winkte beim Wegfahren zurück.

Zu Hause bemerkte sie, wie erschöpft sie war.

Der neue Zustand kostete sie Energie. Doch Monat für Monat genoss sie die Zeit mehr.

*

Eines Abends, beide saßen gemütlich auf dem Sofa, klingelte das Telefon. Rahel hob den Hörer ab und hörte die aufgeregte Stimme ihres Vaters.

«Rahel, du wirst es nicht glauben! Beim Aufräumen des Dachbodens habe ich eine kleine, handgefertigte Wiege wiedergefunden. Sie wurde seit Generationen in unserer Familie weitergegeben. Ich wusste schon gar nicht mehr, dass ich diese noch hier habe. Was meinst du? Komm' doch mal vorbei und seh sie dir an.»

«Das ist perfekt», sagte Rahel entzückt. «Ich kann morgen vorbeikommen. Danke fürs Bescheid geben. Tschüss bis morgen dann und grüss Mutti lieb von mir.»

Chris lächelte und legte eine Hand auf das Baby im Bauch. «Unsere kleine Familie wird wunderbar sein.»

In diesem Moment registrierte Rahel einen sanften Tritt von innen. Sie lachte und sah Chris an.

«Ich glaube, unser Baby freut sich auch schon.»

Mit einem Gefühl der Vorfreude schloss Rahel die Augen und stellte sich die Zukunft vor, wie sie zu dritt sein würde. In den letzten Jahren hatte sie die Aussicht auf eine Zeit mit einem Partner aufgegeben. Meinte, nie das Glück zu finden, welches sie sich so sehr wünschte.

Doch heute sass sie mit ihrem Traummann in ihrem eigenen Zuhause, wo bald ein neues süsses Geschöpf einzieht und die Familie komplet machte.

Chris schien ihre Gedanken zu erkennen. Er legte seine Hand auf ihre, welche sanft über ihren Bach streifte.

«Ich freu mich genau so auf unser Leben mit diesem kleinen Wesen da.» Behutsam beugte Chris sich zu Rahel und küsste sie zärtlich. Aneinander gekuschelt sassen sie auf dem Sofa, beide hatten eine Hand auf dem gewölbten Bauch. Zwar lief im TV ein Film, doch ihre Blicke waren auf die Bewegungen unter ihrem T-Shirt gerichtet, welche durch sanfte Stöße wahrzunehmen, und Wölbungen zu erkennen waren.

«Der möchte schon Fußball spielen.» Chris amüsierte sich an den Stößen in Rahels Bauch.

«Nee, sie sagt dem Papa hallo», entgegnet Rahel und legte ihre Arme um seinen Nacken, um ihn innig zu küssen.

Ihre Augen leuchteten vor Freude, und ein Lächeln spielte auf ihren Lippen. Beide freuten sich unendlich auf die Geburt des Kindes.

«Ich bin mal kurz in der Küche.» Chris verließ das Wohnzimmer, um eine Käse-Fleischplatte zum Abendessen vorzubereiten.

Rahel stand am Fenster und sah in die Ferne. Die letzten Monate hatten sie verändert, sie stärker gemacht. Sie dachte an all die Herausforderungen, die sie gemeistert hatte. Das Missverständnis in Lausanne mit Chris und seiner Schwester. Der Verdacht, dass sie beim Einbruch mitmischte und sie an den Rand der Verzweiflung brachte. Wie war sie erleichtert, das alles überstanden war.

«Ich freu mich, dich bald kennenzulernen mein Kleines.» Sekunden später pochte es unter ihrer Bauchdecke. «Hey, du freust dich auch?»

Solche Momente erlebte Rahel in den nächsten Monaten öfters. Die letzten 12 Wochen genoss sie die Zeit zu Hause. Oft verbrachte sie diese bei ihren Eltern.

*

«Hallo Liebes. Grüß dich mein Kleines.» Frau Seiler begrüßte Rahel herzlich und strich sanft über ihren Bauch. «Na wie gehts euch zwei? Ich denke jeden Tag, dass ihr die Ankunft des Kleinen mitteilt.»

«Nicht nur du», lächelte Rahel. «Auch ich bin gespannt wann es endlich los geht. – Tja kann sich nur noch um Tage handeln.» Sie setzte sich in der Küche an den Tisch, wo ihr Frau Seiler eine Tasse Tee reichte.

Lange plauderten beide über die Zukunft. Unverhofft vernahm sie ein leichtes Ziehen im Bauch. Da es kurz anhielt und wieder verschwand, hielt sie es nicht nötig, ihrer Mutter davon zu erzählen. Minuten später war es zurück. Rahel bemerkte ihre Verunsicherung.

«Hm Mutti ich glaub da tut sich was. Kannst Du Vati fragen ob er mich ins Krankenhaus fährt?» Mit der Hand auf dem Bauch lächelte Rahel zwischen leichten Krämpfen. Ohne lange nachzudenken, eilte Frau Seiler zu ihrem Gatten in den Hobby-Raum, wo er am Schleifen war. Minuten später fuhr er mit seiner Tochter in die Klinik. Ihre Mutter rief in der Dental-Praxis an und berichtete der Assistentin, dass Rahel auf dem Weg ins Krankenhaus sei. Da Chris leider mit einer größeren Behandlung beschäftigt war, schaffte er es nicht, sofort loszufahren.

Zwei Stunden später fuhr Chris aufgewühlt und voll Freude los.

«Guten Tag, Herr Doktor Keller,» begrüßte ihn eine Hebamme freundlich am Empfang der Geburtenstation. «Ihre Frau liegt im zweiten ‹Gebärsaal› auf der rechten Seite.»

Chris trat eilig auf die Tür zu. Er klopfte an und hörte im gleichen Augenblick das Schreien eines

Babys. War das sein Kind? Aufgeregt klopfte er erneut an die Tür.

«Ah, sie sind bestimmt der Vater der Kleinen, nicht wahr?» Zuvorkommend trat die Krankenschwester zur Seite und Chris durfte zu Rahel und seiner Tochter Katrin.

«Hallo mein Engel ich war leider noch in einer Konsultation die ich nicht unterbrechen konnte. Aber jetzt bin ich da. Bei meinen zwei süssen Ladys. Wie gehts dir mein Engel?» Zärtlich legte Chris den Arm um Rahel und strich sanft über den Kopf seiner soeben geborenen Tochter. Die Schwester trat heran.

«Ich darf doch die süße Kleine kurz mitnehmen? Sobald der Arzt sie untersucht hat ist sie wieder bei euch.» Langsam hob sie Katrin hoch und brachte sie aus dem Raum.

Eine andere versorgte Rahels Wunde und kontrollierte ihr Gesundheitszustand.

«Ich lass euch mal für kurz alleine. – Bis nachher.» Diskret verließ sie das Zimmer. Chris und Rahel waren für sich. Behutsam hielt er sie in seinen Armen. Küsste sie wiederholt zärtlich auf den Mund. Er war beeindruckt von ihr. Von der Mutter seiner Tochter. Er fasste sein Glück kaum. Seit zwei Stunden war er Vater und das Gefühl der Freude überwältigte ihn.

«Ich wär so gerne dabei gewesen. Tut mir leid dass ich zuspät kam. – Ich liebe dich!»

«Hey das ging alles so schnell! Kaum war mein Vater und ich da, wurde er schon wieder aus dem Zimmer gebracht und bei mir gings los.» Rahel lachte erleichtert. «Unsere Katrin hatte es sowas von eilig. Aber schön ist es jetzt vorbei. – Und die tolle Zeit mit unserem Gold-Schatz hat begonnen.»

Die Krankenschwester schob Rahels Bett in ein Privatzimmer, wo Chris ihre Utensilien verstaute. Eine Pflegeperson folgte ihnen mit dem Bettchen wo Katrin lag.

«So, hier ist ihre Kleine. Die Untersuchungen sind beendet. Und ich darf ihnen ausrichten, dass das süße Kleine gesund ist. – Wenn sie erwacht, dürfen sie sich melden, dann helfe ich ihnen beim Stillen.» Die Pflegerin verabschiedete sich lächelnd von der jungen Familie.

Die erste Woche mit Katrin verbrachte Rahel im Krankenhaus. Sie übernahm mit Hingabe die Pflege der Kleinen. Badete sie und kuschelte mit ihr im Bett, wenn beide Ruhe nötig hatten. Besuchte Chris am Abend seine Lieben, zeigte ihm seine Tochter ihre schönste Seite.

«Na, dann bring ich euch zwei hübschen Ladys mal nachhause.» In bester Laune griff Chris nach der Trage, wo seine Katrin döste. Rahel überließ er unschuldig grinsend ihre Reisetasche. Als

Familie verliessen sie ausgelassen das Krankenhaus.

Rahel wuchs an ihrer neuen Aufgabe. Die Tage
vergingen wie im Flug. Jede Minute mit ihrer Familie genoss sie von ganzem Herzen. Sie sah zu,
wie Katrin täglich weitere Fähigkeiten erlernte
und stetig selbstständiger wurde.

Wochen später, sie brachte die Kleine ins Bett,
erinnerte sich Rahel an die vergangenen Monate.
Sie war in ihrem Leben zurück. Hatte das, was
sie sich wünschte. War mit ihrem Traum-Mann
verheiratet. Sorgte sich mit Hingabe um die
gemeinsame Tochter. Mit Chris und Katrin an
ihrer Seite hatte Rahel das Leben, von dem sie
nicht mehr zu hoffen wagte.

ENDE